太子住过的村庄

赵志林 / 著

中国文联出版社
http://www.clapnet.cn

图书在版编目(CIP)数据

太子住过的村庄 / 赵志林著. — 北京 ：中国文联
出版社，2016.9
ISBN 978-7-5190-2143-6

Ⅰ.①太… Ⅱ.①赵… Ⅲ.①中篇小说—中国—当代
Ⅳ.①I247.5

中国版本图书馆 CIP 数据核字(2016)第 237380 号

太子住过的村庄

作　　者:赵志林

出 版 人:朱　庆
终 审 人:朱彦玲　　**复 审 人**:王　军
责任编辑:刘　旭　　**责任校对**:傅泉泽
封面设计:人文在线　　**责任印制**:陈　晨

出版发行:中国文联出版社
地　　址:北京市朝阳区农展馆南里 10 号,100125
电　　话:010—85923043(咨询)85923000(编务)85923020(邮购)
传　　真:010—85923000(总编室),010—85923020(发行部)
网　　址:http://www.clapnet.cn　　http://www.claplus.cn
E-mail:clap@clapnet.cn　　liux@clapnet.cn

印　　刷:北京市媛明印刷厂
装　　订:北京市媛明印刷厂
法律顾问:北京天驰君泰律师事务所徐波律师
本书如有破损、缺页、装订错误,请与本社联系调换

开　　本:710×1000　　1/16
字　　数:207 千字　　**印　　张**:13.5
版　　次:2016 年 9 月第 1 版　　**印　　次**:2016 年 9 月第 1 次印刷
书　　号:ISBN 978-7-5190-2143-6
定　　价:32.00 元

1

在燕东的大山里，有一条挺有名的河流，很古的时候叫衍水，现在叫太子河。它发源于一个叫大地的地方，其实那里是一片高山，一块蛮荒之地。崇山峻岭连绵起伏，原始森林遮天蔽日，至今还能找到完整的原生态植物群落——整个一面山坡就一种树，不带一点儿杂色——这面坡上都是红松，远远看去黝黑黝黑的；那面坡上都是白桦，齐刷刷的树干挺拔俊秀；另一面坡上都是木质异常坚硬的青冈柞，躯干高大，不像散棵儿柞树那样矮趴趴的，个个伸展着虬龙般的身姿。这里不仅有珍稀树种刺楸、水曲柳、黄菠萝，还常有黑熊、狍子、野猪、梅花鹿出没，而人迹罕至。太子河从大地的山间石缝中流出时是涓涓细流，经一路千回百转，无数山间清溪注入，逐渐变成了一条清清亮亮的大河。出大地八九十里，一百里不到，太子河在一座内弧型的大山脚下甩了一个胳膊肘弯儿，进入一块平坦开阔的地方，形成一处长长阔阔、坦坦荡荡的水面，当地人叫这里五里长汀。若顺流而下，在五里长汀的右岸，长满蒿草遍布乱石的河滩地上，有一条砂土公路，一头通山里，一头连着公社和县城。在五里长汀的左岸，依次耸立着几个断崖；断崖和断崖之间，是几条山沟儿。第一条山沟叫头道沟，第二条山沟叫二道沟，第三条山沟不叫三道沟，叫太子屯。头道沟和二道沟都是不大一条沟筒子，里面各住了二三十户人家，而太子屯沟口虽不宽，沟里却十分宽敞，良田千亩，阡陌纵横，沿北山根，哩哩啦啦错错落落，逶迤着近二百户人家。村落与良田之间，有一条小河，春秋两季流水潺潺，伏雨季节时常涨水吞噬岸边良田，到了冬季，冰封河面，隔三岔五地跑沿水抬高河床，冰面光滑如镜，孩子们在冰上抽冰尜、支爬犁，玩耍嬉戏，很是热闹。早些年小河南岸也有不少人家，后来搞退屋还田，绝大多数都搬到这边的山坡上来，如今仅剩下寥寥几户。在小河的下游，紧挨着五里长汀的地方，有几亩水田。太子屯周围十里八村种水稻的不多，可种水稻的历史却很久，就那么四亩多地，从来不扩大，也不缩小，村里人叫这里四亩地。四亩地产出的稻米，颗粒饱满，晶莹剔透，煮出饭来米粒儿都站立着，上面油汪汪的一层，香气四溢。太子屯人种出这么好的稻米，可他们吃不到，年年都要上交，每年打完场的时候，县里都会来人，由公社的人领着，把新打下的稻米用马车拉走，至于最终交到谁手，太子屯人也不知道，他们只知道这米必须上缴，自己吃不得。到后来分责任田的时候，大队留了一少部分地，就包括这四亩地，一直由大队管着。小河在沟口汇入五里长汀的地方，叫小河口，这儿设有渡河码头，有不少的铁船，其中一艘稍大一点的叫官船，是村里指派摆渡乘客的——因为没有多少油水，来回脚只收两角钱，乘客又不多，没人愿干，索性固定下一个人，大队一年发给三百块钱的补贴。其他船都是个人置的，用来摆渡啊打鱼啊什么的，图个用起来方便。也有个别的时候，这些船有特殊的用途，比如城里的画家啊摄影家啊有时会大老远地跑过来，找一条船在汀里转上一大气儿，操着家什有的画有的照，他们说这里的风景好，在这样的地方能找到创作上的灵感。没事的时候，所有的船都锁在岸边，用一根钢丝绳，一端锚固在河岸上，一端有一个环，用来锁船。到了冬季，冰封河面，所有渡船都泊在岸边，派不上什么用场。

据村里老人讲，太子屯的历史十分悠久，小村如此称谓也颇有些来历，说当年燕太子丹为躲避秦兵追杀，曾藏匿在这里。人们从史书上知道，太子丹后来被燕王熹所杀，其头颅被献给了秦王，这是正史，而这里的村民们口口相传的却是另外一个版本，也更感人肺腑。他们说当年秦兵包围了村庄，限三日之内交出太子丹，不然就烧光所有房屋，杀光所有村民。太子丹侠肝义胆，为使村民免遭涂炭，不顾劝阻，挺身而出去见秦兵。秦兵押解他回营，船过五里长汀时他投河自尽。太子丹死后，村民们哭声震天，泪流成河，为怀念他，将小村改叫太子屯，将沟口这条大河改叫太子河，于是便叫开了。不管外边人提出怎样的反驳意见，也不管史学家拿出了多么权威的研究成果，甚至有人考证说太子河这个叫法是太子丹后来才有的事，太子屯人都不以为然，反正他们对这个传说的真实性深信不疑，并引为自豪。他们还会提到村委会房山头那盘废弃了不知道多少年的石碾。那盘石碾老旧、破败、沧桑、颓废，土埋了半截，掩映在高高低低的蒿草里，前些年县文化馆来人，看过后说这石碾至少有两千年的历史。后来市考古队也来过人，张罗着要把碾子拉走，送进市里的博物馆，但太子屯交通不便，进不来大汽车，马车和小型拖拉机又拉不了，只好作罢。

一方水土养一方人。太子屯人守着太子河，自有许多便利，比方说谁家来了客人，总有一道待客的菜来自这大河里。男主人带上钓竿和饵料，来到五里长汀，站在岸边的岩石上，脚下一人多深的河水清澈见底，水底鱼儿悠闲自得地游来游去。这里钓鱼不用浮标，只三抖两抖，便可看见鱼儿咬钩，也只需一顿饭的工夫，便可满载而归。到家里，经过主妇的巧手烹制，或酱焖，或面炸，或清蒸，或干烧，一盘（碗）鲜亮可口的河鱼便会端到饭桌上。五里长汀里的鱼厚，站在河边就能看见鱼在水面上打漂儿，村里人曾放倒过一棵大柳树，扔深水里面，改天放炮崩，一炮竟崩起四五十斤鱼，有瞎胖头、鲫瓜子、沙葫芦，还有味道十分鲜美的虫虫和熬黄。

五里长汀绿水悠悠水草丰美碧树葱茏，成了小动物的天堂，这里不仅有大红腿鸭、五花鸳鸯，还有身子浑圆、长着一双黑不溜秋小圆眼睛的水獭。

太子河养育了太子屯人的同时，也给太子屯人带来很多麻烦，比方说上公社赶集呀办事呀，都要先坐渡船过河，然后到那条砂土公路上再走十多里的旱路，或是赶定时的班车，要不就得走后沟那条道，真是又绕远又不划算。

山清水秀产美女，穷山恶水出刁民。太子屯山好水好，滋润了不少美貌如花的大姑娘、眉清目秀的小伙子，闭塞也好，落后也罢，太子屯纵然是穷乡僻壤、天高地远，可村民的生活一点儿都不寂寞，他们的爱情故事曲折离奇，令人感动不已，一提三叹。

20 世纪八十年代初，十一月下旬的一天清晨，村里一个叫鄢晓丹的青年，从邻居家借来一辆带车子，和哥哥一道，推上一头刚宰的肥猪从家里出来，去十多里外的公社赶集。哥哥今年二十七岁，别人家这个岁数已经孩子满地跑了，他因为家里边不宽绰，搞对象成了老大难。好在半年前相下一个，两头都挺满意，正张罗定亲，彩礼钱就出在这头猪身上。

这是个再平常不过的清晨，天还没大亮，朦朦胧胧的村街上不见几个人影儿。论节气现在是小雪，几场寒流肆虐之后，寒冷的日子如期而至。庄稼早就收过了，田野里和山坡上一片枯黄，干草在冷风里瑟瑟发抖，高山上有了积雪，阴背子的雪还挺厚，它们要等到明年春暖花开时才能慢慢化尽，不知不觉中，五里长汀冰封了河面。哥俩儿来到河边。哥哥找了一块比拳头大一点儿的石头，走上冰面，让推车的弟弟跟在后边。每年刚入冬，太子屯人都要过上几天战战兢兢的日子，与外界的沟通与联络不能避免，而这时候太子河结冰了，冰层不厚却摆不了渡船，走后沟又太远，人们只能冒险过河。人总是有办法的，常常能够化凶险为平安。哥哥嘱咐弟弟离自己远一点儿，自己躬着身子小心翼翼走在前边，边走边用石头使劲砸冰，试探着一点点过河，确认没事儿再让弟弟跟上来。

哥哥已经过了河的中间，再有一会儿就上岸了。他脚下的冰层在变厚，颜色在变白，站在上面已经看不到冰层底下墨绿色的河水，就在这时候他听到身后“咔嚓”一声，猛地回头一看，走在河当央的弟弟连车带人掉进深水里。弟弟晓丹水性不好，在水中胡乱地扑腾着，哥哥没有一丝的犹豫，跑回去纵身一跃，也跳入冰冷的水中。

在生死抉择面前，哥俩儿没有一个孬种，都想让对方先上冰面，都想把生的希望留给对方。他们在水中扑腾了好一阵子，交替着推举了几次，但都没有成功，冰层太薄，人一上去便压碎了。因为河水冰冷，哥俩儿冻得瑟瑟发抖，这时哥哥对弟弟说：“晓丹，别再你推我我推你的，这样不行，咱俩谁也上不去，你上你的，你要是上去了，在上面拽我。”

片刻之后，弟弟晓丹先爬上了冰面。他伸手去拉哥哥时，发生了他意想不到的一幕——哥哥拒绝了。哥哥推开弟弟的手，眼泪吧嗒、断断续续地说道：“晓丹，哥后悔啦……后悔没听你的话，要是走后沟，就没事了……现在说什么都晚啦！”

“哥，你别说话，赶紧把手伸过来。”

“我怕把你带下来，那样咱俩都得死啊！”

“我不怕，要死咱俩就死在一起。”

“别说傻话吔……家里有妈呢！哥一点劲儿都没有了……哥好冷啊！”说话间他挣扎了几下，试图依靠自己的力量爬上冰面，不料这一动弹却加速沉入水中。

晓丹满脸湿漉漉的，分不清是河水还是泪水，声嘶力竭地喊着：“哥——哥——快来人呵！快来……”没等喊完，极度的寒冷与惊悸令他昏厥过去。

河边有两个去赶集的中年男人，正准备过河，发现这边出事了，朝这边赶过来。救援进行得小心谨慎，两人分散开，猫腰儿试探着一点点接近昏迷不醒的晓丹，等离他只有一竿子远的时候，谁也不敢再往前走了，因为他们发现冰面炸开了几道大裂缝，稍有不慎，不但救不了晓丹，自己也得掉水里。就在他们犹豫不决的时候，后过来一个年轻小伙儿，他没有一丝一毫的犹豫与胆怯，脱下棉袄铺在冰面上，然后趴在上面一点点地向前移动，冰面不时发出“咔咔”的响声，他不管不顾，依然慢慢去接近晓丹，直到拽住他的一条腿，把他拖到安全的地方。那两个中年男人禁不住赞叹说：“栓柱，真是好样的呃！”

“栓柱，晓丹没白交你这个铁哥们儿啊！”

栓柱没管那两人比自己大了许多，呵斥道：“这都啥时候了，你们还在这里闲磨牙，不知道水里边还有人吗！赶快先回村一个去报信儿，留下一个，帮我把晓丹背回去。”

天儿大亮了。消息很快传遍了太子屯，人们都在议论这件事儿的时候，晓丹的母亲还不知道。有人要来告诉她，被拦下了，说最好先不让她知道。她不到六十岁，丈夫十几年前意外地去世了，家里只有她跟两个儿子，现在她正坐在炕梢又老又旧门上雕花的炕琴柜边上，嘴上哼着东北二人转小调儿，翻弄着找两块布，准备给未过门的儿媳妇。

院子里传来一片吵杂声，随后门被撞开了，栓柱气喘吁吁，背着人事不省浑身湿漉漉的晓丹走进来，后面跟了许多人，很快站满了一屋地。没等别人张嘴说话，晓丹妈早已明白了怎么回事儿，听说大儿子还在水里，一下子吓傻了。她颤颤巍巍地下地，两腿一软，跪在了地上，两眼望着房扒一边磕头一边作揖说：“老天爷啊，俺们鄢家没干过什么伤天害理的事呃，你让我大儿子平安回来吧！”说完挣扎着站起来，要去河边把大儿子找回来，可没走两步；便像摊泥一样倒在地上。人们扶起她，让她躺在炕上。栓柱把晓丹放在炕头，大伙儿七手八脚地把他身上的湿衣服脱下来，换上干爽的，又往他身上压几床厚被。

有一个姑娘慌里慌张地跑进屋来，挤进人堆里，站到晓丹身边。她中等个头，身挺儿苗条修直，穿一件崭新的藏蓝色毛涤卡上衣，里面衬着红色立领毛衣，一头乌黑的头发梳成个马尾巴，在土里土气的一群人当中，显得很打人儿。她显然被这个突发事件吓坏了，一脸的惊悚。她站了好一会儿，见晓丹脸色红扑扑的，喘气也均匀，才分开围在炕沿边的人群，跑到房山头一个背静的地方，回头撒目一眼见看身后没人，才两手捂起脸，抽抽搭搭地哭起来。哭够了，像是想起了什么，一扭身跑出院子。

那边村里人带着打捞工具，来到五里长汀，破冰，放船，用绑了铁钩的船竿子来来回回地在水中搜索。五里长汀水流舒缓，人是直接沉下去的，没费多长时间，人捞上来了。这时的晓丹哥已没有一丝气息，眼睛睁着，身子硬邦邦的，鼻孔和耳窝里淤着泥沙，嘴角不停地往外流水。

晓丹醒过来时，哥哥的尸首已经抬回家，停在屋前的院子里，不少帮忙的人忙前忙后。晓丹跪在哥哥尸体前，发出撕心裂肺的号叫："哥哥是为了救我才死的，该死的是我！哥——你为什么救我，为什么不让我替你去死啊！"晓丹妈见了大儿子的尸体，昏了过去。人们把她抬到炕上，有的掐她的人中，有的一声迭一声叫她醒醒，忙乱了好一气儿，她才慢慢苏醒过来，哭道："老鄢啊老鄢，是你把儿子领走了吗，你怎这么狠心呵……十四年前，你死在五里长汀，今天咱大儿又死在五里长汀，你们爷俩儿怎么都一个命呀！我苦命的儿啊……"

晓丹妈几次哭得不省人事，每次清醒过来，围在身边的婆娘们都要开导她一番，絮絮叨叨地重复着那些说过好多次的车轱辘话："别哭啦，啥用不顶，还伤身子！"

"俗话说该井里死的河里死不了，该子时死的挨不到丑时，你大儿就这个命，别想他啦。"

"你该这么想呀，老天爷还给你留个儿子，也是不幸中的万幸呢！有晓丹在，你啥都不用愁呃。"

"五里长汀啊五里长汀，太子屯人让你坑得好苦吔！"

“啥时候啊，能修一座大洋桥就好喽!”

太阳升高了，照耀着大山沟里的小村太子屯，照耀在晓丹家低矮简陋的三间瓦屋上和门前的院子里。风停了，天儿暖和起来，是初冬里的阳春天气。这是个最普通不过的农家院，院子不大，却很规整干净。房山东头有一个苞米仓，里面装满了黄澄澄的苞米棒子，西头有一个鸡窝一个鸭棚。灵棚搭在了屋门前园子里的空地上，晓丹哥的尸首停在里面。晓丹哥俩在村里有着很好的人缘和声望，好多村民都不请自到，鄢家的屋内和院子里，到处都是人，因为事来得太突然，院子显得乱糟糟的，像个人头攒动的小市场。

在五里长汀摆渡的秦二叔来了，他是操办婚丧嫁娶等红白喜事的行家里手，晓丹两眼通红，哽咽着跟他交代说：“秦二叔，我现在脑子里一片空白，像个梦游人。你帮我张罗吧，凡是我想不到的，你都替我想着点儿，让我哥走得顺顺当当，拜托了。”

秦二叔先对死者遗体进行了处理。他用温水将他的身体擦了一遍。死者眼睛没有闭严，他用手轻轻捋过让它合上；鼻孔和耳窝淤着泥沙，他用棉团一点点擦拭干净。装老衣服找了一套死者好一点的衣服，套在棉衣外面将就用了。系在脚上手上和身上的红绳绳是从一个旧毛衣上拆下来的，手心里攥了硬币，嘴里衔了一枚系在红绳绳上的乾隆通宝，然后盖上一大块白华奇布，又点上长明灯，纸盆里点着黄表纸，一切就算就绪了。他接着对来人进行了分工，有在院子里盘炉灶的，有跑腿采购东西的，有做饭做菜的，有记账收礼钱的。这些人各负其责，认真做自己分内之事，小院里刚才忙乱无序，现在总算上了道。

太子屯不但历史悠久，且民风淳朴古道热风，谁家有了大事小情，只要沾点边儿，都要去随个份子，就算平日有个疙疙瘩瘩，也希望借这样的机会化解一下。大队的陈书记来了，他进屋径直来到躺在炕上的晓丹妈跟前，问候道:“老嫂子，你想开些吧，这么大岁数了，可别懊糟出病来呃。”

晓丹妈挣扎着坐起来说：“呦，陈书记来了，快坐下，快坐下。你都十多年没迈我家的门坎啦。”

陈书记一边坐下一边连连摆手：“快躺着，快躺着。过去的事儿，咱不提它。”

“我倒是不想提，可是忘不了——我是说怕你忘不了呃。”晓丹妈仍是坐着不肯躺下，对面坐的是陈书记，太子屯人谁敢不高看一眼！

陈书记的嘴角轻快地撇了一下，令人难以察觉：“这么些年了，你心里还是系着个疙瘩呀。”

“十四年了，我早把那个事儿忘个差不多啦。”

“那就好，那就好啊！”

“老鄢临死前那些日子，就想着和你说说话儿，把话儿说开。你今个儿来啦，我这心里亮堂多喽。”

陈书记不愿提那段往事，岔开了说：“老嫂子，你还有什么困难，跟我说，别客气，大队要是能帮上忙，就帮你一把。”

晓丹妈一脸自信的样子说：“有晓丹呢！让他张罗吧，他行。真有什么难处，再让他找你。”

扎着马尾巴的姑娘回来了，上衣兜里鼓鼓囊囊的。进院看晓丹一个人坐在灵棚里，急忙过去从兜里掏出个大纸包塞给晓丹，说：“里面是红糖，熬生姜水喝，驱寒。”

晓丹接过问：“哪儿弄的？让人去供销社买，都没买到。”

“我家里的，就这些，都给你拿过来了。”

“你出去吧，别让你爸看见。”

“你家出这么大个事儿，我来正常，他不会多心。”若兰嘴上这么说，可她还是出了灵棚。

院子里摆一张方桌，旁边放一个大号铝盆，里面盛着温水冒着热乎气儿，从邻家借来的一抬筐碗筷放在桌边，有两个女人在洗碗。若兰过去挽起袖子，帮着洗刷碗筷，然后放在桌上一摞一摞地码好。陈书记从屋里出来了，打她身边走过时站住了，迟疑了一下说：“若兰，你妈一会儿要去磨米房打糙子，一个人弄不了，你家去吧，帮她一把。”

“爸，我帮着把这点活儿干完，一会儿就回去，你先走吧。”

陈书记脸上不怎么高兴，像是还有话要说，可是周围有人不便多说，只好自己先走了。

陈书记前脚刚出去，后脚进院里来一个二十三四岁的青年男子。他中等个头，膀阔腰圆，脸皮粗糙像橘子皮。两只眼睛又大又圆，总像是瞪着似的。脖子又粗又短，脑袋像是直接长在了肩膀上。走路有点儿外八字，两胳膊往外扔，一步三晃的。晓丹迎上去说：“占峰来啦?”

来人大大咧咧地：“咱俩是老同学，谁不来我都得来呀，你说是不?”

晓丹客气说：“进屋里坐吧。我乱事儿多，招待不周，你多担待。”

“这话不是说远了，你尽管忙你的。”

占峰进屋了。晓丹回到灵棚里，若兰凑过来，用眼角夹了一下占峰的背影说：“他来干啥呀? 平日横虎似的，跟你一点近乎气儿都没有。”

晓丹像是劝若兰又像是宽慰自己：“人家能来，也是好心，我领他的情啊。”

“他平日盯着咱俩的一举一动，他来我就走了，出殡那天我也不一定来了。”

“行，你不用来了——先背着他点儿好。”

从哥哥死到第二天晚上，已经过去了两个白天一个夜晚，晓丹一直没合眼。到了深夜，晓丹实在熬不过，头朝下躺到炕梢，迷糊了一会儿。栓柱一直没回家，始终陪在他身边，也跟着并排躺下了。晓丹妈坐在炕头，两个上了年纪的老太太在陪她唠嗑儿。晓丹刚睡着，哥哥来到他身边。晓丹高兴地抱住他：“哥，你可回来了，我想死你啦!”说着眼泪哗哗地淌下来。哥哥拥抱着弟弟，亲热地说：“晓丹，我已经到了那边，这次回来，是想求你办一件事儿。咱们兄弟一场，你无论如何要答应我。”晓丹说：“哥，你说吧，只要我能做到的指定办。”哥哥欲言又止，迟迟疑疑地说：“你做不到，算了吧。”晓丹着急说：“哥，什么事啊? 你说说看。”哥哥转身，像股清风一样飘走了。晓丹赶紧追上去，下死力拽住哥哥的胳膊，生怕他走脱，大声哭喊道：“哥，你别走，我领你见妈去，妈想你都想疯了! 哥，你别走啊——”这时候栓柱疼醒了，看见晓丹泪流满面，枕头上湿乎乎的一片，两手死死地拽着他的一条胳膊，手指甲深深地抠进他小臂的皮肉里。栓柱喊道：“晓丹——晓丹——醒一醒，你怎么啦?”晓丹醒过来，把做的梦说给栓柱，问栓柱这个梦是什么意思? 栓柱说梦是心头想，就是你白天想哥哥想多了，晚上就梦着了，不用想太多。晓丹有点儿小迷信，他觉得这个梦不像以前做梦模模糊糊的，每个场景都特别清晰，尤其是自己撵哥哥时如同真魂出窍一般，有点说道儿。他苦苦地回忆着梦中的情景，思索着哥哥跟他说的每一句话，甚至每一个字眼儿，猜测着哥哥让自己办一件什么事情，但始终未得其解。

按当地人的习俗，第三天出殡。清早儿，一挂牛车拉着棺材从鄢家出来，后面跟着长长的送葬的队伍。是个阴冷天，小北风嗖嗖的，家家户户的屋檐下，挂着一排排长短不齐的冰溜子。由于头天夜里下点儿雾，村街旁，小河边，不少的柳树、杨树和槐树都挂上了雾凇，北风吹过，抖下一身的雪沫子。两只乌鸦“呱呱”地叫着，从村庄上空斜飞过去。

送葬的队伍来到西大砬子，走进旁边一条山沟里。到山脚下，栓柱喊过几个身强力壮的小伙子操着绳子杠子，抬起棺材顺一条小道上了山坡。又有不少男人跑上去，帮衬着呼呼号号地把棺材抬进鄢家的墓地里。井子事先安排人打好了，棺材放在井子旁边的空地上，秦二叔站到了上首。这个地方视野开阔，向山下望去，脚下沟筒子里是太子屯村庄，村庄尽头是五里长汀冰河，河对岸是一排伟岸的青褐色山峰。他遥望远处的大山，让别人用杠子把棺材拨正，对准那个最高的山尖儿，吼一声“行了”，然后叫晓丹往棺材上填上第一锹土，紧跟着大伙儿七手八脚，很快就做成了一座新坟。有人燃放起鞭炮，晓丹跪在坟前烧纸，边烧边哭：“哥，弟弟把你送过来了，你放心吧，别挂念这边，我一定照顾好咱妈……”“爸，你死得屈，哥死得惨啊！他才二十七岁，再过些日子就娶媳妇了，可是他没等到那一天。爸，哥死后没闭上眼睛，你开导开导他，让他认命吧，让他闭上眼睛安息吧。”之后晓丹趴在新坟上，号啕大哭起来，满脸的泪水与泥土。人们都走了，他仍迟迟不肯离开，栓柱和几个小伙子上前，硬是把他架走了。

人们缕缕行行地回到鄢家，留在家里的婆娘们见人一进院子，手忙脚乱地忙了一气儿。东西屋各放了两桌，都是炕上一桌地上一桌。晓丹在东屋里，陪一些主要客人，有陈书记、占峰、秦二叔和栓柱等人，等到人们都坐稳当了，他站起来说：“各位老少爷们，各位兄弟姐妹，谢谢你们捧场，来给我哥送行，我鄢晓丹这里有礼了。”他给大伙儿鞠了三个躬，这之后丧宴就开始了。

人们都懂得尊重主人的心情，席间的气氛不像喜宴那样热热闹闹，当然也有宾酒斗嘴搞笑的，不过比平日里收敛了许多。晓丹只陪着众人喝了一杯酒，却像是喝醉了，他反反复复地说着哥哥的好：“我哥哥是全太子屯最好的哥哥，是天底下最好的哥哥，五里长汀要是有一座桥，他就不会死。哥哥死后没闭上眼睛，像是有话要说，昨天我梦见他，他要我办一件……”突然，晓丹的脑海里灵光闪现，像是有一道闪电照亮了眼前的黑暗，他认为自己猜到了哥哥在梦里留给他的那个谜——也许在外人看来他的想法有点儿荒诞不经，可是他现在坚定地认为，自己已经悟出了天机，于是接下来说出了有生以来最重要的一段话：“父亲十四年前死在五里长汀，哥哥前天也死在五里长汀，今天，我当着大家伙儿的面搁下一句话，为了我死去的父亲，为了我死去的哥哥，我要在五里长汀上建一座大桥。在座的各位乡里乡亲，你们记下我今天说的话。虽然我现在做不到，但是五年后，也许是十年后，我一定要做到！”大家伙儿静静地看着晓丹，没人附和，无人喝彩，谁都没说什么，都认为他喝多了，是在说醉话。等晓丹听到母亲喊他去了对屋，才有人议论起来。秦二叔瞪大了一双吃惊的眼睛，嘴巴咧到了耳根子，扬起一只手指着大河的方向说：“啥？晓丹说他一个人，在五里长汀上修一座大桥？我的天呃，除非……除非太子河干湾啦！”栓柱说：“晓丹这是哥哥淹死了，悲伤过度，才说出这话来呀。”占峰站起来，跷起一只脚，斜歪着身子耷拉着脑袋，一条胳膊伸向房扒，夸张地做出一个倒栽葱的姿势，发狠说：“晓丹把桥建起来那天，我王占峰头朝下走出太子屯！”人们一阵哄笑，笑占峰那个有点儿滑稽的动作，也是笑晓丹那句吹破天的大话。

2

给哥哥烧过“头七”，晓丹就开始琢磨修桥的事了。父亲死的时候，晓丹才八岁，刚上小学一年级，那时他就有一个梦想，在五里长汀上建一座大桥。上图画课时，他画过一幅画儿，宽阔的五里长汀水面上，一座美丽的拱桥如长虹卧波，桥面上人来车往。他看着画儿痴痴凝想，如果有了这座桥，父亲就不会淹死了，想着想着，眼眶里便涌满了泪水。可日子久了，这个想法一点点淡漠下来。现在哥哥也死在五里长汀，像是一块没有完全愈合的伤口，再一次被撕裂开，疼痛来得比头一次更加厉害。修桥的想法在他心里边又复活了，来得也比头一次愈加强烈，吃饭的时候想，睡觉的时候想，走路的时候也想，像是着了魔。

经过几天的冥思苦想，晓丹想明白了，要在五里长汀上建一座大桥，不但自己干不了，大队或是公社也难，最好的办法是让县里或是市里投资。哥哥出殡那天自己说要修座大桥，他现在知道那个话说得太大啦，是灌了两盅猫尿说的醉话！自己穷山沟里一个土里刨食的农民，整日为生计所累，一分钱都要算计花，要在五里长汀上修大桥，说出去不让人笑掉大牙吗！可晓丹是个说话算数的人，吐口唾沫是根钉！大天白日当着那么多乡亲的面儿，说出的话儿就像能睡过几宿觉就不算数啦，就像太子河水一样哗啦哗啦地流走啦？不能！要兑现自己的诺言，就得去找上边，上边知道你的难处了，才能考虑是不是给你立项，是不是拨款，是不是开工建设，叫唤的孩子有奶吃吗！想到这，他决定先去大队找陈书记，唠唠自己的想法。

太子屯分前后两条街，从五里长汀过来，南侧沿小河边的那条街叫头道街，北侧靠山根儿的那条街叫二道街。大队部在狭长的村子当央，头道街的道边。一长溜褪旧的瓦房，靠西头的两间是供销社，门前夹着一大圈障杆子，里边堆不少大缸小缸和坛坛罐罐。中间的两间屋门玻璃上画了个大红十字，是大队卫生所。东头才是大队部，五间房，中间开门，进去是个两边不到头的小走廊，里面屋子又在走廊里开门。门前有一个小广场，广场两头立着一对自制的篮球架子，四周有许多大碗口粗的白杨树，现在树叶早就掉没了，兀自伸展着光秃秃的枝丫。

晓丹穿过广场，进门往左拐，进了紧靠西头的屋里。屋里有两个人，一个是陈书记，还有一个姓王的中年矮个男子，是大队管治保的，因为干的年头多，人们都管他叫王治保，至于他的真实姓名，人们很少提及。办公桌上，放了一份上边发下来的红头文件，他俩正在低头研究那份文件，内容是分田到户之后出现的新情况及解决问题的一些政策要求。两人因为一个字念什么出现了分歧。陈书记念文件的时候，把“赈灾”两个字念成了“晨灾”，像是叫不太准他停顿了一下。王治保接过说，这个字好像是念“阵”。陈书记嘲笑说：“你那点墨水儿，跟我差不离，半斤对八两，念什么阵，公社领导都念‘晨’。”王治保不吱声了。晓丹了解陈书记的性格，听见了也没接茬儿，他和两人打过招呼，开门见山便说：“陈书记，我来是想和你说点事儿。”陈书记仍在看着文件，头不抬眼不睁：“你说吧。”晓丹客气说：“我年轻，见识少，说的不一定对，你多担待。这些日子我就想，咱们太子屯太穷了，穷根儿在哪儿，穷在交通不便上。要想脱贫致富，就得想办法在五里长汀上修座桥……”陈书记抬起头说：“我说晓丹啊，你这不是大白天说梦话吗？咱们要钱没钱，要物没物，怎么修？你当那东西是黄泥巴捏的呀！在五里长汀上建桥？咱太子屯家家户户砸锅卖铁也建不起吔！”陈书记这种消极的态度，晓丹事先就料到了，他不管陈书记如何冷淡，仍坚持把自己的想法说了出来：“陈书记，咱们自己建有困难，但可以往上边找一找啊；如果咱们不张罗，就不会有人替咱想着，这桥猴年马月也建不起来呀！”陈书记撇了一下嘴：“晓丹啊，不是我打消你的积极性儿，咱们找谁去啊？公社的底细我知道，他们掏不出一个子儿给咱们建桥。”王治保在一边也说：“晓丹，你心里怎么想的俺们知道，你的心情俺们理解，陈书记说得对，修桥不是简单的事儿，不是想修就能修啊。”晓丹固执说：“公社不行，咱们再往上找啊。陈书记，我不是因为家里摊上事了找你，是太子屯太需要一座大桥啦！你是俺们的带头人，你不想辙，乡亲们就真的没指望啦。”怕陈书记不高兴，晓丹的语气很委婉，可陈书记还是生气了，板了脸，冲冲地说：“那行啊，晓丹，你去找？你代表我出去比试比试？”没想到晓丹很痛快就答应了：“那我就试试，陈书记。不用别的，你给我出个介绍信就行。”陈书记也很爽快：“行。你要去哪儿，我就给你开到哪儿——我倒要看看你能找出个什么名堂来！”

晓丹第二天就去了县里。在县交通局，他见到了局长，把大队开的那张介绍信从兜里掏出来展开，放到局长跟前的桌子上，然后说起了太子屯交通不便的种种苦衷。晓丹说得很流畅，因为这些话儿他在心里边已经默念过好多遍了。局长正看一份文件，他把文件放桌上，用一种惊奇的目光，仔细地打量了一下站在眼前的这个乡下青年，穿一身厚棉袄厚棉裤，棉袄外面套一件蓝制服，宽肩膀，高个头，挺白净的长挂脸上，鼻梁挺拔，两眼有神，眉宇间透出一股精明气儿。他嫌晓丹说得太多，没等说完就接过去说："我当局长这么些年，头一回遇见大队的人找我要修桥。"他停顿一下，揶揄地一笑，又说："哈哈，小伙子，想得太简单喽！这么跟你说吧，全县二十多个公社，一百多个大队，比你们穷的不在少数，该修桥的也有好几个地方，一个都考虑不了哇！退一步讲，即便我们想考虑，哪来的钱？现在停工待工企业这么多，许多工人开不出工资来，哪有钱给你们修桥？半点儿指望都没有啊！"

走到这一步，本该打道回府，可是晓丹的脑子里，总是想起爸爸死在五里长汀的事儿，想起哥哥在冰河里挣扎的样子。他一不做二不休，又去了市里。在市交通局，为等一位主管副局长，他在走廊里站了三个钟头。副局长回来了，看见晓丹跟进门里，简短且威严地盯住他问道："你什么事儿？"晓丹赶紧一边递介绍信一边介绍自己，说明来意，很客气，是一种谦卑到家的口气。对方显然觉得很意外，把晓丹从上到下扫了一眼，第二句话极其冷淡："你们大队修不修桥不归我们管，你回去找县里。"晓丹不甘心，还要说点什么，副局长第三句话便下了逐客令："我马上要去开一个会，得锁门了。"自己等了三个钟头，人家只跟他说了三句话，平均一个钟头一句，晓丹便被打发了。

没有沮丧，没有失望，一切尽在预料之中。站在寒风瑟瑟人车混杂的城市街头，晓丹茫然四顾，心里五味杂陈。国家太穷了，拿不出钱来；家乡太穷了，自己建不起。怎么办？乡亲们盼修桥年复一年望眼欲穿，可县里和市里这些国家机关的工作人员，没有人愿意听你说太子屯怎么苦啊难啊，怎么交通不便啊，怎么急需修一座大桥啊！他们整天跟下边打交道，听困难听诉苦耳朵早已听出茧子来，没有耐心再听你絮叨，就像医院里的大夫整天接触病人，神经已经麻木，没有人为病人的痛苦着急上火一样。就这么回去了，跟陈书记怎么说？如实汇报在市交通局等一个领导等了三个钟头，只跟人家说上三句话就被撵出来，陈书记怎么看？你不是没事儿吃饱了撑的，出来丢人现眼吗！晓丹不甘心，又去了市里的一家报社，在那儿他和一个记者唠了半天。

晓丹这一行并非一无所获，总算鼓捣出一点儿动静来。他回来的第三天，报社的那个记者来太子屯采访，那是个飘雪的日子，记者对白雪覆盖下的小村赞不绝口，说没想到咱们市还有这么个出奇养眼的地方，要是春暖花开的时候来一定更好。他采访了村子里的几个人，其中有一个叫王占喜的青年，人长得白净单薄，五官很紧凑很精致，人也很滑稽，就是一张嘴爱说几句脏话。那个记者和他谈过自然景观、人文景观、风土人情、生活习惯，又谈起业余文化生活。占喜说："什么叫业余文化生活……我们这里闭塞得很呃，没什么业余文化生活呀。""你就说说你闲着的时候都干些啥吧。""乡亲们一年忙到头，忙得脚打后脑勺，年前年后能闲些日子，从初一开始扭大秧歌，直到出了正月才算拉倒。""那平时呢？""平时听听半导体，偶尔跟别的年轻人聚一块堆儿，甩扑克耍小钱。""还有呢？"记者出于职业习惯刨根问底。占喜有点儿不耐烦了，他想调笑一下眼前这个小白脸子："还有就是找点儿刺激，比方说搞个破鞋什么的。"记者大笑说："你这人真有乐儿，这也叫业余文化生活？"占喜说："是逗你乐的。你一到这就板个脸，哪像来采访的，倒像来讨债的。"

记者回去后在报纸上做了报道，题目是"太子屯人望河兴叹，五里长汀何日天堑变通途"。他还特意给晓丹寄过来一张，邮到了大队部。乡亲们听说了，兴奋地议论了好几天，说这报纸肯定会有大人物看到，没准儿能感动哪路神仙，给咱们太子屯修一座大桥。可过去不少天也没动静，又过些日子就没人再提这个茬儿了。晓丹把自己出门的情况跟陈书记作了汇报，陈书记不咸不淡地说："你一出村，我就知道是这样的结果。你以为出去办事儿那么容易呢？如果凭一张纸就能修一座大桥，咱太子屯十座桥也修上啦！你撞了南墙该知道回头了，这事儿搁下吧。"

晓丹一连好多天心里边不敞亮。事情没办成，他有点儿不甘心，既然上边没指望，那就得靠自己。他始终认为，太子屯人在五里长汀上修桥并非绝不可能，雄伟壮观的大桥建不了，建个漫水桥可以吧？一年不行两年，两年不行三年，发扬蚂蚁啃骨头的精神，早晚能成事儿！这天，他又去大队部转悠，想再找机会和陈书记唠一唠。多年的生活经验告诉他，办一件大事情，没有股韧劲儿，没有一种锲而不舍的精神，很难实现。天底下成大事者，哪个是顺顺当当一帆风顺干成的呢？

天阴沉沉的，稀稀拉拉地飘着清雪，村街上小巷里村民家的屋顶上，都抹了一层稀疏的淡白色。晓丹刚到大队部广场，就远远地看见头道街的西头，慌里慌张吵吵把火地过来几个人。他急忙迎上去，看到占峰、占喜和占峰的妹妹占芳几个人抬了一扇门板，占峰的母亲躺在上面的棉被里，脸色很痛苦很难看。他急忙帮衬一把，把病人抬进大队卫生所。医生是个四十多岁的本村妇女，她让病人躺在床上，简单地询问过症状，拿起听诊器听了一气儿，看到病人从进屋高一声低一声不停地痛苦呻吟，一阵一阵发呕，说病人得的是急性胰腺炎，咱们自己治不了，得赶紧送公社卫生院，不然有生命危险。占峰难住了，在屋地里踱着八字步，来来回回地走，眼珠子瞪得溜圆，急得像要喷出火来。眼前摆了两条路，一条是走后沟，可是太绕远，时间来不及。再一条是走五里长汀，过了河直奔公社，问题是直接过河有危险，前些天晓丹哥哥的死就是个例子。占芳伏在母亲身边，拿一个手绢，一会儿自己擦眼抹泪，一会儿给母亲揩汗，急得不知如何是好。几个人研究来研究去，最后决定走五里长汀。占峰、占芳、占喜和另外两个本家弟兄，到河边把船推下河，砸开冰人上去，然后几个小伙子轮番站到船头，挥起片镐用力砸冰。渡船过五里长汀就用了半个钟头，到省道上又等了一大气儿班车，等到把病人送到公社卫生院，早已经咽气了。

占峰的父亲原本是城里的工人，一九六二年国民经济大调整，企业工人下放回原籍来了，那个时候占峰才四岁。据知情人讲，占峰爸本来不在下放人员的名单里，听说每个下放工人能得到一千多元补偿时，便主动提了申请。有知近的亲友说他：“你怎么放着城里的工友不当，回乡下扒地垄沟啊？别的不说了，怎么也得替孩子想一想啊！”他撇理儿说：“城里八级工，赶不上乡下一垄葱，乡下省钱呃。”回到乡下，他不爱参加队里劳动，好吃懒做，在家里每天吃小灶，好吃的紧着自己一个人，对老婆孩子不管不顾。他家杀过一头猪，全家人只吃了一顿，剩下的都被他一人吃了独食儿。有一回住邻居的王治保来串门，看见堂兄一个人在炕上盘腿大坐，桌上又是酒又是肉的，两个孩子在一边儿眼巴巴地看着，实在瞅不过眼儿，说：“大哥啊，有句话不知当说不当说，说错了你也别生气。别人家都是一家子一起吃饭，你们家怎么你一个人吃小灶啊?”占峰爸没给堂弟一点儿面子，鼻子哼了一声说：“俺们家的事儿，用不着别人管。你能待就待，不能呆就走，我还真不留你。”王治保耐住性子：“该吃小灶的是孩子，他们正是长身体的时候啊。”“他们急什么，小孩崽儿，往后的日子长着呢。”“照你这么说，嫂子有资格跟你一起吃呃?”“她有什么资格?她的任务就是洗衣做饭，生孩子养孩子!”

有人说，占峰自私、霸道的脾气秉性，有点儿像他过世的父亲。小时候捅过人家窗户纸，往井里扔过死耗子，最恶作剧的一次是把父亲的一支卷烟的烟丝掏出来，放个小鞭在里边又填上，父亲抽烟时小鞭响了，吓了一大跳，狠狠地揍了他一顿。这几年，占峰带着一帮本家弟兄横行乡里，称王称霸，闹过好几出事儿，栓柱就被他打过一回。那是去年入冬时的时候，公社铁匠铺的老师傅过五里长汀，来太子屯给牲口钉掌，红火炉支在大队部门前的广场上。不少村民牵了自家的牛啊驴啊骡马啊赶过来，在红火炉前排起了队。早先年，这事儿由生产队管着，去年分了责任田，牲口也分到个人家，三家一头牛五家一匹马的，这事儿就得个人来做了。占峰是后来的，他牵头牛径直站到了头前。大伙儿看在眼里，谁也没说什么，只有排在紧后面的栓柱气不过，说了一句：“人家都站排，他多个啥呀?”栓柱说话动静挺大，占峰听到了，知道是说他，牵了牛迈着八字步，晃晃悠悠来到栓柱身边，往他前边一站，乜斜着眼说：“人家都不吱声，你装什么孙子啊?”栓柱知道自己打不过占峰，可他不服气，提高了嗓门说：“你平日里横惯了，什么事儿都咬尖霸王的，谁都得让着你，今天，我不惯你的毛病!”边说边挤到占峰前边。见两人吵起来，前边站排的村民纷纷围过来劝架：“一个村住着，低头不见抬头见的，何苦呢?”“因为这点小事儿掰脸，不值当。”“栓柱，你别吱声，少说一句能咋的，又不能掉二两肉。”大伙儿都劝起栓柱来，因为他们知道占峰惹不起，谁也不敢得罪他。

在人们的劝说下，栓柱不吱声了。占峰却不肯善罢甘休，他见栓柱衣服上兜里露出一盒烟，劈手拿过来，给身边的占喜分一支，自己叼上一支，点燃后使劲吸一口，把一团烟雾吐在栓柱脸上，笑嘻嘻地问占喜：“怎么一股土鳖味啊，你说是不?”占喜抽了一口，点了点头。栓柱伸手去抢烟，占峰往边上一闪，随手把烟抛向空中，烟卷儿撒了一地。栓柱气急，用力推搡了占峰一把。占峰立刻装出一副受屈的样子，冲着众人高声喊道："你们大伙儿都看着了吧，今个儿可不是我先动手。"说着伸手去拽栓柱，他身边的占喜和另外几个小青年也凑上来。占峰冲他们一挥手："去去去，用不着你们。"占峰和栓柱两人推推搡搡起来，栓柱的个头跟占峰差不多，可身子单薄，不像占峰魁梧彪悍，明显处于下风。他被占峰推到广场边缘一条排水沟边上，因地上有一层薄雪，脚下一滑，打了个趔趄。占峰就势一用力，栓柱整个人跌倒在沟里。占峰扑上去，把栓柱压在下面。这条排水沟宽窄深浅都刚好容得下一个人的身子，可怜栓柱嵌在里面，上面有占峰使蛮力压着，他拼命挣扎，却是动弹不得。有人伸手拉架，占峰回头怒斥道："妈个×的，今天谁都别拉，你们谁敢拉架，我跟谁急!"说着，他撩起棉袄的后摆，把一只手伸进后腰的裤带里，向围观的人炫耀道："大伙看啊，看明白没？我就用一只手，用两只手算是欺负他!"村民们面面相觑，没人再敢上前。

炫耀过后，占峰说："栓柱，平日你跟我劲哄哄的，我都装作没看见，今天再不教育教育你，我就不是王占峰……不过看在乡里乡亲的分上，我给你个改正的机会，给我赔礼道歉，管我叫爷爷，我就让你起来。"栓柱大骂："王占峰我操你祖宗，就你这样的也能当小队长，还不是陈书记一个人拽的你。你是个狗屁队长、是个地赖。"占峰大怒，抬手要打栓柱，举到高处时被人拽住了，把他拉起来。占峰刚要骂人，回头一看是晓丹，话到嗓子眼又咽了回去，阴着脸说："晓丹，这些年我一直让你三分地儿，今天的事儿，我劝你别管，别没卵子找茄子当啷着啊!"

晓丹家里没有牛也没有马，是没事儿走过这里。他素知占峰为人，打起架来心狠手辣，又有几个本家哥们帮忙，硬碰硬动了手占不到便宜不说，还会被乡邻耻笑，因此一笑说："占峰啊，都一个村住着，何必呢？有话好好说，有事好商量嘛。栓柱有什么不对的地方，让他给你赔个不是，不必动手啊。"占峰也深知晓丹，从来不惹事，遇事不怕事，吃软不吃硬。今天的事自己本来就没理儿，继续闹下去也不光彩，话就收了回来："晓丹，你既然这么说，看在老同学的分上，我把这个面儿给你，换别人不好使，我知道栓柱和你好啊！不过呢，你得教育教育他，让他往后改一改，针鼻儿大个事儿，别那么较真儿！谁没有个大事小情，谁没有个特殊情况呢。”栓柱说：“你有特殊情况，我还有特殊情况呢，你这不是讲歪理儿吗！”晓丹赶紧拽过栓柱，替他牵上黄牛，把缰绳塞到他手里，边推走他边劝说道：“栓柱啊，少说两句。”等到走远了又说，“占峰他们人多势众，这两年，被他们哥们儿打过的人有几个了，今个儿咱不和他一样的，好汉不吃眼前亏！听我的话，你先回家去，红火炉这一天都撤不了，等下午再来，啥都不耽误啊。”

占峰母亲出事之后，晓丹冒出来一个想法，和占峰一块儿张罗一下修桥这个事儿。他认为占峰这回跟自己是一样的遭遇一样的感受，能有这个积极性，在陈书记跟前，说话比自己有力度。他还是小队长，陈书记平日挺看重他。等到占峰把自己家里的丧事办完，消停下来以后，晓丹找到他说：“占峰，五里长汀上要是有一座桥，大婶或许有救啊。”

占峰还没有从失去母亲的痛苦中走出来，郁郁地：“就是啊。”

“占峰，咱们都年轻，一块儿干点事情吧。”

“干什么事情？”

“咱俩一起去找陈书记，张罗修一座大桥。”

占峰对晓丹的话挺感兴趣：“晓丹，实话和你说，我早就想过修桥的事儿，不单你和我，咱太子屯哪个不想！可咱们自己怕是修不了啊！”

“古代愚公能移山，现代林县人能修红旗渠，咱们太子屯人怎么就修不了一座大桥？退一步讲，即便修不了钢筋混凝土大桥，修一个简易的漫水桥总成吧，咱们下游就有修漫水桥的呃。”

晓丹讲得有点儿道理，占峰动心了，同意和晓丹一块儿去找陈书记说一说修桥的事儿。两个年轻人，太子屯人心目中有作为有前程的两个后生，头一回形成了统一战线，站到了一个战壕里。在大队办公室，陈书记这回没不耐烦，他看着占峰，连眼角也没扫晓丹一下，心平气和地说：“我知道你们的心情，都是因为这个失去了亲人。我同情你们，也理解你们。你们年轻，有知识，有文化，这是你们的优势；想修桥解决咱太子屯交通不便的问题，改变咱村的落后面貌，出发点也是好的。可是你们考虑没考虑咱太子屯的实际情况，你们想修桥难道我不想？我说话做事得从实际出发，得替全体乡亲负责，不能脑袋一热想干啥干啥，一点儿不考虑后果。”这一回陈书记虽然拒绝了，但是说话的语调挺和气，晓丹知道，那是因为有占峰在，如果是他自己一个人，陈书记就不会是这样的态度。

自己找陈书记不行，拉来占峰还是不行，晓丹心里边很失望。在太子屯，要张罗修桥这个事儿，陈书记这一关绕不过去。不只是修桥，不管干什么事儿，要是陈书记不同意，你想也是白想，张罗也是白张罗。从哥哥淹死到现在有些日子了，这些日子自己像是患上了强迫症，几乎无时无刻不在想修桥的事儿。现在两条路都堵死了，上边不管，下边不干，该放下了，该画上句号了。自己说的那句大话，只能是放了一个空炮，让乡亲们当作笑柄，不管在眼目前还是今后看得见的年月里，都实现不了啦。但是就在这一天，晓丹和占峰离开大队部不长时间，公社王书记给陈书记来了个电话，改变了事情的进程，让修桥这个事情出现一线生机。

王书记在电话里说：“老陈啊，这才几天的工夫呃，太子屯搭进去两条人命，得想想办法啦！”

“王书记，不是不想，实在是没什么好招儿啊！”

“解放这么多年，改革开放也好几年了，你们那儿恁大个堡子，还是连个大汽车也进不去，说不过去呀！这一回是两条人命，以前耽误了多少条人命啊？往后呢，天知道还会发生什么？这个不说，就说每年开春拉化肥吧，人家都是来车直接拉回去，只有你们太子屯一家拉到五里长汀，一船一船往过倒，走后沟实在是太绕远啊。赶快自己想辙吧，靠上边，要等到猴年马月呃。”

“俺们自己实在是没能力啊。”

“没能力修桥，可以修路么，远就远一点儿，通车就好嘛，通车了还怕路远吗？”

“现在不是生产队那时候，要多少人有多少人，反正有工分跟着呢。如今包产到户啦，村民要是不愿意，不出工不出力，大队也是活没辙吔。”

“困难肯定有，干什么事儿没有困难呢？什么都顺顺当当的，要咱们这些干部干什么？老陈啊，拿出你年轻时的闯劲儿和气魄来，给乡亲们干点好事儿，乡亲们心里有杆秤，到啥时候都会念你的好呵！”

搁下电话，陈书记不怎么是心思。在全公社的村干部里边，陈书记资历够老的，工作上不说一贯站排头，也从来没有落后过。王书记在电话里这么一说，他坐不住了，很快就张罗开了一个大会。腊七腊八，冻掉下巴。腊八这天，天儿嘎巴嘎巴冷，可接到开会的通知，说的是研究修桥，晓丹心里是滚热的。太子屯的风俗这一天要吃黏食，晓丹一早儿在家里吃了大黄米小豆干饭，喝了一大碗荤油萝卜汤，打着饱嗝儿，高高兴兴地上大队部来了。

太子屯一共有四个小队，从东往西数，紧挨着五里长汀的是小河口小队，然后是东队、西队，最沟里的叫上围子小队。各小队的队长副队长、党团员和骨干都到大队部来了，会议室不大，就是两间屋中间打掉了间壁，地上钉了几排简易长条木凳，中间砌了一道火墙，木头栟子烧得正旺，火墙热烘烘的，镀锌板的炉筒子，根底下都烧红了。会议室里，坐满了人，一个个把老旱烟卷成喇叭筒，喷云吐雾的，没一会儿的工夫，屋子里烟雾缭绕。陈书记先讲了话，他说："改革开放有几年啦，别人家都在发家致富奔小康，咱们太子屯还是老样子。如果咱们还这么稀里糊涂混生活，老牛破车疙瘩套，信马由缰往前走，那咱们太子屯就真的没希望喽，穷帽子就永远摘不掉啊！大家都喊着要打翻身仗，可咱们不能嘴行千里屁股坐在家里，幸福不会从天降，天上不能掉馅饼！什么都是干出来的，不是说出来的。怎么干？咱太子屯最主要的问题是交通不便，可是乡亲们啊，以我们的能力，实在是修不了大桥，连个简易桥也修不了呢！那怎么办呢？我的意见，咱们退而求其次，先修后沟那条路。现在这条路走不了大汽车，连小型车都费劲儿。路修好了，拉粮食、拉化肥、拉水泥什么的，就方便多啦。当然喽，在五里长汀上建一座桥是最佳的选择，造桥是走弓弦，修路是走弓背，谁愿意舍近求远？可是咱们眼下只能是多大个屁股穿多大的裤衩子，有多大能耐干多大事儿。今儿来的不是队长就是党团员，再不就是骨干，我就这主意，你们都表个态，说说自己啥想法。"

陈书记一讲完，西队和上围子两个年龄稍大的小队长也赞成陈书记的意见，说："咱太子屯以前修过一次桥，吃过一次亏，造成了很大的浪费，这回不能再犯同样的错误。"

晓丹是小河口小队的小队长，他觉得陈书记的主意有些保守，修路要从后沟绕出去，过西大砬子上战备路，拐上下夹河大桥过河，再上省道去公社去县里，得多走十几里路呢！他表态说："修桥和修路相比，有很多的好处。咱们眼下的条件造一座大桥是有难度，但是可以一步一步来，采取蚂蚁啃骨头的办法，今年干不完明年干，不图一步到位，雄伟壮观的大桥造不了，建一个漫水桥也好。”

陈书记马上反驳说：“咱们这些人，能修好个鸡窝就不错喽，还要建大桥？没有弯弯肚子吞不了镰刀头儿，没有金刚钻儿揽不了瓷器活吔。”说着他看了一眼占峰，问：“你们东队什么意见，说一说。”

占峰一直没说话，见陈书记点到他，愣了一下说：“我同意陈书记的想法，先修路。别的小队我管不了，俺们东队肯定没问题，只要陈书记一声令下，俺们东队的人马立即拉得出来，谁不同意也不好使。”占峰的表态，让晓丹感到有点儿意外。他为什么这么快就改变初衷，不坚持修桥同意修路了呢？晓丹很快猜出来占峰心里边怎么想的。占峰这个人，平日对旁人吹胡子瞪眼的，可在陈书记跟前，不管说话还是做事，从不出大格儿，其中的原因不单因为陈书记是太子屯说一不二的当家人，这里面还包含着其他挺复杂的原因呢。

栓柱无论什么事儿都跟晓丹一条藤儿，他开口说：“咱们自己是不行，但可以找一个能行的人，找一个工程师给咱们当顾问做指导，咱们下游有建漫水桥的，可以派人去学一学，向人家取取经啊。”

陈书记说：“修桥是个大工程，咱们现在主要差的是钱，不是找一两个能人就能解决问题的。有人可能担心，咱太子屯没有什么车啊，就那么两台有数的小拖拉机，可是每年外面进来的车肯定不会少，这个我敢给你们打保票，你们不要有什么顾虑。”

占峰又附和说：“大家伙儿是站在锅台上撒尿——乱炝汤儿，咱就按陈书记的主意来，先修路解决通车的问题，等将来有了条件，再核计修桥的事儿也不迟。”

剩下那些人有的支持陈书记的意见，也有人支持晓丹的意见。陈书记二十多岁就当大队长，主持过无数次村里边的会议。年轻时他性格火暴，听不得不同意见，不出几句话就能把别人逼到墙根去，后来运动一个接着一个，村民们给他提了不少意见，他一点点地改了不少。近些年也是年龄一年年大了，五十多岁的人了，脾气也不像年轻时见火就着，每次开会都让下边的人把话说完，但每次最后都会按照他的意思来。今天也和往常一样，大伙儿争论来争论去，多数人都顺从陈书记的意见，修路的主意占了上风，很快就作出了修路的决定。意见统一了，兴奋的人们打开话匣子，一个个纷纷诉起苦来，争说起五里长汀带了的种种不便，气氛比土改时斗地主还热烈。秦二叔说，既然决定修路，咱们要把困难想足想透，西大砬子那旮旯悬崖峭壁的，非得放炮不可。王治保说放炮可不是个简单事儿，要上边批，挺麻烦。陈书记说这个好办，知青们撤点回城没几天，你们知道他们都是城里石灰石矿的子女，这些年咱们跟矿上关系一直不错，头些日子他们还打电话给我要四亩地的大米，这回求他们支援支援。他们整天打眼啊放炮啊，这个活儿咱们干是个难事儿，换他们还不跟吃碗面条一样简单，我负责跑这个事儿，应该没问题。过后我再找找公社，还需要什么手续让他们帮着办一办。大家都说是个好主意。晓丹看多数人同意陈书记的意见，心想干总比不干强，既然多数人要修路，那就修路吧。

占喜坐在墙旮旯，一直没说话。他知道现在是太子屯有头有脸的人说话的时候，轮不到自己。可是他闲不住，不知从哪儿弄来一截麻绳，偷偷系在一个叫占富的本家弟兄的后裤鼻上。赶上占富要上茅房，从人的跟前走过时，后面的“尾巴”晃里晃荡的引起一阵哄堂大笑。

陈书记过不几天去了一趟城里，一台小型拖拉机拉了两麻袋四亩地的大米，那边果然一口答应下来。事情就这么定下了，就等着明年开春天头一暖和，太子屯人便要动员全村的力量，男女老少齐上阵，除了五保户，家家户户都要保证出一个人，甩开膀子大干一场，开出一条通往山外的阳关大道来。

3

几番风雪过后，春天悄无声息地来到五里长汀。崖头上，岗梁上，达紫香花开得热热闹闹。河水清绿得可爱，阵风吹过，卷起一堆堆雪白的水花。成群的鸭子在河里游来游去，快活得呱呱乱叫，更有调皮的使劲儿扑棱着翅膀向前冲去，在平静的水面上犁出一道深深的印痕，泛起的涟漪一直扩散到很远的岸边。河岸上，柳树新抽的枝条嫩绿修长，一排排溜直溜直的白杨树挺拔俊秀，两只翠鸟儿飞翔在清明纯净的晴空里，它们如影随形，一会儿俯冲至水面，一会儿飞向湛蓝湛蓝的天空。

太子屯从漫长寒冷的冬日里走出来了。

修路工地开工在即，可是在这个节骨眼上节外生枝，陈书记的身体出了点儿毛病。每天晚上躺下的时候，他都会感到胸闷，老是咳嗽、盗汗。他去了趟县医院看医生，这一看发现了大问题，医生看过 X 光片后，说他的肺部有阴影，要住院治疗，陈书记吓了一大跳。他不相信县医院医生的说法，去市里大医院做了进一步的详细检查，医生又说就是个钙化点，没什么大事儿，但要注意休息，千万别累着。陈书记心虽落在肚里，可这个过山车坐得让他心惊肉跳。从城里回来，陈书记心里一直记着医生的话，抽了二十多年的烟说戒就戒了。家里的闲乱杂活儿，他自来不管，现在更是甩手当家，连油瓶倒都懒得扶一下了。更大的变化是心里边的。他当村官快二十年，工作上一直勤勤恳恳兢兢业业，从来没想过哪一天撂挑子，现在他萌生了退意。退下来干什么呢？他可不想赋闲在家，还不到回家养老的岁数呀。整天得家里，三个饱一个倒，没怎么的成了一个老太爷，多没劲！他把目光瞄在了公社机关，虽然进不了编制序列之内，但他知道公社机关边边拉拉的地方养了不少编制外的人，自己这些年和公社王书记私交很厚，跟他说一说，他要是肯卖力，这个事就有门儿。有一天去公社开会，他把自己的想法跟王书记说了，王书记告诉他等一等，等以后有机会的。听王书记说得挺认真，他开始谋划起退下来以后的事儿来。自己真要去了公社，让谁来接自己的班呢？这让他颇费了一番心思。他知道晓丹在太子屯很有些威望，别看他年纪不大，可是不管老一辈还是少一辈，拥护他的人不在少数，自己要是撒手不管这个事儿，晓丹很可能上来，这怎么行！他现在第一件要做的事情就是选一个可心的接班人，千万不能让晓丹成了气候，不能让晓丹捡便宜顶上自己倒出来的空缺。那么选谁好呢？谁能够挡住晓丹不让他上来呢？思来想去他想到了一个人。

修路动工的那一天，太子屯开了一个誓师动员大会，在大队部门前的广场上，聚集着黑压压的人群，陈书记做了慷慨激昂的讲话。他为了给村民们鼓劲儿，坚定大家修路的决心，发誓说，西大砬子不倒，咱们太子屯人的信心绝不动摇，路修不成绝不收兵。他还许愿说，等路修好了，他一定跑县上跑市里，就算头拱地，也要让大客车开进太子屯，这个话博得了乡亲们的一阵掌声。知道有人主张修桥不赞成修路，他还提到一九五八年大跃进的时候，太子屯在五里长汀上修过一回简易桥，结果一九六零年一场洪水冲跑了。讲到最后他突然宣布，让占峰当修路工地总指挥。他这边话音刚落，下边不少人窃窃私语。他看在眼里，却并不当一回事儿，全当成了牛屁股苍蝇——瞎哄哄。占峰显然有点儿受宠若惊，他虽然还不知道陈书记已经有退下来的想法儿，可他知道大队长那个位置空着呢！陈书记这个举动非同寻常，明显是在提携自己啊。誓师大会开完，占峰打着红旗，后面跟着全村百十号劳力，荷锹携镐提篮，直接开到工地上去了。

太阳升一竿子高了，暖暖地照耀着，现在是歇气的时候，修路的村民们分散在土路旁边，三五成群七八一伙地聚在一堆拉呱。太子屯的女人美如水。周围十里八村流传着这样的说法，说太子屯的姑娘水灵、俏皮。这些围坐一堆儿穿着朴素的女人，仰大山之精华，得秀水之滋润，有的皮肤白皙，有的明眉皓齿，有的说不出来哪儿长得好看，却自有一种气质与姿色。而在这些女人当中，人们公认的美女当属若兰和占峰的妹妹占芳两个。占芳人很白净，细眉细目，唇红齿白，扎两根小细辫，看上去精精神神清清爽爽。与占芳相比，若兰显得更大气，五官周正，蚕眉凤眼，玉石一般齐齐整整的白牙，脸色粉红似白。头两年公社组织文艺汇演，若兰和占芳两人代表太子屯出过一个节目——女生表演唱《绣红旗》。她俩穿着淡雅的红色旗袍，围着白色的围巾，一登场亮相，立刻引来台下观众一片喝彩，议论纷纷："这两个是谁家女子，长得这么俊呵！""那个高个的是太子屯陈书记的女儿，听人说她身上有一股香味儿，天女木兰花的香味儿。""真是大山沟里的一株天女木兰花呵！"两人一曲歌毕，台下爆发出雷鸣般的掌声，简直要把公社小礼堂的天棚都抬起来喽。随后就有一群小伙子嗷嗷地起哄，高喊着再来一个，不答应就一个劲儿地鼓掌。逼得没办法，两人换了装，又表演了一个《逛新城》，占芳装女儿，若兰装父亲，唱完才算拉倒。若兰现在穿一件藕荷色的上衣，胸口打着个蝴蝶结，正利用短暂的休息时间，聚精会神地绣花。脸盆大小的圆形竹花绷子，干干净净的白华奇布，上面绣着一幅国色天香的图案，快要绣完了，又新鲜又好看。她身边一个叫二丫的姑娘跟她要过去，细细地端详过后说：“诺兰姐，你的手真巧，绣得真好看!”二丫长得丰腴白净，说话有点儿咬舌子，“若”和“诺”她发一个音儿。

若兰说：“你要是喜欢，赶明个儿我给你绣一个。”若兰对二丫好，不仅因为二丫性格憨厚，为人和顺，还因为她是晓丹妈娘家那头的远支亲戚，跟晓丹家走得很近。

“诺兰姐，我真羡慕你，长得这么俊，手又这么巧！老天爷真是偏心眼儿，好事儿怎么都可着一个人呵……赶明个上城里找对象吧，咱太子屯，没一个小伙儿配得上你。”

二丫和若兰在一起时，经常主动提这个话题，想套出若兰的心里话来，可是若兰从来不正面回答她，总是含含糊糊闪烁其词，现在她回答二丫说：“城里的小伙儿，也不个顶个都好；农村的小伙儿，也有的特别优秀。”

“咱太子屯有吗?”二丫歪着脑袋，挺有心计地问道。

看着二丫又单纯又执着的表情，若兰故意说：“没有。”

对若兰的回答，二丫好像挺满意。她把手里的绣花布还给若兰，突然问：“诺兰姐，这修路工地为什么让占峰当总指挥，怎么不是晓丹啊？占峰是小队长不假，晓丹也是啊！再说修路这个事，从一开始就是晓丹张罗的，现在什么事都让占峰管，什么都让他出头，我真是弄不懂哇?”

若兰当然知道其中的原因，可她不想跟她讨论这个让她烦恼的问题，搪塞说：“谁知道呢?”

二丫心眼儿实，说话也直：“诺兰姐，我说话你别生气，你爸什么事儿都把占峰摆前头，有意压制晓丹，你说是不?”

若兰笑了：“我不生气。你年纪不大，想恁多？没有那码事儿。”嘴上虽这么说，可她心里清楚，二丫说对了，父亲是在提携占峰压制晓丹，这点事儿连二丫都看明白了，太子屯还有几个人看不明白？父亲已经跟母亲说过好几次不想干了，要物色一个接他的人，若兰知道他不想让晓丹上来。若兰正在想心事，占芳过来了。她要过绣花布，细细地看了看，笑道："给谁绣的呀，这么好看！"

若兰听出占芳话里有话，说："给我自己。"

"是留着做嫁妆吧？"

占芳平时就嘴巴不饶人，总爱打趣若兰，现在见她又来了，若兰索性坦然一笑说："是啊，我看你还要说什么？"

占芳拿腔弄调地说道："这块绣花布啊，不知哪户人家有造化，能得到它，要是能到我家就好喽。"

"我认你做妹妹。"

"那我不干。"

"你不干我还不干呢！你像个小辣椒似的，谁摊上你这样的小姑子，真的是没造化喽。"若兰说完咯咯地笑起来。

占芳赶紧辩解说："我得看是和谁，你要是做我嫂子，我跟你保准儿软乎乎像个棉花糖似的，什么都依着你。"

二丫在一边嘟嘴说："你哥那么拉碴，谁敢跟呵？别说诺兰姐啦。"

"你可是说错了，在外边拉碴的男人，回家里都怕媳妇、疼媳妇；那些在外边一扁担压不出个屁来的男人，才爱回家耍光棍儿。"

"二丫，你说说，就她这张嘴像快刀似的，我能和她成一家人、做姊妹吗？"

"我看不能呃。"二丫说着，突然像发现了什么，说，"瞧，你们两个在一块堆儿，互相映衬着真是好看，像俺们家墙上贴过的一幅画儿，叫什么来着……噢，想起来了，叫仕女图。"

一伙男青年坐在路旁一棵老榆树的树荫底下，占富正在怂恿占喜讲笑话。在这一堆儿人中，占喜算见过世面的。因为经常跑县上去城里，知道的事儿不少，听过的故事也不少，他也愿意给大伙儿讲。修路是个力气活儿，嘻嘻哈哈地一笑，整个人都会觉得轻松不少。可今个儿占喜偏拿拿巴巴，不肯开口。占富说："有个词怎么说来着……想起来了，叫驴技穷，占喜你是不是叫驴技穷没有什么可讲的啦？"占富没多少文化，经常自己创造一些词汇，比如"炉火纯青"这个词他总是说成"炉火确青"，现在他又把"黔驴技穷"说成"叫驴技穷"，这引起大家一阵哄笑。

占富在太子屯绝对算得上是一个壮汉，长得五大三粗，圆头胖脸，扁鼻头，厚嘴唇，一笑露出一排拧劲的门牙。他有股子蛮力是出了名的，可若论心眼，人家有十个，他顶多只有八九个。占喜比占富大两岁，是他的叔伯哥哥。此时占喜斜睨了占富一眼，说：“占富，你词挺多，没看出来呀！我给你出个谜语，你猜猜看，女人坐在石头上，打一成语。”占富呆呆的，半天猜不出来。占喜替他说了出来：“因小失大。”说出谜底他马上又出了一个：“这个不算。你是个生牤子，女人你不懂。再来一个，男人坐在石头上呢？”看占富直卡巴眼睛，仍是一副懵懵懂懂的样子，占喜又替他说了出来：“以卵击石。”占喜说完，看着占富嘻嘻笑。占富感到受了羞辱，说：“占喜，你说那破玩意儿，文绉绉的，没意思。我不喜欢咬文嚼字，你来点别的，带点儿难度的。”占喜说：“好好好，咱不咬文嚼字，我给你说个别的。听着啊，我鸡巴插你腚，你鸡巴插狗腚，狗鸡巴插墙缝，你说咱俩谁操狗？占富想也没想，脱口而出：“你操狗。”众人大笑，有的捂嘴，有的弯腰，有的笑出眼泪来。占富回过味来，有些挂不住脸儿，冲占喜吼道：“占喜，别和我玩心计！有本事咱俩遛一遛。”说着，也不管占喜同不同意，走过去把他拽起来。占喜连连摆手：“别介别介，君子动口不动手。”占富哪里听得进去，把个单单薄薄的占喜抓实后抡飞起来，一气就是好几圈，跟个风车一般。占喜连连讨饶：“占富，快放开我，我服你了，行不?”占富松开占喜，脸上有了得意之色。他这个人听不得批评，谁说和谁干；更听不得表扬，一表扬便忘乎所以。这工夫有人表扬他了：“占富这样的壮汉，顶得上一条牤牛啊。”占富一听更来了神气儿，见好多人聚拢过来，密密实实地把他围在中间，索性把灰衬衫脱下扔到一边的泥土地上，裸露出一身宽厚强健的胸膛臂膀。他牛气冲天，在人群跟前晃里晃荡、蹦蹦跶跶地溜两个来回，算是打出个场儿，然后学着卖大力丸的江湖汉子模样，双手一抱拳，说出一套嗑儿来：“各位老少爷们，各位兄弟朋友，在下王占富，今天在这里献丑了。我一不化缘，二不卖药，借用贵方一块宝地，专门会会江湖上的各路豪杰，不管是打过拳的，还是练过腿的；不管是舞过枪的，还是弄过棒的；你站出来，我王占富输了你，拜你为师；赢了你，你给我扬扬名。”占喜说：“行啊占富，一套一套的，没看出来，嗑唠得挺溜啊！”栓柱说：“几宿没睡觉，背下来的吧。”让栓柱猜对了，占富是背下来的。他在收音机里边听过这套嗑儿，记住了，一直等着机会说给旁人听，今天几乎是原封不动地用上了，就是换上了自己的姓名。对人们的讥笑，占富不予理睬，眼里露出轻蔑的目光，冲人群又吼了一嗓子："有没有不服气的，给个动静!"太子屯多数的男性青壮年都在这儿，总共好几十号人，没有一个接话的，他真的把众人镇住了。这个时候占富看见占峰朝他递眼色，嘴角冲坐在他前边的晓丹使劲儿。占富心里明白，马上冲晓丹叫号道："晓丹，有人说你摔跤有两手，咱俩比试比试怎么样?"晓丹笑着摆摆手："我不行，甘拜下风，你找别人。"晓丹这一装熊，换个人就此便罢了，可占富不吃这个，他以为晓丹这是怕他，又看见占峰还在冲他一个劲地努嘴儿，便得寸进尺道："晓丹，你别没怎么的就说熊话，来，出来遛遛，没事儿玩玩嘛。"晓丹又谦逊道："占富，你行，你厉害，你第一，我服你，行了吧。"见晓丹还是没有下场儿的意思，占峰开口极力撺掇说："玩一玩。给占富点儿面子，没事儿玩一玩。占富，你怎么一点儿人缘都没有啊?"占富平日笨嘴拙腮，此刻却格外犀利伤人："男子汉大丈夫，这个胆儿都没有?怎么着也不能当缩头乌龟啊，这不是你晓丹的做派!"占富话音未落，晓丹心中一股火腾地窜了起来。占富太狂了，平时跟在占峰身边，为虎作伥，没少欺负旁人，早想找机会教训他一下，现在戳着鼻梁子跟自己叫号，斗得过得斗，斗不过也得斗，不然还是男人吗?想到这儿，晓丹从人堆里站出来。人们刚才还聚堆儿坐着，现在围成了一圈儿，而且越聚越多，连远处歇气的女人们也都凑过来看热闹。

晓丹和占富站在人群中间，互相注视着转圈儿遛了几步，这就算开始了。占富求胜心切，抢先上手，他要抓晓丹的上衣。晓丹躲闪腾挪，尽量避开不让他抓。看占富光着膀子，抓一把溜滑，胜负未见分晓自己已亏在头里，晓丹索性把上衣也脱了，露出一副宽肩窄腰健硕胸肌的修美身材。晓丹本来就步伐灵活行动敏捷，如此一来占富更沾不着晓丹的边儿。他心里着急，左冲右突的，就想快点儿摔倒晓丹，只知道使蛮力，一点儿不设防。晓丹看出占富已露破绽，抓准机会，在占富向前猛扑的时候，佯装着迎上去，却突然间又躲闪开，占富没有防备，重心不稳，踉踉跄跄往前跑出去好几步，正准备转身再来，可是已经来不及了，晓丹一个箭步窜到他身后，轻舒猿臂，在他后颈上用力一掌，占富一个狗抢屎跌倒在地上。看占富实实诚诚摔倒在地的狼狈相，众人一阵大笑，栓柱带头为晓丹击掌叫好。占富爬起来，扑落扑落身上的尘土，嚷道："这个不能算，是我自己跌倒的，不是你的真本事。"占峰也在一旁鼓动："这一跤是不能算，占富没用上劲儿，重来重来，现在正式开始。"

刚上场的时候，晓丹心里没有底，通过这一交手，他心里有谱了。也是赢了一场，增加了自信，他决定让占富这个莽汉心服口服。晓丹心里清楚，自己和占富摔跤是个挺复杂的事儿，占峰虽然没登场，却是这出戏的幕后指挥者。他站在一边关注着摔跤的结果，希望占富战胜自己，好看笑话。占喜别看刚才和占富交了手，可那是闹着玩的，真正遇上什么事儿，他们马上就会站到一起，共同对付外人。好几个人希望自己能赢占富，栓柱算一个。他是个有胆量敢担当的人，可是体格单薄，要不刚才占富那么嚣张，他早就站出来了。还有若兰、占芳和二丫也站在人堆里，他们都在关注着自己。占芳虽说是占峰的亲妹妹、占富的堂妹，可平日里和自己挺近乎，里面或许带有一丝好感。这种若隐若现似有还无的好感纯属晓丹个人的独特感受，旁人是体会不到的。特别是若兰，她现在一定比自己还紧张，一定在暗中为自己使劲儿，在她面前丢人，是个挺没面子的事啊。

又一个回合开始了，这回占富谨小慎微，不再使蛮力四下出击，而是试探着接近晓丹，想抱住晓丹。他以为，只要抱住了，就赢了一半。晓丹看出他的心思，提防着他，同时寻找着合适的机会。两人支起了黄瓜架，像两头犍牛顶架那样推来推去。晓丹使出全身力气，可仍然觉得力不从心。跟别人比，晓丹也算一条壮汉，可跟占富比，他明显处于下风，渐渐地感觉体力不支。这时候占富终于得手，他搂住晓丹的腰，把他抱了起来。晓丹两脚离开地面，形势一下子变得对占富十分有利。栓柱急忙嘱咐道："丹哥，你抱紧他。"二丫"哎呀"一声失声叫起来，说："丹哥，小心啊！"若兰紧张得心跳到了喉咙口，她不敢再看，两手捂住了眼睛，却忍不住分开手指偷觅，后来索性扭过头去。占芳也替晓丹提心吊胆，可看一眼身边的若兰失态的样子，明白了她的心思，表情反倒平静下来。占富准备高高举起晓丹把他摔倒在地的时候，晓丹的一条腿像条蛇那样缠住了他的一条腿，任他怎样用力也奈何晓丹不得，急得嗷嗷乱叫。这一招叫金蛇盘腿，晓丹念县高中练摔跤时跟别人学的。占富一时拿晓丹没有办法，也是累够呛，需要喘口气儿，晓丹乘他懈怠之时用力挣脱。占峰见状，遗憾地直拍大腿。占喜急得直喊："再去抱住他，别松手。"两人重又躬腰对峙，等于重新开始。这时候占富已经听不见别人说什么，他失去了耐心，恨不得立马把晓丹摔倒在地，直挺挺朝晓丹扑上去，晓丹一个虎跳躲开了。占富返身看到晓丹立足未稳，一个饿虎扑食全身压过来。晓丹看出他的重心太高，伸左臂扬起他的右臂，敏捷如豹子一般钻到他腋下，右臂紧紧搂住他右腿，一叫劲儿，硬是把个五大三粗的占富扛到了肩上，这一招叫倒口袋。二丫鼓起掌来，若兰一颗悬着的心放下了。占富悬在空中，做着无谓的挣扎。栓柱着急说："丹哥，还犹豫什么，扔了他啊!"晓丹把占富扛着转了两圈，不是炫耀自己的胜利，他怕伤着占富，仔仔细细看了脚下的土地，挑一处没有石头泥土蓬松的地方，把占富扔过去。占富实实惠惠摔在地上，晓丹走过去，把占富拉起来，说："占富贤弟，得罪了，多包涵。你今天是让我。"

占富满脸羞愧之色，虽心有不甘，嘴上仍旧嘟哝些什么，可动静照先前小了许多。比占富更挂不住脸儿的是占峰，他本以为晓丹不是占富的对手，想出出晓丹的洋相，没想到晓丹两战皆胜，把魁梧剽悍的占富摔得服服在地，像是一巴掌打在自己脸上，心里边不得劲儿。他不愿意晓丹在众人面前"拿红儿"，尤其是若兰在这儿，他就更想杀杀晓丹的威风。自己的体力与状态，与晓丹在伯仲之间，输了晓丹不会把自己怎么样，赢了就摔他个鼻青脸肿。他一眼看到旁边一堆支楞八翘的石头，心想到时装出失手的样子，让他挂点彩更好。想到这他迈着八字步，晃里晃荡地从人堆里走出来，冲刚穿好衣服准备退场的晓丹吼了一声："别走呃，我陪你玩一玩儿。"

晓丹、占峰和若兰三个人在一起，总会生出许多故事来。他们从小学到初中到县高中一直是同学，而且是一班。念县高中的时候，三个人的关系挺微妙，有个事儿挺能说明问题。有一回学校组织学生看电影，电影票发到手里后，占峰找到晓丹要换票。晓丹问为什么？占峰说不为什么，就是要换。晓丹不喜欢占峰的说话方式，不喜欢占峰专横跋扈的做派，虽然是一个村来的，可两人并不亲近，如同一锅汤，油是油，水是水，从来都融合不到一块堆儿去。晓丹开始不同意，可禁不住占峰死缠烂打，换给了他。有个女生无意中跟晓丹说，咱俩的票是挨着的，若兰说了不少小话儿，我才把票换给她。晓丹听完这句话，后悔得直拍大腿，虽然知道就是黑乎乎地挨着坐一会儿而已，谁都不能怎么的，可他像是办了一件天大的错事，懊恼不已。至于那场电影究竟谁挨了谁，其结果如同电影里的情节一样曲折且富于戏剧性，占峰高高兴兴进了电影院，落座后看到两边都不是若兰，大失所望。原来若兰听说占峰和晓丹换了票，又把自己的票换给了别人。

此时晓丹看出占峰面色不善，话语之中含着骨头，退让说："不摔了，到此为止。"占峰不依："别介呀，再玩一会儿。今个儿我让你尽兴，也让大伙儿尽尽兴。"若兰敏感地觉出不对劲儿，由于自己夹在中间，挺简单的一件事情，现在变复杂了。刚才晓丹和占富是两个年轻人逞强斗牛，占峰一站出来气氛就不对头了，变了味儿，有点儿像两个人的决斗。她急忙开口解围说："到点了，别摔了，该干活啦。"占峰毋庸置疑地说："不急，不差那么一会儿。"占芳知道哥哥平日对晓丹有股劲儿，她不愿意哥哥跟晓丹闹太僵，这时赶紧劝道："哥，人家丹哥不愿意，你非得见个你高我低干啥呀，拉倒吧。"占峰勉强一笑："占芳，你不要管，我和你丹哥就是要一会儿。"晓丹向来吃软不吃硬，见占峰不依不饶，知道他没怀好意，不禁怒从心生，转身准备应战。晓丹进了场，注视着占峰，从他的眼中看出一种阴险狡诈的眼神，心底涌起一股豪情来，坚决战胜他，绝不许失败。正准备主动出击时，听到栓柱喊了一声："别摔了，陈书记来了。"

大老远的过来两个人，走在前边的是陈书记，他身后跟着一个三十多岁的陌生男子。两人来到人群中，陈书记给大家介绍说："这位是城里矿山上的，姓杨，杨师傅，是来帮咱们搞爆破的。西大砬子就要放炮了，他先过来看一看现场。"晓丹扫了杨师傅一眼，中等个头，中等人才，穿一身又干净又得体的蓝劳动布工作服，胸口兜盖上边印几个白字，是他厂子的名称，脚下一双皮鞋擦得油黑锃亮。陈书记又把占峰介绍给杨师傅说："他是修路工地的总指挥，以后你就和他打交道。"杨师傅跟陈书记和占峰说："你们给我配几个人，以后专门负责用钢钎打眼，打完眼儿放炮，这活儿又累又危险，要找几个准成能干的人。"陈书记让占峰挑，占峰和陈书记一研究，当场决定晓丹、栓柱、占喜几个人组成爆破组，跟杨师傅一块干。杨师傅看着晓丹他们说："这几个人行，我过些日子就过来，常驻沙家浜，往后咱们一块儿闹哄吧。"陈书记说："过两天就种地了，工地得歇个十多天，种完地一起来，你就进点儿，到时候我给你们厂里打电话，你听我的口信就行啊。"

陈书记领着杨师傅走后，修路的村民们又开始干活儿。头上三尺有神明。也许是刚才占峰对晓丹起了点小歹心的缘故，上天对他进行惩罚，让他出了点事儿。当时好几个男人在路基旁边一个陡坡干活，占峰用撬棍撬一块石头，石头滚下来时，他躲闪不及，刮在小腿的迎面骨上，撕开一个大口子，肉皮耷拉着，露出漂白的骨头茬儿。身边的人吓得够呛，占峰却是一副满不在乎的样子，说："没事，没伤着骨头。"他想起若兰手里有针线，就叫占喜去拿过来。占喜问："你要针线干什么?"占峰呵斥道："咋那么多废话呀，让你拿你就拿。"占喜过去，跟若兰要来针线，回来交给占峰。占峰拿过，迈着八字步，过去把砸腿的那块石头翻个个儿，找出一个平面，一屁股坐上去。人们都知道占峰受伤了，纷纷扔下手里的活，围了过去。在众人的注视下，只见占峰穿针引线，面色从容地扶正小腿上耷拉着的肉皮，一针接一针地缝起来。旁人看得龇牙咧嘴目瞪口呆，他自己却像是在破裤子上打块补丁，从始至终镇定自若。他不紧不慢地缝完，跟旁人要了一条毛巾扎上，推起一辆自行车，对众人说："我得去趟卫生所，先走一步了。"

4

四月中旬以后，是太子屯开始种地的季节，大山里的节气比山外晚，怎么也能差出个十天半拉月。在遥远的山外，清明之后，基本上不再下雪，谷雨之后，基本上不再有霜。可这里流传着这样的农谚：清明断雪不断雪，谷雨断霜不断霜。因为温暖的日子晚来那么几天，种地也要晚那么几天，谷雨前后开始栽土豆，五一前后才开始种大田。大队已经作出决定，修路工地放半个月假，让参加修路的村民在家种责任田。

傍晚，工地收工了，若兰走在人群里，好几回故意放慢脚步，想和落在后面的晓丹说句话儿。整个一白天，若兰都在寻找单独和晓丹说话的机会，可是工地上人多眼杂，始终没得便，这样也好，干脆等晚上再说好了，那件事情三言两语说不透啊。晓丹不紧不慢，走在后边的人群里，走一走又站住了，和栓柱唠着什么。若兰不敢总回头，身边的占芳百精百灵，她看出一点儿破绽，就会拿自己取乐儿，要是让她哥知道了，更是麻烦。若兰放慢脚步，蹲下装作系鞋带，扭头扫了身后一眼，看见晓丹已经撵上来了。

到了小河边的时候，若兰蹲下来，把铁锹放在溪水中冲刷。看晓丹离河边还有二三十步远，她又从水里捡出一个石片，清除铁锹上的泥垢，慢条斯理的，清完前边清后边。晓丹来到她身边，踩上一块石头要过河时，若兰轻轻地咳了一声。晓丹退回来，也蹲在了河边，把铁锹放在水里冲洗。

人们陆陆续续踩着石头走过河去，直到河边只剩下他们两人。若兰说："今晚上吃完饭，你出来吧。"

晓丹低着头，看着脚下被夕阳照得明晃晃的的河水："我妈这几天又犯病了，咳嗽得挺厉害。"

"那你也出来，我有事儿。"

"什么事儿?"

"你晚上出来，我自然告诉你。"

"去哪儿?"

"还去五里长汀。"

怕引起旁人注意，两人不敢久留，前后只待了一分钟的时间，晓丹就急忙站起身，脚步匆匆去追赶前边的人群。若兰则故意落在后面，慢悠悠地走向村里。小溪欢快地跳跃着，哗哗啦啦地奔向地势低洼的小河口，注入五里长汀。山坡上，牧羊老人正驱赶着羊群下山，像是仙翁驾驭着一团白云。太阳沉下了西大砬子，天空上的火烧云美得像一帧硕大无比的敦煌壁画。

晓丹回到家里，母亲已经把饭做好了，斜歪在炕上，等着他一块儿吃。晓丹曾和母亲说，不用她做饭，自己收工回来再做也不迟，晚就晚一会儿，不耽误啥。母亲不肯，说她只要爬得动，就要给儿子做口饭吃。晓丹囫囵地喝过两碗糙子粥，叨了几口土豆炖白菜，吃完饭他琢磨干点活儿。前院里两块园子，地早就翻出来了，垄都背好了，芸豆籽辣椒籽黄瓜籽啊什么的都准备好了，连芸豆架棍也提前割了回来，就差土豆栽子没准备好。土豆在菜窖里，菜窖在后山根底下自家的菜地里，明天工地开始休息，一早起来最好先栽土豆。想到这，他操起扁担，挑起一副土篮，噌噌噌地去了后山根菜窖，挑一担土豆回来。自己家的忙完了，看时间还来得及，他又风风火火地找了两户村民谈话——小队里新近发生两件事儿：一个是有人砍了别人家山场几棵柞树棵子，丢树的人找到他这个小队长，要求那人赔偿他的损失，他强调的是那个人明显越界了；另一个是有户村民家门前种了一棵小柳树，现在长高了，斜了邻家的菜园子，邻家不让了，要求对方把树砍掉，对方不肯，强调自己家的树没越界。晓丹和他们分别谈过之后，知道三言五语根本说不通，因为心里边有事，便匆忙告辞了。从打当上这个小队长，晓丹整日忙得脚打后脑勺儿，别看小队长官不大，要管的事情多着呢，什么收地亩子钱、分配化肥指标、计划生育、护林防火、家庭矛盾、邻里纠纷和社会治安等一大摊子。晓丹来到五里长汀时，天已经煞黑了，他看见若兰已先到，站在岸边的一棵大柳树下等他。

晓丹和若兰秘密在这里幽会，已经一年多了，即便在寒冷的冬季里，他们也偶尔来这里。今天晚上，好像和以往历次幽会有点儿不一样，两人说过几句闲话之后，若兰决定把一直憋在心里边的话说出来。她经过反复思考，终于想明白了，有些事儿，说开了，可能就放下了；不说，永远是包袱。

“晓丹，你怎么总是不高兴，像有多大愁事似的?”

晓丹愣了一会儿：“若兰，我哥这个事儿对我打击太大啦！我总是想起他，所以高兴不起来呃。”

若兰不同意晓丹的解释：“你再早也是这样式的啊。”

晓丹继续搪塞说：“那就是我天生长这个模样儿。”

若兰步步紧逼：“都不是。晓丹，你心里总是想着那件事儿!”晓丹的眉梢微微颤抖了一下，虽然天色昏暗，可是若兰还是看到了，又说："晓丹，我也不愿揭那块疮疤，可你总是这样儿，我心里不好受。我每想到一个人，脑海里最先浮现的是一副笑容；只有想到你，是一双忧郁的眼睛……你要实在转不过这个弯来，咱俩就算了吧。"

"若兰，我不是那个意思呃。"

"那你是什么意思呢？你爸死的时候，咱们还小，才七八岁，大人之间的事儿，咱们也说不清。'文革'那么乱，书记和队长闹对立打派仗不稀奇，你不能把账都记在我爸一个人身上啊……再说了，我爸说过，他没碰你爸一个手指头，不然他不会有今天，运动过后审查'三种人'的时候，早就下去啦。"

晓丹终于不再回避："若兰，既然你提起这个事儿，那我就说一说我的想法——我这边什么都可以忘记，什么都可以放下，问题是你爸总记在心里，他对我总是有股劲儿。"

若兰心里边承认，晓丹说得对，父亲好像比晓丹更没有气度，一直把陈年往事搁在心上，对晓丹始终有一种戒备、敌视的心理。可若兰是孝女，晓丹说得再有道理，她还是要替自己的父亲说话："晓丹，你别想恁多，就算真是你说的那样，冲他是我父亲这一条，你也要好好恭敬他，慢慢去感化他，他那颗心也是肉长的。"

"这个你放心，我不会拿他咋样，也不敢……"

"在这件事情上，我要跟你讲歪理，兴他对你不仁，不兴你对他不义。"

"没问题，若兰。不管你爸对我怎样，我都拿他当长辈……"晓丹觉得气氛太压抑，他们以前来这里从来都不是这样，他想调节一下，于是笑着说，"等我娶了你，我就拿他当自己的亲生父亲一样孝敬，还不行吗？"

晓丹这么说，若兰挺高兴："在我跟前，你就是嘴儿好……"这时候她忽然想起正事儿，说，"晓丹，有个事儿告诉你，我爸不想干了。"

"为啥呀？有好多人惦记这个位置，恨不得脑袋削个尖儿挤上去呢！"

"我爸最近身体不大好。以前他也说过不干，那是闹情绪，这回好像是真的。"

"我明白了。他现在这么急三火四地抬举占峰，修路工地一上来就让占峰当总指挥，原来是想培养他当大队长。”

“你现在怎么想，是不是也想竞争这个大队长呀？”

晓丹没吭声儿。

“我今晚主要是和你谈这个事儿，给你打个预防针，到时候当不上也别失望。别因为这个事儿，对我有意见，弄得咱俩鸡生鹅斗似的。”

“若兰，你想到哪儿去啦？你对于我来说，比我自己的命根子都重要。我也愿意当大队长，可是要让我二选一，我指定选你。别说一个大队长，就是拿公社书记，甚至更大的官儿换我手上的若兰，我都不换呃！”

若兰开心地笑了：“你真是这么想的，还是耍嘴皮儿哄我高兴呢？”

“真是这么想的，真的！和你相比，那个大队长的位置啥都不是啊！”

晓丹最后这两句话，一下子拉近了两人的距离，若兰偎进晓丹怀里，激动地说：“把那些陈年旧账扔五里长汀里面去吧，没有什么能挡住咱们俩。”

晓丹搂紧了若兰说：“是的，没有！若兰，往后那些陈芝麻烂谷子的事儿，咱们再也不提啦！”

若兰把两手搭在晓丹的肩上，仰脸儿深情地看着他：“我爸要是真去了公社，你抽空上俺家去，先跟我妈把事情挑明了，等她同意了，再让她帮着做我爸的工作。”从打知道父亲要去公社的消息，若兰一直在打着自己的算盘。她认为，父亲上公社去，对自己和晓丹来说，未必不是一件好事儿，到时候她就可以跟母亲一点点地渗透自己的心事了。这种事儿，做女儿的毕竟跟母亲说来得方便些，而且她认定，母亲虽然和父亲一条藤儿，不同意她和晓丹搞对象，但比起父亲来，母亲的工作好做得多。

晓丹说：“行。等你爸走了，咱们就开始行动，先易后难，各个击破。”

两人在这里约会好多次了，与以往的倾情浪漫不一样，今个儿头一回谈这么多敏感的话题，都像是卸掉了一个沉重的包袱，觉得一身轻松，心情愉悦。他们相拥在一起，第一次接了吻，晓丹闻到若兰嘴里有一股浓浓的幽香，像是天女木兰花的香气，他感到很惊奇。太子屯有人私下说，若兰身上有一股天女木兰花的香气，晓丹听说过，以为不过是人们欣赏若兰，给予她的溢美之词，今天他和若兰接吻，真的闻到了，才相信此话是真的。这个晚上他们在河边待了很长时间，有时说着悄悄话，有时什么也不说，两颗心都像浸泡在蜜罐中，无边的幸福弥漫在他们身体中的每一个细胞里。下弦月从云彩里钻出来，两头尖尖的，像是简笔画里人的一张笑嘴儿。河面上，不时有鱼儿打挺跃出水皮儿，泛起一圈圈涟漪。两只水獭扑通扑通地扎入水中，浑圆光滑的身子忽上忽下的，搅起一阵阵哗哗的水声。水獭冒冒失失的举动惊动了邻居——一对五花鸳鸯，它们急急忙忙地离开巢穴，扑扑啦啦地下河，一直游出去很远。在旁边杨树上筑巢的一对喜鹊受到惊吓，慌里慌张地飞出热乎窝儿，落在远处一棵大树的高枝上，一边叽叽喳喳地叫着，一边朝这边张望。青蛙清脆的歌唱此起彼伏，各种叫不上名来的虫儿不知疲倦地唱着和声，好美的五里长汀，好美的夜色呵！

这个地场儿水草丰腴，柳条丛生，有一棵五里长汀岸边最大的柳树，离下边渡口有三四十步远的距离，本来挺背静，即使是白天，也很少有人来这儿，偶尔有摆船的人在这里落一会儿脚。可是晓丹和若兰没想到，在这夜阑人静的时候，有个人来到这里。

这些日子，因为每天都去修路，占喜很郁闷。占喜跟别的农村青年不一样，不爱做农活。头两年生产队的时候，开春起大早种地，他躺在被窝里懒得起来，经常睡过头；铲地的时候，他净瞎糊弄，不正经间苗，不正经除草，打头的到了地头，他保准儿随后就到，可是回头一检查，许多小草在浮土下边盖着呢。栓柱曾取笑他说："占喜是捞着锄杠跑过来的。"秋收贪大黑往场院背地，人家扦子上串十捆谷子，他只串六七捆，还动不动就溜号。前年分了责任田，他家里分三亩多地，自己懒得种，都租给旁人了，上秋收点儿租金。他有两大爱好：一个是看小牌儿。他家里有一副纸牌，有年头了，破烂不堪的，有的牌都快拿不成个儿了，因为买不到新的，黏巴黏巴一直将就用着。打牌时，他把一万说成"伊万诺夫"，三万叫"抬头纹"，幺鸡叫"小鸡子"，八万叫"俩腿一叉"。太子屯团支部开会，有人给他提过意见，说他说话损儿吧唧的，让他注意点。他狡辩说："君子动口不动手，我是君子，从来不动手的。"旁人说："你还是君子？那太子屯就没人不是了。你是君子堆里扒拉出来的！"不管别人怎么提意见，他就是不改。他的另一个爱好是扭秧歌，是一把扭秧歌的好手。太子屯每年春节都要热热闹闹地扭上一阵子，高跷子、地蹦子、跑旱船、舞狮子，什么都有，那个时候占喜可是个香饽饽，尤其扮的女角儿，穿一身艳丽的古装，又俏皮又撩人儿。太子屯周边村庄都有正月里扭秧歌的习俗，在自家扭完了，还要扭到别的村子去，互相比着谁家扭得更精彩更带劲儿。占喜的媳妇，就是他去外村扭秧歌领回来的。占喜心眼儿活泛，喜欢挣俏钱，春天里倒弄点儿山野菜，秋天里卖个大茧，平日倒弄个笨鸡蛋笨鸭蛋，夏秋时节往县城或市里送点中草药材，什么都能来两下子。这天晚上，占喜家养的八只鸭子没回来，他打着手电筒，来到小河口。其实他知道自己拿鸭子没办法，鸭子们拗得很，它们恋水，且不买主人的账，没等你到跟前，它们就拧达拧达地下河了，远远地看着，你不走它们不上岸。占喜来这里是怕丢鸭蛋，鸭子们露营河边的时候，蛋就下在河边草棵里，谁捡了算谁的。他平日从村民手中收集点儿笨鸡蛋笨鸭蛋，送公社送县上，卖给饭店或是蹲地摊的老太太，倒弄点价差，零钱换整钱，不易！

今个晚上，占喜舍不得自家的鸭蛋落在别人手里，来到五里长汀渡口，顺着柳树毛子中间的弯曲小径往上走了一会儿，没见到自家的鸭子，却远远地听到一男一女两人说话儿。他吓了一跳，赶紧闭上手电筒，壮了胆子偷偷摸摸地靠近一点儿，看清楚后不仅吃了一惊。太子屯人公认晓丹和若兰是最般配的一对儿，可是没有人看好这桩姻缘，原因人们心里都清楚。占喜没有声张，鸭子不找了，悄悄地返回村里。他知道占峰会格外在意这件事情，打算去占峰家告诉占峰。转念一想，这又不是什么好事儿，占峰知道后可能摔脸子，他有点儿打怵占峰那个赖脾气，决定推到第二天再说。第二天一大早儿，好几个人扤筐送过来不少山野菜，有刺嫩芽、猫爪子、蕨菜和大耳朵毛等，绿鲜鲜水灵灵的，必须赶紧出手，才能卖个好价钱。占喜挑了这些山货过五里长汀，去了县城，一连几天天天如此。每晚回到家里，他坐在热炕头上，把一堆皱皱巴巴的票子从兜里掏出来扔炕上，按着面值码成摞，然后往拇指肚上吐口唾沫，开始细细地数，一遍不行，明知准确无误，还要再数一遍。他十分享受这个过程，对他来说数钱时产生的快感是一种高级别的精神享受，白日里的奔波劳累烟消云散。他只顾挣钱，竟把要告诉占峰的事儿忘得一干二净。

约会中的时间过得飞快，晓丹和若兰回家时，已经很晚了。晓丹家在小河口的二道街，离河边不远，到家门口就回家了。若兰家在头道街的井台附近，还有一箭地，晓丹要送她，若兰没用，说你送我让人看见反倒不好。天色暗下来了，大片的黑云彩从西大砬子那边漫过来，月牙儿钻进黑乎乎的浓云里，连一个星星也看不着了，怕是要来雨。若兰紧走了几步，心里边想着编排一个合适的理由应付母亲的盘问。

陈书记和老伴儿有一个心病，女儿若兰二十三岁了，还没找婆家。他们曾张罗过在外村给若兰找对象，可是若兰死活不去看，他们又不能拿条绳把她拴了去。有一回上门来个小伙子，若兰躲了，满街都找不着她，把来人晒家里，最后弄得收不了场。人家走了，若兰回来了。若兰妈生气说："若兰，大鱼小鱼一拨一拨地打你身边游过去，你挑花眼嘞，最后非得挑个虾米皮不可！"陈书记把女儿骂了一通，骂过之后他突然想到，女儿是不是心里边有人啦，这个人是谁呢？他马上想到了晓丹。在太子屯，因为一条垄沟，一丫山场，一次不经意的误会，一件鸡毛蒜皮的小事儿，两户人家可以记恨一辈子，甚至结为世仇传给下一代，陈家和鄢家这种情况怎么能结亲家呢？在陈书记的心里，即便找个要饭花子把若兰随便嫁了，也不能让她跟晓丹。就在头两天，占峰托的媒人上门说亲了，陈书记动了心，决意做成这门亲事。让占峰做女婿，并不十分可他的心，可是扒拉扒拉太子屯这些小伙儿，没有更合适的人选，占峰虽说不算十全十美，他要是走正道，准能出息人，嘎小子出好汉嘛！

若兰进屋发现父母并不在家，转身来问弟弟。二宝听见动静从西屋开门，一脚门里一脚门外挺神秘地看着姐姐。若兰问："咱爸妈呢？"二宝说："串门去了。"若兰开始暗自高兴，她挺庆幸这种巧合，自己回来晚了，父母回来得更晚，可是跟二宝对过几句话之后，她再也高兴不起来了。"咋这么晚还不回来？""有事儿。""啥事啊？""大事儿。""啥大事啊？"二宝不吱声了，瞅着若兰一个劲地笑，笑得若兰心里直发毛。她急切地问："二宝你别兜圈子，倒是什么事儿，快说。""占峰向咱家求亲，爸妈去媒人家了。"若兰吓得脸色都变了："咱爸怎么说？""当然答应了，不然回个话儿就行，这么晚了去干啥？"

若兰一下子乱了方寸，对突如其来的变故不知如何应对是好，她人慌无志，央求弟弟说："二宝，你在爸妈跟前说话好使，无论如何要帮姐说个话儿，把这个事儿推了。"

二宝拍着胸脯说："没问题，姐。这事儿包在我身上了。"二宝才十七岁，一个黄嘴丫子未褪净的毛孩儿，去年刚从公社中学毕业回家来，整天就知道下河摸鱼，上树掏鸟儿，猫一天狗一天的，他哪里知道大人们心里边那么复杂的想法，哪里知道这个事情让父母改变主意有多难呢？他说完眨着一双狡黠的眼睛，看着姐姐。

若兰没好气地："你盯盯地看我干什么，不认识啊？"

二宝试探地："姐，我看丹哥对你挺好，你们俩有那码事没？"

"没有。"

二宝不信："亲过嘴没？"

若兰笑不出来，斥道："去去去，别瞎说。"

二宝晃着脑袋，一副挺失望的样子："占峰跟丹哥比，差老鼻子啦。"

若兰回到东屋里间，也不开灯，头朝里和衣躺在被卷上。从五里长汀回到家里，只过去了短短十几分钟的时间，像是从天堂来到地狱，她心里凉冰冰乱糟糟的。若兰知道占峰对自己早就有那个意思，因为他没有明说，自己也不便回绝，加上自己不想得罪他，所以两人的关系谈不上好可也算不上坏。现在来看这种暧昧的态度坑了自己，不如早点儿表明自己的观点，让他死了那份心。可是她转念一想，即便自己对占峰挑明了想法，对别人好使对他却未必有用。若兰听人说过，世上有一种男人，为了女人可以不顾一切，不追到手誓不罢休，最要命的是这种男人不管对方是否愿意，都会一意孤行，她确信占峰就是这种男人。父亲当村官快二十年，在村里是个强人，在家里更是说一不二，他要是认准了一个事儿，任谁拿他都没办法。他不会为别人考虑，只会固执地要求别人顺从他的意志。晓丹和自己虽说是你有情我有意，可面对两个强势的男人，最终能否如愿，真的难说吧！若兰一边想一边愁，脑袋里一点缝儿都没有。外面下雨了，窗外一阵阵喧嚣的雨声，雨点儿噼里啪啦地打在窗户玻璃上，形成一股股水流急骤地滚落下去。屋子里黑乎乎的，突然一道闪电照亮了黑暗，紧接着滚过一阵惊天动地的春雷，震得门窗玻璃哗哗作响，若兰吓得心一阵狂跳，好一会儿才归于平静。她意识到自己遇上麻烦了，"电影票事件"算是序幕，大戏已正式开演，后面等着她的是什么她不知道，眼前的路通向何方她看不清，从这个风雨如磐的夜晚起，她开始为自己的前途和命运悬起了一颗心。

5

陈书记焦急地等待着王书记的动静，终于等来了王书记的一个电话，说他去公社的事情有眉目了，用不多长时间就能有准信儿，让他别着急，再耐心等几天。知道事情差不多了，陈书记赶紧实施自己盘算已久的计划，像是一个即将退位的部族首领，他要把手中的权杖交给自己信赖的人。王治保去县里办事，妇女主任产假歇个没完没了，会计岁数大了，老胳膊老腿的指不上他什么，借这个机会，陈书记把占峰叫到大队来，让他管着修路工地的同时，又给他加担子，让他下小队去跑各种差事，自己坐在大队部里当幕后指挥。陈书记叮嘱占峰，放心大胆干，出什么事儿俺兜着，并告诫占峰说："你那些毛病该改改了，别再事事争强好胜，恁不容人！俺年轻的时候，性子比你还火暴呢，那样不行呃！什么事儿不能完全由着个人的性子来，得讲究点儿方式方法，人言可畏人心更可畏，水可载舟还能覆舟呢！"占峰这人粗中有细，陈书记先是让他当修路工地的总指挥，这回又让他上大队来，他明白自己的机会真的来了。

王治保一回来，陈书记跟他郑重其事地说起选大队长的事儿，他说："俺在太子屯当家十几年，没什么大的政绩，要说吃苦受累，也是真话吔。现在呢，俺这身体出了点小毛病，医生叫多休息，眼前书记队长俺一个人兼着，上边追过几回了，让再选一个大队长，咱们赶紧物色一个人，先把这个大队长的空缺补上。你也知道，不少人眼睛盯着这个位置。咱俩先商量商量，倒是搁谁好？"

王治保对这件事比较谨慎，他说："俺一时也说不准，还是等到上秋换届的时候，走正常的路数，班子研究推举候选人，交村民们去评议通过，再上报公社批准这样办好。"

“俺去公社那个事儿，过几天兴许有动静，俺等不到那个时候。可以先选一个代理的嘛，至于选谁，话是你那么说，实际上还不是咱们说了算。不过咱们也要考虑上边对接班人的要求，那就是四化。”说着他把两只手举起来，扳着手指头说，“革命化、年轻化、知识化、专业化。咱大队这四个小队，政治队长生产队长七八个人，找不着那么四眼儿齐的，有点儿文化又条件差不离的只有占峰和晓丹两人，都是高中生，在咱太子屯这疙瘩就算高学历了。剩下那几个老家伙跟我一样，一张嘴说话一股苞米糙子味，生产队的时候抓生产是把好手，现在包产到户了，有劲也没处使，要论起文化，更是斗大的字不识几升。这回咱们就选一个年轻的、有文化的，这样也符合上边的要求。”

从打让占峰当修路工地的总指挥，王治保就看出来陈书记在抬举占峰；现在把占峰借到大队来，事情更明了。可他虽说是占峰的亲叔，在这件事儿上却有自己的看法，他说：“占峰这人工作倒是有股子闯劲儿，就是太咬尖儿，群众威信不高，很多人当面不说什么，背地里对他有意见。”

“所以咱们才要帮他，让他改掉身上的臭毛病，让他走正道儿，做一个合格的当家人。”

“和占峰比，晓丹群众根基好，人气儿也高。”

王治保这么说，陈书记心里边老大不高兴，冷淡地说：“晓丹心软耳朵软，成不了大事儿，不如占峰有魄力。兵熊熊一个，将熊熊一窝。咱们选大队长，必须选一个咬钢嚼铁、拿得起放得下的人。”

王治保并未注意陈书记的脸色，只顾顺着自己的思路说下去：“晓丹不是熊也是龙，只不过他不像占峰那么张狂。”

一起共事十多年，陈书记对王治保这个人太了解，人很根本，什么事儿爱坚持点小原则，现在他说的也都是心里话，但那是没给他压力，一给他点儿压力，他就会随着自己的意思来。想到这，他有点儿不高兴地说：“你是占峰亲叔啊，你说这些倒是什么意思呢？”

王治保赶紧解释：“我也想把占峰拽上来，但最好把事情办稳妥些，要服众！别等弄完了，下边意见一大堆，那不好呃。”

陈书记觉得王治保说得有道理，心想这个事情最终怎么都能按照自己的意思来，便退了一步说：“那行。封建社会还得进京赶考呢，咱们也别太那个了，也得讲民主，就按你说的办，考核考核他们俩。咱太子屯眼前有几个遗留问题没解决，我不干了也别留给下一任。这么的吧，把晓丹也弄到大队来干几天，他和占峰不干别的，专门处理这几个老大难，谁都不白干，让会计给走工钱，咱们察看察看他们两人的本事，是骡子是马遛一遛。”

晓丹接到通知上大队来了。来大队部的头天晚上，晓丹和若兰去五里长汀，两人起了点儿小冲突。若兰劝晓丹别去，别跟占峰竞争大队长，晓丹没听。原来晓丹一直没有忘记修桥的事儿，始终记在心上。虽然修路这么长时间了，可他不甘心，总觉得修路没有修桥好。他觉得这个机会挺难得，想努力争取一下，行不行都要比试比试。如果当上了，他要做的头一件事儿，就是把修路停下来，宁可磨破嘴跑断腿，也要说服全体村民动工修桥。要把道理给乡亲们讲清楚，咱太子屯人不缺鼻子不少眼儿的，为什么跟外乡人站一块堆儿肩膀没有人家高，自报家门时底气没有人家足，为什么太子屯人长点能耐都想往外走，外边的好姑娘不愿嫁到太子屯，就因为差了一座桥啊！因为没有桥，因为交通不便，咱太子屯像古代皇宫里庶出的皇子，像大家庭里孤独的养儿，不被外人待见。做通了乡亲们的工作之后，要举全村之力，哪怕是家家户户砸锅卖铁站排卖血，也要在五里长汀上修一座桥。若兰跟晓丹的想法不一样，她认为当大队长这个事儿，晓丹争不过占峰，去了只能当陪衬，最重要的原因就是父亲不支持他。在太子屯，父亲想办的事儿，没有办不成的；父亲不同意的事儿，还没有办成的先例。既然没有什么希望，去的时候心气旺盛，回来时灰头土脸，弄得怪没面子的，只能增加晓丹的思想负担，弄不好和父亲又产生新的矛盾，与其那样莫不如不去。若兰劝说晓丹的时候，没说父亲的因素，而是摆出来另外一条理由：“晓丹，占峰他们老王家人多势大，你希望渺茫，干吗非要和他争那个大队长啊？”

晓丹说：“若兰，我也想干点事儿。我要是能当上，就搞那么几个村办企业，比方说酒厂啊、山野菜加工厂啊、木器加工厂啊什么的，走一步看一步，哪个行就发展哪个，多找点儿挣钱的门路，有钱了好在五里长汀上修桥。”

“原来你以前跟我说的话都是假话，是糊弄我呵！”

“没有啊，我什么时候糊弄过你？”

“你不是说，我比大队长那个位置重要，为了我你可以放弃一切吗？我现在不让你去。”

“若兰，我已经答应你爸了，说话得算数，不能说了不算算了不说。”

“那有啥呀？你自己不去，没人挑你。”

晓丹犹豫了一下，想出一个缓兵之计：“这样吧，若兰，我先去，过几天我再找个理由主动撤出来，你看这样行不？”

见晓丹这么说，若兰才退了一步说：“那你去吧——你真是个拧巴人，不见棺材不落泪。”

晓丹突然想起一个事儿，问道：“若兰，你跟你爸吵架了。”

“你听谁说的？”

“听栓柱说的，栓柱听二宝说的，为什么呀？”

若兰搪塞说：“没有的事儿。”

“二宝还说不是他拉着，你就挨打了，倒是怎么回事儿？”

“哎呀，你就别问啦？”若兰咬住嘴唇不再说话。

陈书记给晓丹和占峰他们开了一个小会儿，王治保也参加了。他压根儿没说自己要走的事儿，也没提要选大队长的茬儿，看了看占峰，又瞄了一眼晓丹，慢慢悠悠地说：“大队眼下有几个老大难问题，一直没解决，让你们俩到上边来，是想让你们帮着跑一跑，能解决更好，不能解决回来再研究。当然最好你们能解决，这就看你们两人的本事啦！在太子屯，你们两个既有文化又有能力，岁数还好，又都是小队长，一块儿给大队做点儿贡献吧。”

占峰见晓丹也来大队，知道晓丹是自己的竞争对手，态度十分冷淡。这几天，陈书记只和自己谈工作上的事儿，而他和若兰的事儿，始终一字不提。媒人说陈书记同意了，那他为什么不提呢？有一回谈工作，陈书记对他说：“有些事儿急不得，要慢慢来，心急吃不了热豆腐。”占峰理解，陈书记是暗指他和若兰的事儿。陈书记这个态度，问题一定出在若兰身上；若兰不同意，肯定是因为她心里装着晓丹。又是晓丹，在事业方面，他是绊脚石；在感情方面，他是拦路虎，占峰对晓丹更加怨恨了。晓丹看出占峰跟他劲哄哄的，外表上装糊涂，对占峰的冷淡全当作没看见。

陈书记说的几个老大难问题，头一个出在西队。摆渡的秦二叔家和开磨米房的老齐家两家是邻居，房子紧挨着，以前关系一直挺好。头几年，开磨米房的老齐家翻盖了房子，扒掉草房盖上了瓦房；这一回，秦二叔家也翻盖房子，扒掉草房盖瓦房，问题就出在这上边儿。原来两家的房子是一齐的，也一般高。秦二叔家这回把宅地基往前挪了一步，房子盖到檐头，又比老齐家高出几块砖，老齐家不让了，说老秦家这是抢人一步高人一头。齐家长子齐大虎长得五大三粗，人如其名，虎着着的，两眼皮往上翻，一般人没瞧上眼儿，平日跟占峰跟得很紧，一溜神气。他非得让秦二叔家把前边的墙扒掉，不扒就要动武。小队和大队都去人调解过，齐大虎不让步，没办法，秦二叔家的房子停下了。有村民议论说，老秦家的房场晒地皮呢，不敢盖喽；齐大虎仗着胳臂粗力气大，拿大屁股坐人呐！晓丹知道这件事儿，因和秦二叔私交很厚，早想出面说和说和，一直没遇到合适的机会。陈书记话一出口，他就主动提出去办这个事儿。几乎和晓丹同时，占峰也提出要去。见两人争抢起来，陈书记冲占峰做了个往下压的手势说：“让晓丹去吧。”

晓丹要去还没去，占峰抢先找到齐大虎，跟他透露了这个事儿，给他打气说：“你不用怕他。你的要求并不过分，不少人都理解你，不给他那个面儿，看他能给你怎么的?”齐大虎看占峰亲自来给自己撑腰，心里边更有了章程，放硬话说：“让他来吧，我这里有一百句话对付他。”

第二天清早，晓丹来到秦二叔家，只秦二叔一个人在家里。院子里一片狼藉，旧房扒了，儿子猫眼儿小俩口儿搬进了狭小的仓房里，秦二叔自己在院子里用塑料布搭了个窝棚，将就住着。箱子、柜和桌椅板凳都码在屋前的园子里，用塑料布苫着。一大堆旧房木堆在房东头的墙根底下，什么檩子椽子大梁二梁啊，经年累月烟熏火燎全都黑漆漆的。房山西头，放一大堆直溜溜的落叶松杆子，晓丹知道那是作屋架用的。秦二叔见晓丹来，迎上去客气地说：“站没站地场坐没坐地场，委屈一会儿吧。”两人站在院当央唠起来。

晓丹装作不知情的样子，说：“秦二叔，土豆该栽了。”

“可不是嘛，头伏萝卜二伏菜，三伏种荞麦，早点儿栽土豆，不耽误种萝卜白菜。”

"那还等什么呀?"

"等着瓦上瓦，把院里的东西倒腾屋里去，才能倒出地场来啊。"

"那还不赶紧做屋架?"

"这不那屋有意见嘛，小队让俺停两天。晓丹，你给评评理，俺家这个房的间量宽，他们家那个房的间量窄，这两个房子后齐，前边能不往前一步吗?再说了，俺在自己的一亩三分地上盖房子，和他家有什么关系，他就这么欺负俺?"

"秦二叔，不瞒您说，我就是为这事来的。你这个话听起来没错儿，可是按老说法，你这是抢人一步高人一头。你可能说，现在什么年代了，还讲那一套。在咱们太子屯，大伙儿都讲，就是你本人都得承认，你也讲。把你们两家换个个儿，你家先盖了房子，人家后盖，比你的往前一步高出一块，你心里也不得劲儿，你也要讲老理儿。"

秦二叔没反驳，问:"晓丹，我房子已经盖起来了，你说怎么办?"

"地基靠前的问题，墙砌这么高了，生米已做成熟饭，就这么的;屋檐高的问题，趁着还没上屋架，马上扒。我看了门窗的上坎，高度不是问题，不就前后两边扒那么几行砖吗，大山不用动，不费什么事儿。"

"晓丹，你可能不知道，俺已经答应扒几行砖，可那屋不同意，非让把前墙都扒掉，我才撂下了。这些日子，那个齐大虎成天嘴巴狼藉的，跟我儿子猫眼儿叫号。猫眼儿气不过，要跟齐大虎拼命，被我拦下了。他长得单薄，哪是齐大虎的对手?我怕出事儿，昨天让他们小俩口出门了，说是帮老丈人家种地，实际上是让他们躲几天。檐头高的事，就按你说的办，我扒;前墙已经起这么高了，说死我也不能动。你既然来说和这个事儿，就把我的意思转告老齐家，邻里邻居这么些年，我也不愿因为这个事情抓破脸儿。拜托你晓丹，说妥了算是帮了我一个大忙，说不妥我也谢谢你。"

听秦二叔这么说，晓丹胸有成竹，说:"秦二叔，我今天先到你这来，就是先把你这边落实了，要的就是你这句话，那边的工作我来做，你放心吧。"

晓丹从秦家出来，信心十足地去了齐家。他认为秦二叔通情达理，够高姿态，即便不扒檐头，老齐家也管不着他家的事儿。本以为去了齐家几句话便可大功告成，没料到一上来就碰了个硬钉子。老齐家开着村里唯一的一家磨米房，还养了一辆手扶拖拉机，后沟那条道走不了大汽车，像这种小型拖拉机颠颠簸簸勉勉强强过得去，齐大虎偶尔拉些黄豆小豆苞米糙子苞米面小米子大黄米什么的，去公社集上或是县里卖，挣点儿价差，手头比较活泛，在村里生活算是宽裕的。晓丹走进院子，看见齐大虎正毛毛愣愣扛一袋米糠出屋，衣服上头发上都是糠灰，连眼毛上鼻孔里都是，一边的脸蛋子蹭得漂白。齐大虎见晓丹进来，把米糠袋子放在园子边的矮石头墙上，客气说："丹哥来啦？"

"大虎，你爸呢？"

"出去了，你有事啊？"他装出一副不知情的样子，心里边因为有占峰给自己撑腰，气壮得很。

晓丹把自己来的意思及与秦家商量好的意见跟他说了一遍。

没等晓丹说完，齐大虎来了虎劲儿，瞪着眼说："只扒那么几行砖不行，他都得扒！"

晓丹和和气气地说："大虎啊，邻里邻居住这么些年了，为这点事儿闹掰了不好。"

"我不同意！"

晓丹继续耐心劝道："大虎啊，人家墙都砌这么高了，你非得让扒掉，这样好吗？再说你诚心叫人家扒，怎么不早说啊？"

齐大虎拍着胸脯："早我不知道啊——等我知道了，墙已经砌起来了。"

晓丹知道齐大虎在说瞎话，这屋那屋住着，怎么能不知道呢，可他仍耐住性子："人家已经让一步啦，你也让一步吧。就算给我个面儿，你看行不？"

齐大虎脑瓜一拧："我不让！"

晓丹肚里一股火涌上来，他明白，齐大虎这种人你这边越说小话，他那边越有章程；你越是讲道理，他就越犯浑，于是板起脸来说："齐大虎，你要这么说，我这就去告诉老秦家，不但前墙不扒，檐头也不扒了，爱怎么盖就怎么盖，爱盖多高盖多高。你敢整事儿，我就让你吃不了兜着走；你要是动手伤人，我就能把你送进去，你信不信？"

这个齐大虎虽说年少气盛，在太子屯二茬子这堆人里边，还是惧两个人。一个是占峰，好勇斗狠，做事决绝；再一个是晓丹，有胆有识，一身正气，逢强亦强，遇弱自弱。他对占峰臣服是表面上的，而对晓丹则是心服口服。见晓丹这么一说，齐大虎反倒客气起来："丹哥，我不是冲你，是冲他家，你别生气——咱俩为这事儿弄掰生，不值哎!"

"冲谁都得讲道理呀。你年轻，有文化，应该明白，什么高了低了前了后了的，你那些理由能摆到台面上吗？真要是打到法庭，你家得输官司，你知道不呵？"

"知道……可他们这么做，让人心里不舒服。"

"所以人家才让一步啊。你们也让一步，这样两边不伤和气，多好个事呃！和你爸商量商量，明天天黑之前，给我回个话儿，那屋等着后天复工呢。"晓丹说完，扔下齐大虎走了。

到了第二天晚上，老齐家没有回音。秦二叔来到晓丹家，愁眉不展地告诉晓丹，老齐家还是不同意，问晓丹怎么办。晓丹说："什么怎么办？干啊，明个一早儿你就动工。"

秦二叔问："还用跟小队说一声不？"

晓丹说："不用，我是代表大队处理这个事儿，要说我去说，你尽管干你的，不要怕，听蝲蝲蛄叫唤还不种黄豆啦!"

秦二叔说："晓丹，俺还想求你一件事儿，你去帮我做屋架。"秦二叔这话里含两层意思：一个，他请晓丹去是要晓丹压阵脚儿，他怕齐大虎闹事，晓丹在场能镇住他；再一个，满太子屯，屋架这活儿晓丹做得最好。这些年村子里起了不少瓦房，许多房子檐头的第一行瓦有毛病，不是噘嘴就是耷拉头，不少老木匠做的屋架，也犯这个病，而晓丹经手做的屋架，没有一个噘嘴或是耷拉头的。

晓丹痛快地答应："行，不用我做屋架我也要去卖卖呆儿。你的房子多长？"

"十五米。"

"得将近三十排架子，你再找三四个人，一天就出来了。"

"你掌尺，搁别人我信不着。"

"没问题。"

第二天，晓丹领了几个人在秦二叔家院里做屋架，到晚上全部上了墙，中间那一排拴上红布，又放过鞭炮，什么事儿也没有发生。吃晚饭的时候，晓丹领着秦二叔去了齐家，齐大虎不在，只老爷子在家，晓丹和秦二叔硬拉他过去喝了酒。席间，晓丹举起酒杯跟他们一起干过后说："你们两个都是长辈，比我明事理，用不着我多说话呀。以前你们一直相处很好，像是亲兄弟，可别因为这点事儿闹生分啦！好好相处吧，远亲不如近邻呃！"秦二叔说："晓丹说得对着呢，这些年俺们两家你帮我我扶你的事儿能装一箩筐。来，兄弟，咱哥俩干一个。"齐家老爷子本是个随和礼让的人，几杯酒下到肚里，心底的话儿翻弄出来，他抱怨儿子在这件事情上没起好作用，表示回去一定教育好儿子，和齐家好好相处。看见两位老人言归于好，晓丹心里十分高兴，同时纳闷儿，齐大虎这一天去哪儿啦，他为什么这么老实？原来齐大虎早晨见秦家大张旗鼓地干起来，本来准备整事儿，见晓丹在自己没敢。他找到占峰，想让占峰给他做主。占峰核计了半天，意识到眼前正是陈书记考验自己的关键时期，千万不可胡来，便好言好语安慰齐大虎说："大虎啊，不是我不帮你，现在大队正要解决这个纠纷，这个事儿我实在不好抻头吔。"见占峰的态度来了个一百八十度的大转弯，齐大虎气够呛，觉得怪没面子的，借口外出办事走了一天。他过后虽然没再闹事，却心有不忿，说晓丹这事儿办得不地道，偏一个捏一个，再后来倒在门前砌了个门斗了事。

陈书记说的第二个老大难问题出在上围子。上围子地处太子屯的紧沟里，离村子中心有两里的距离，人少地薄，是个穷队。分责任田的时候，好地赖地是搭配着分的，村民们没说啥，可土地分等的时候意见来了。他们说上围子沟沟叉叉的都是山地薄地，一亩地能打多少粮？你堡子里都是好地肥地，一亩地能打多少粮？上围子的地和你堡子里的地能比吗？现在上围子的二等地和堡子里的二等地一个价，可实际上打粮跟不上堡子里的三等地，他们认为这不合理，所以收地亩子钱的时候，不少人家不交。他们说，俺们不是不交，你们把价格调合理了，俺们立马交，一个子儿都不少。经过做工作，连哄带吓唬，那些生性胆小怕事的，做事瞻前顾后的，都交了，剩下那么五六户至今死活不交，造成去年的地亩子钱到现在没收齐。因为总量公社掌握着，那些不交的钱只好由大队垫付。

晓丹下去那几天，占峰一直按兵未动，是陈书记让他等一等。看出来占峰有点儿着急，陈书记说："你别急，让他先跑二里地。"等到晓丹那边有了眉目，陈书记才让占峰下去，并嘱咐说："你遇到什么困难，或是卡在哪里，赶紧回来找我。"

见晓丹首战告捷，三下五除二把齐大虎摆平了，老秦家屋顶的瓦也上了，占峰知道自己必须成功不能失败。他一到上围子，就把这几户人家召集到一起开了一个会。在一个空着的旧草房里，以前是小队的饲养所，他迈着八字步，在屋地上来来回回地走，身边站着几个衣衫不整的青壮年男人。他用目光在几个人的脸上依次扫了一遍，厉声道："我今天来，不是东队队长的身份，是大队派我来的，我是代表大队跟你们讲话。去年的地亩子钱，高也好低也罢，反正是不能变了，就那么的了，你们有意见，可以往上找，可以随便告，爱哪告哪告，种地缴税，自古如此啊。方圆十里八村，我还没听说有这样的新鲜事儿，敢不交地亩子钱。听说你们今年地又种上了，你们种那不算数！不缴税有什么资格种地？没有商量余地，就是一个法儿，大队收回来，交给别人种。我不和你们开玩笑，说到哪做到哪！你们要是还想种这个地，赶紧把钱准备好，送到大队去，欠一个子儿都不行。不然我还要来，不过丑话说头里，再来我可没工夫跟就你们闲磨牙，我是来收地的。今年的地亩子钱怎么收？能不能改？再说，我不给你们许那个愿！"说到这，占峰语气软乎下来，"乡亲们啊，我这次来是秉公办事，希望你们给我个面儿，我也不愿意走绝步，现在不是流行一句话，理解万岁吗，你们得理解我！交还是不交，你们看着办吧。"占峰讲话有一个特点，总是先放狠话，然后再往回拉，讲究先小人后君子。占峰讲完，那几个人闷声不响，不说交，也不说不交，占峰气得骂开了："你们是哑巴吗，怎么一个个都不说话，难道我王占峰进了坟茔圈子！"骂着骂着占峰明白过味来——他们都在等一个人表态，那个人推说有病没来。

原来这五六户人家里边，有一户姓楚的老太太，是陈书记的姑表姐姐，五十多岁，老伴儿头几年走了，自己一个人单过。另几户没交的，其实都在看她家，只要她家交了，别人家就会跟着交。陈书记起初放晓丹先下去，把占峰留在后面，就是因为他认为自己能兜了这个底，最终能帮助占峰解决问题。交代占峰遇到什么困难赶紧回来找他也是这个意思。占峰去了陈书记的姑表姐家，跟她客气说："现在大队正在物色大队长，如果不出什么意外，大队长那把交椅指定是我王占峰的。你带个头，把钱交了吧，就当给我抬回轿。你是陈书记的亲戚，我不能让你吃亏；我要是真当上了，这钱过后我返给你，一个子儿不少，你看这样行不?”老太太打小看着占峰长大，了解占峰的驴脾气，见他登上门来，以为他会说出一堆难听的来，没想到占峰客客气气，紧忙说：“占峰大侄，你这么瞧得起俺，俺得识抬举，钱这就给你吧。”她当时就把钱交了。剩下那些人知道占峰能拿下脸儿，说到哪儿做到哪儿，惹不起他；再则人家大队里有人的钱都交了，自己的脑壳哪有人家硬，不能再硬撑了，不能再当那个出头的椽子，没过两天，欠的钱全交上来了。

这两件事情之后，村民们议论纷纷，都说后生可畏，晓丹和占峰都是好样的，出手就能办大事！这话传进陈书记耳朵时，他纠正说：“晓丹办那点事儿，费了个牛劲儿；还是人家占峰，不到一个上午，也就放屁的工夫，就把拖了一年的难题攻下来喽!”

陈书记说的最后一个老大难，是最难的一个，也出在上围子。占峰的一个远房侄子王老六媳妇怀孕了，已经生过两个，都是丫头，为了要小子又怀上了。小队和大队的人都去了，怎么做工作也不行，非生不可，后来逼急了，女人干脆跑了，不知去了哪里。陈书记以为，不管是占峰也好，还是晓丹也好，这块骨头谁也啃不动。农村的工作千难万难，计划生育工作第一难。农民有了要儿子的念头，你让他打消比愚公移山还难几倍。他先让晓丹去，跟晓丹说的时候，一副既轻松又客气的口气：“晓丹啊，这个工作挺难做，大队也没什么好招儿，你去试试吧。”他心里想的是，只要晓丹办不成，占峰去成与不成，都无所谓了。晓丹一听陈书记说出这个事情，嘴上虽然应下来，心里却犯起核计，预感到自己遇到难题了。

晓丹从大队部出来，碰巧看见那个王老六从供销社打一桶散白酒出来，就紧走几步，把他喊住了。论辈分王老六叫占峰叔叔，可实际年龄比占峰和晓丹他们还要大几岁。晓丹实话实说，上来就跟他交了实底。王老六说：“晓丹，你的为人我知道，换别的事儿也还好说，只有这个事儿我不能答应你。要是早点儿说还行，那时候是一摊精血，现在五个多月啦，是个小人儿啦，再去做人流，和亲手掐死一个孩子有什么区别。让他们来找我吧，爱怎么罚就怎么罚，说出龙叫唤我都要把这个孩子生下来。”谈过之后，晓丹想明白了，这个事儿动嘴是谈不下来的，唯一的办法是动硬的，把人找回来，他同意得做不同意也得做，而这么干自己就是正儿八经地当了大队长，也未必干得来。同时又想到自己跟若兰的承诺，他作出一个无奈的决定，放弃“赶考”。

太子屯的村民们开始忙着种地了。紧挨着小河口的四亩水田，还没见任何动静，水稻正在细苗，要等个把月，等地和水都再暖一暖，大队才会雇人插秧。从四亩地往上，到西大砬子山根底下的后沟口，河滩地里，山坡地上，到处都能看到勤快又性儿急的村民开始收拾自己的责任田。太子屯最主要的农作物是苞米，他们用片镐刨起去年的苞米栅子，把它们归拢成一堆一堆儿的，一把火点着。远处看去，一缕缕浓烟滚滚升腾，渐渐弥散在空中，太子屯清澈明净的田野里和天空上，变得烟气障障的。其实眼下种大田有点儿早，绝大多数村民都在栽土豆。在屋前的园子里，在院子外面自家的菜地里，到处都能看到村民打垄、滤肥，然后把土豆栽子均匀地按在地垄沟里，再和上垄。自留菜地地垄长，用的是牛犁杖。院里菜园子因为地场小，磨磨不开，不够人和牲口霸踏的，人力就干了。这个时候，家家户户的饭桌上，都会有这么一道菜，土豆母子炖山野菜，那些削剩下来的土豆母子得赶紧吃，不然就放不住了。晓丹不去大队了，忙起自己的事情。这天他正在自家菜地里栽土豆，栓柱找过来了：“丹哥，你怎么退出来了，继续往前冲啊？”

晓丹便说了王老六的事儿，把自己心里怎么想的都告诉了栓柱。

“你心软耳朵软，戗不住人家三句好话，要当大队长，那不行呃。”

“我就这样人，改不了啊。”

“那你不是白帮他们办了一件事儿——乡亲们都给你叫好呢！说你主持公道，替老实人说话，齐大虎这个橛子拔得好。”

“不白帮，要不我也要管这个事儿，帮秦二叔解这个围。栓柱啊，要是看着老实人挨欺负都装聋作哑，时间长了，咱太子屯是个啥风气儿？”

“你既然这样想，那就更应该参加竞选，只有当上大队长，才能给乡亲们办更多的好事儿。”

“有陈书记在，我比不过占峰呢。”

“行不行，这个话不能自己说啊，得让他们说出来啊……丹哥，咱们这些年一直让占峰他们压着三分地儿，为什么？还不是因为咱们手里没有权。你只有当了大队长，咱们才能翻身，才能不受他们的窝囊气儿。”

晓丹仍是晃头。他知道自己心理有障碍，一想到做人流做掉的是一个小人儿，心里边就会有一道迈不过去的地垄沟儿。

占峰去了侄子家，他没管侄子比他大了多少，而是摆住了长辈的架子，耍足了威风。他后来跟人讲，这叫扬长避短，不讲年龄讲辈分。他一进屋就开始放狠话，说我不管你做还是不做，三天之内人必须回来。如果不回来，第一，我要罚得你倾家荡产，让你几年翻不过梢来；第二，你不是要扒掉草房翻盖瓦房，还要扩大一下宅基地吗，做美梦吧，门都没有！回来还是不回来，你自己招摸着办。

三天后，人还是没影儿，占峰没辙了。陈书记想帮占峰一把，亲自去了趟上围子，去了他那个姑表姐家。表姐会抽帖爻卦，能看事儿，平日说话也神神叨叨的，太子屯常有信她的人找过去请她算一算。见陈书记来，连声说：“稀客稀客，你几年没进我家门，今个难道日头打西边出来啦？”陈书记并不信她那一套，可知道她耳朵长消息灵通，想从她嘴里打探点有用的来。他说了来意，表姐得意地卖弄说：“这个事儿你问我算是找对了人，换旁人谁都不知道。王老六头些日子找我，让我掐算媳妇肚子里的孩子是丫还是小，如果是丫头做了算了，如果是小子说出大天来也要留着。我算过后告诉他是小子，他高兴得不得了，又说了他家几门子亲戚，问我躲哪儿才能保得住，我给他选了个地方。我现在告诉你，你千万别把我卖出去。”

第二天一早儿，占峰叫上占喜，齐大虎开着带斗的手扶拖拉机，出了西大砬子。走之前，占峰跟齐大虎交代两件事儿：“大虎，今天你就是我的御用司机，道儿挺远，你得让我坐舒服点儿，别让我受罪，这是一个；二一个，到那头人要是抓到了，回来时你给我开快车，走险道儿，能把孕妇颠流产那是最好。”齐大虎对占峰向来唯命是从，他在车斗上绑牢了一块横担木，又在横担木上缠上了一个棉垫子。占峰和占喜坐上去，都说：“还行，挺暄乎。”他们在六十里外侄媳妇的姨娘家把人逮了回来，中午不到开始往回返，车上拉着那个怀了孕的大肚子女人。齐大虎自来就虎儿吧唧的，又年轻不谙世事，回来的路上，他按照占峰的嘱咐，把车开得飞快。那条道本来就是一条马车道，窄窄巴巴坑洼不平的，拖拉机将能过得去，可怜孕妇坐在车斗里，颠颠簸簸，筛糠一般。她自来就有妊娠反应，一会儿喊停车吐一阵子，一会儿喊停车吐一阵子，吐到最后吐出来的是像是胆汁一样的黄水，但是一直到家胎儿都安然无恙。从王老六家出来，占峰愤愤地骂道："妈拉个臭逼的，这个娘们儿的子宫是铁打的，我的老二和卵子都快颠掉了，她的崽子在里边儿啥事没有!"接下来，占峰天天去王老六家，有时说软乎话，有时甩硬钢儿，最后弄得他那个远房侄子实在招架不住，领着媳妇去公社医院，做了人流。侄媳妇住院期间，占峰花着大队的钱，买了一大网兜奶粉、炼乳、水果什么的，赶过去看望，好言好语安慰了一番。

这几件事儿过后，陈书记问王治保："统共三个事儿，战果二比一，你对这个结果还有什么说的?"王治保说："这么做多好呀，占峰挺做脸的，为自己打了个好底儿，下一步咱们也好说话啊。"晓丹自己也认为，占峰有魄力敢碰硬，什么事能磨开面儿，比自己强，更适合当大队长。而自己就算当上大队长，碰上这种事儿也是下不了手，这样的心态做平民过小日子可以，做官岂不要误大事!

过不几天，陈书记煞有介事地搞了一次差额选举，大队几个人，七八个下边小队的政治队长生产队长，连歇产假的大队妇女主任也找回来了，一共十几个人。他心里以为，这是一个双重保险的游戏，因为来的大多数人，他私下都和他们谈过了。这些人中，又有一半是占峰的本家人，占峰也和他们说过了，又是许愿又是请客，有的还意思意思。但是选举结果还是把陈书记和占峰惊出了一身冷汗，晓丹仅以两票之差落后占峰。

这期间，陈书记追占峰写入党申请书。占峰写了后，大队支部很快就讨论通过，上报了公社党委，不长时间就批了下来。有村民背后说过，在太子屯，谁要想当大队长，必须过陈书记这一关。陈书记不点头，你想也是白想。至于让谁入党，对于陈书记来说，是一件比啃个大萝卜还要简单的事儿。占峰大队长代理上了，又入了党，现在支部书记的位置还空着，他要想当书记，过了预备期就能，也就是个时间问题。做完这些之后，陈书记没几天就调到公社林业站去了。王书记说："你去林业站吧，那些林管员和你一样，大都是编外的，你呢，去管他们。"

陈书记在太子屯当了近二十年大队长、支部书记，在太子屯有很高的威望，他在太子屯村东边一跺脚，村西边都乱颤。陈书记走后，太子屯的权力舞台暂时出现了真空。占峰刚上来，资历不老，经验不足，威信也不高，明显是陈书记拽上来的，村民们嘴上不说，心里边都画一个大大的问号，背后议论纷纷："占峰那个赖脾气，能干好吗？"

6

占峰上任没几天，就处理了一件十分棘手的事情，让村民们对他刮目相看。

事情出在占富身上。那天是集日，占富的父母领着占富的妹妹占凤坐船过五里长汀，去公社赶集去了，他一个人留家里。眼下已进入五月，下手早的人家大田都种差不离了，他家连土豆还没栽完。前院地里的土豆昨天栽过一半，占富从仓房里找出一个废汽油桶，搬到地里压垄，压完之后再栽剩下的一半。

占富家住在小河口后街一个背静的地方，房后是一座小山，山坡上是一大片槐树林，别的树啊灌木啊都已长出新鲜嫩绿的叶子，只是树叶还没长严实，刺槐上浆返青慢，无视身边的满目春色，还是干巴巴的躯干和光秃秃的枝丫。太阳暖洋洋地照着，偌大的院子里，只占富一个人，怪清静的。有两只白蝴蝶，结伴儿翩翩跹跹地飞来了，又缠缠绕绕地飞走了。屋檐下，两只燕子进进出出，一会儿从泥巴窝里飞出去，一会儿又飞回来，忙个不停。一个人做活儿孤单又寂寞，占富不喜欢这样。他不怕累，怕一人独处。他喜欢人多，喜欢热闹，喜欢在大庭广众众目睽睽之下显摆自己——当然只能是一把子力气。堂兄占喜挑一担猪圈粪去菜园子，打他家门前走过，跟他说过几句话，当时还啥事没有，可是没过十分钟就出事了。

“占富，累不累?”

“眼是懒蛋子，手是好汉子，这点活不算啥。”

“怕是有三分地呢?”

“越干越少，怕它干屌。”

“男女搭配，干活不累。啥时候有个人陪你干就轻快多了。”

“家有梧桐树，不怕引不来金凤凰。”

嘻嘻哈哈的，占喜走了，邻家女孩二丫来了。二丫是占富妹妹的玩伴儿，来找妹妹不知道干什么。她不算漂亮，可也不磕碜，发育得很丰满，穿一件碎花的确良上衣，两个乳峰鼓鼓囊囊，走路时一颠一颠的。占富平日里就对二丫有那么点儿意思，今天见她来，也没和他搭话径直走向屋里，就放下手里的活，也往屋里走。他当时也没多想，就是想单独和她待一会儿，和她说两句话儿，虽说邻里住着，平日里这样的机会并不多。也是该着，二丫进屋后，走过厨房进了二道门，见屋里一个人没有，毛毛愣愣转身出来，跟正要进里屋的占富撞在了一起。不止是满怀，二丫的脑门撞在占富的下颌上，她痛苦地啊了一声，把手捂在脑门上，蹲下身去，一个劲儿地揉着。占富拉她起来，分开她的手，看见好像起了一个包，一边迭声地道歉，一边伸手去揉，被二丫用胳膊挡开了。占富说：“那抹点碘酒吧，消消炎，好得快。”这回二丫没有拒绝。占富找到一个装着紫褐色药水的小瓶和一团棉花，小心地蘸着给二丫往额头上抹，抹着抹着占富有了新发现，这个发现让占富心旌摇曳，不能自已。二丫上衣紧上边的扣子没系，占富比她高出了不少，从上往下看，他看到了摄人心魄的风景，白皙的胸，肥大的乳，深深的乳沟。占富看得呆呆傻傻，只觉得身体里边的血往上涌，心扑通扑通地一阵狂跳，简直要跳出嗓子眼儿，正心驰神往中，他听见二丫突然叫起来：“你往哪擦，蜇死我啦!”占富回过神来，看见自己把药水擦进二丫眼睛里。他把药水撇地下，死死抱住了二丫，呼哧呼哧地喘着粗气，一边用舌头去舔二丫的眼睛，一边语无伦次地表白：“二丫，你长得真好看……我早就看上你了……二丫，跟我吧，我保证你不缺吃不愁穿，天天过好日子，过神仙一样的日子。”二丫使劲挣扎，想从占富怀里挣脱出来，可她哪里是占富的对手。占富的两条胳膊像铁箍一样把她箍在怀里，憋得她几乎喘不上气来。如果二丫大喊大叫，占富可能早就罢手了，可是她没有，大概是怕让人知道了磕碜，所以才不敢喊，只是做着无谓的挣扎。这助长了占富的胆量，他索性一不做二不休，抱起二丫扔到了炕上，然后像饿虎扑食一样扑了上去……

占富父母和妹妹过晌午才从集市上回来，拎出去的鸡蛋、鸭蛋、土豆和大白菜卖没了，筐里装着割回来的二斤猪肉，还有圆葱和花菜什么的。他们一进院，就觉出蹊跷来，地里的活儿没做完，汽油桶横在垄台上，削完的土豆母子装满一土篮，放在地头，任由正午的阳光晒得蔫蔫巴巴的。他们进到屋里，看见占富仰躺在炕上，两眼珠瞪溜圆看着天棚。占富妈问："你怎么啦?"占富不吱声。"家里有什么事儿没?"占富还不吱声。"有谁来过吗?"占富终于开口说："二丫来过。""她来干什么?""没干什么……没事儿。""你是不是哪里不舒服啊?"占富突然来了个鲤鱼打挺儿，站到地当央恨恨道："我舒服，舒服过了头。"二老不明就里，追问："你这是怎么啦? 倒是怎么回事啊?"占富便露出一副哭相来："妈，我和二丫那么的了。""怎么的啦?""那么的了。""那么的了是怎么的啦?""妈，你这么大岁数，怎么还不明白，我犯大错误啦!"

太子屯巴掌大块地场儿，乡亲们祖祖辈辈过着穷日子，物质匮乏，什么都缺，可独不缺走东家串西家没事儿嚼舌根子的婆娘，况且村民们又都是亲戚套亲戚，一拽耳朵腮帮子跟着动弹，一传十十传百的，哪里有瞒得住的事儿。占富惹祸在上午，没等到日头落山，村里边不少人都知道了。所有局外人，晓丹头一个知道了这件事。原因有二：第一，二丫和占富家同在一个小队，小河口小队，晓丹是他们生产队的队长。现在有事了，第一个层级就得先经过他这里。第二，也是最主要的，二丫是晓丹家的亲戚，二丫父母都是老实巴交的本分人，现在摊这么大个事儿，自然要找亲戚做主。二丫父母来到晓丹家。说了事情经过，晓丹听了，吃惊不小，这么些年，太子屯头一回出这样的事儿，这个占富胆子忒大，青天白日做出这等事来，岂能白便宜了他。晓丹一口答应下来，说："我先写一个报案材料，你们回家去找上二丫，然后咱们一起去大队报案。"晓丹妈在一边也说："占富整日跟着占峰一溜神气的，这个事儿不能轻易拉倒。"

二丫家人前脚刚走，占富的父母后脚来到晓丹家。老俩口挺会唠嗑儿，进屋打过招呼，在炕沿边儿屁股还没坐稳当，上来就给晓丹戴了一气高帽儿，说晓丹仁义正直，年纪虽然不大，为人处世长辈也不及，村民们议论起来都说你人品好，背地里给你竖大拇哥。晓丹装作不知情，说："你们二老是不是有事啊，要有呢那就说事儿。"晓丹妈也替儿子挡驾说："他一个小人儿，哪有你们说的那么能耐，什么事儿他都办不了，你们这是奉承他呢。"见晓丹娘俩如此说，占富妈嘴巴一扁，往地下擤一把清鼻涕，眼角挤出两个眼泪瓣儿。她撩起衣襟把眼泪擦了，一五一十地说了占富惹祸的事儿。接下又说："晓丹大侄儿，你是咱们小队长，这事儿该管也管得了，最主要的是你说话好使，二丫家肯定听你的。咱们一个村住着，邻里邻居这么些年，你不看僧面看佛面，好歹都要帮一回忙，把这个事儿圆过去，我和你叔还有占富从今往后便认你是大恩人。"说着拿出一个旧巴喇眼的手绢，打开里头是一个牛皮纸包，再一层一层打开，露出一摞钱来，都是十元一张的老头票儿，说是二百元，让晓丹交给二丫，算是补偿。晓丹原本没想说好听的，可一看占富妈擦眼抹泪的，心就有点儿软了，但他知道这是大事情，心里保持着一份理性，说："换别的事儿还好说，这个事儿我属实不能帮忙，这不是包办代替的事啊！实际上我想包办代替也主不了，你们还是自己找二丫家去吧，看他们怎么说。"老俩口又黏糊半天，晓丹到最后也没答应。

老俩口上二丫家去了，二丫把自己锁在西屋里不见人，只好跟二丫家父母说。二老死活不同意，说："你们想私了，想哑默悄儿地压下去？俗话说纸里包不住火，雪堆里埋不住死孩子，这事儿瞒得了初一，瞒不过十五，迟早都要露馅儿——到那时候，人们不说你家占富逆天忤法，反说我家二丫诳你家钱财，快把钱收了，让你的儿子准备蹲笆篱子吧！"说完把他们推出屋。占富父母不肯走，二丫父母撕撕掳掳地一直把他们推出院子。

晓丹写完报案材料，等二丫一家人来找他，可是一等不来，二等还是不来。开始他以为是让占富父母给缠住了，过半天他去了二丫家，才知道是二丫不肯出屋。她把自己锁在西屋里，哭哭啼啼的，谁也不见。眼看日已偏西，快到了吃晚饭的时候，再不去大队就没人了，没办法晓丹一个人先去大队。赶上王治保从屋里出来，正要回家，就跟他报了案。王治保虽是占富的堂叔，可他面上并不偏袒自己的侄子，当时答应说要经官严肃处理。

吃过晚饭，天儿要黑还没黑，晓丹在房山头清理苞米仓里的苞米。这两天有县里的小拖拉机来村里收粮，他要先装进麻袋里，赶明儿个车来好过秤。晓丹正忙着，占峰在院外边喊他。晓丹一边往外走，一边心里犯嘀咕，占峰从来没来家找过他，日常往来很少，就想到可能和二丫这个事儿有关系。真让晓丹猜着了，晓丹一出去，占峰开门见山便说了一大串："晓丹啊，事情你都知道了，我不再啰嗦。这个事儿肯定是占富的错，二丫家要把占富告进去也很容易，可是你仔细想一想，占富进去了，二丫能得到什么？屌毛也得不到呃，还落个臭名远扬！她二丫往后在村子里还怎么待，一个姑娘家还怎么做人，闺女不是闺女媳妇不是媳妇的，再找个婆家都难啊！我看这事儿不如顺水推舟，干脆就势儿成全了他们两个吧。我知道二丫家听你的，你去说准成，你看这个事儿这么办行不行？"占峰平日说话就很少废话，今个为了说服晓丹讲了一堆道理。对于占峰这个主意，晓丹感到很突然，一时拿不准，没说行也没说不行，犹豫了一会儿说："我看不合适吧……就是行，也得二丫同意呀。"占峰又说："那么的吧，我不难为你，我去找二丫家，回头他家还会找你，和你商量，这事儿绕不过你，到时候你别打破拉些就行啊——我这是跟你这么说，和别人我哪有这么多客气话。占富是我兄弟不假，可我这么做，其实也是为二丫着想。你忙你的，我这就过去。"

当天晚上什么动静没有，晓丹以为占峰没说通。晓丹想好了，他对占峰的主意并不反对，但他不想再插手，这是二丫一辈子的大事儿，最好她自己拿主意，别说隔着八竿子的亲戚，就是自己亲妹妹，也不能大包大揽，也得听听她个人是啥意见。

第二天一早儿，晓丹吃过饭，用一条毛巾包两块干粮，还有几根咸菜条，放进一个蓝布兜里。他要去沟里自家山场，种山场坡下那几疙瘩地，中午就不回来了。河滩地里那几根大长垄已经种完了，就剩些边边拉拉的小块地还没种，修路工地快开工了，什么事能往前赶就尽量往前赶，免得最后手忙脚乱。晓丹刚出院子，二丫的父母来了，把他堵了回来。进到屋里，他们跟晓丹说，占峰领着媒人替占富说媒来了，说好了明媒正娶，还许愿说绝不会亏待二丫，礼金别人家多钱他们就多钱，保证一个子儿不少，三金一银二十四条腿儿一样不缺，四铺四盖让二丫可心地选，哪怕是要缎面绣花的被面也给买。他们俩现在不知怎么办好，让晓丹帮着拿主意。晓丹说："把占富告进去，二丫也不见得有什么好结果，再找个人也许还不如占富。占富这个人头脑简单，过日子不犯毛病，对二丫也不会有二心。我看这事儿可办，不过最终的主意还得二丫个人拿。你们回去和二丫好好谈一谈，做做工作，二丫挺懂事儿，肯定能听你们的。"

这天晚上，晓丹和若兰去五里长汀，两人谈到了二丫这件事儿。若兰说："晓丹，你是二丫什么人，这么大包大揽的。"晓丹说："没有啊，若兰。""有人背地说，咱太子屯出了件蹊跷事儿，以前父母包办婚姻，现在队长包办婚姻，占峰和晓丹，一个大队长，一个小队长，包办二丫的婚姻呢！你没有权利这么做？别说你，就是二丫他爸他妈也没有这个权利。"晓丹跟若兰耐心解释，若兰不听，还说她要抽空去看看二丫，当面问问二丫。

若兰第二天真的去了二丫家。二丫这两天把自己关在西屋里，除了父母谁也不见。听说若兰来了，破例开了门，待若兰进屋，她一把将若兰抱住，头埋在若兰怀里抽抽搭搭地哭起来："诺兰姐……我该怎么办啊？"

看见二丫两个眼睛又红又肿，跟两个桃子一般，若兰的心揪起来："你对占富印象怎样？"

"我恨死他了，弄得我在村里人面前抬不起头来。"

"那你还同意跟他？"

"我不想现在结婚，我心里边没有他，可是爸妈同意了，我一个做女儿的，不想让他们多操心，不想看见他们伤心难过。"

若兰没想到二丫年纪轻轻这么懂事，挺感动的，心想这个事儿换上自己，也会为父母考虑考虑。她心里边理解了二丫，嘴上还是说："二丫，这不是过家家，好就玩，坏就散，这是一辈子的大事儿，不能将就，你千万要想仔细呀！"

二丫仍是哭哭啼啼地："我心疼我爸，心疼我妈……"

二丫的父母跟进屋来，若兰便不好深说，唠了一些不搭边沿的闲嗑，待不一会儿就走了。若兰出了门，走在小巷里，看见占芳迎面走过来。占芳未语先笑："若兰姐上哪儿啦？八成是当说客去了吧。"

"你猜对了，是去说你那个叔伯哥的坏话了。"

"你要是说好话，我还真瞧不起你了。"

"你不担心占富吃官司啊?"

"脚上泡他自己走的，怨谁？我向理不向人。"

"占芳，你真是心眼儿好使唤……二丫她好可怜呵，摊上这么个事儿!"

占芳并不完全赞同若兰，说："也是怨她自己——什么人才摊什么样事儿，她那么软弱。"

"你真是站着说话不腰疼！换上你，你怎么办?"

占芳的眉毛拧起来，脖子一梗，脑后两根小细辫儿跟着一甩达，正颜厉色说："搁我啊，一剪子捅了他!"

大队的结婚介绍信开出去了，可是在公社妇女主任那里卡住了，说是二丫不够年龄。占峰给她打电话，开口便是一顿臭骂："你是没养过孩子不知道逼疼，你以为俺们做基层的容易啊！你说不行就不行吗？明天我就叫他们两家人去你的办公室，赖在你那里不走，再不行干脆去你家里，在你家里吃家里拉，让你张嘴政策闭嘴文件的。往后我还不管了，你不是能管吗？都交给你管，看你怎么下得了这个台阶……什么，你把他们赶出去？拿你的大奶头吓唬小孩子去吧，别跟我来这个……你要是敢动他们一个手指头，我就让你家变成坟场子!"那头好像又说些什么，占峰根本没听，随手把话筒摔在桌上。公社妇女主任是个新上来的大姑娘。占峰打电话时占喜在旁边提醒说："这个人不能得罪，听人说是有背景的。"占峰嚷道："我不管她有什么背景，她就是铁脑瓜，我也要在上面弹出一个瘪来。"其实占峰这个人头脑并不像表面上那么简单，他知道只这样犯浑不行，要成事可没这么容易！他吩咐占喜："你去仓库里装两麻袋大米，再去大队参园子要两棵大头的人参，等晚上背着点儿人，给公社王书记送过去。"占喜这些年总往外跑，见过些世面，他跟占峰说："咱四亩地的大米，送谁都拿得出手，可园参这玩意儿如今行儿不行，稀烂贱的，大头的也不值几个钱，送我算好东西，送王书记不行，我看还是换点别的吧。"占峰皱眉说："咱太子屯穷，再没有什么好东西能拿来送人啦。"占喜眼珠子一转说："万顺叔头些天放山，挖着一棵五品叶，挺金贵的，让我搭顾买主。我要去城里的医药公司还没倒开空儿……"他看占峰有些犹豫，又说，“依我看这事儿不送就拉倒，要送就送个人家满意。再说了，这钱根本用不到你出，也不用大队出……”“你的意思是让占富家出？”“对呀，老话儿说花人钱财替人消灾，既是替他消灾，他不出血谁出血？”“你说得对，占喜。我上来没几天，一门心思想的是怎么把这头三脚踢开，在乡亲们心里树立起威信，所以想把这个人情做到底，没打算让占富家破费。就按你说的办，你这些年没白往外面跑，长不少见识。”占喜得意地笑了说：“你要不管他，他得蹲大牢，破费点儿算什么。再说了，为了平这个事儿，是他家先提出的私了，愿意给二丫家几百块钱。”“那棵五品叶值多少钱？”“估摸怎么也得六七百块钱，不过我去办，四五百块钱就能下来。”“你这就去办，占富家这边我去说。”

当天晚上，占喜带上齐大虎，开着手扶拖拉机，装上两麻袋大米，带着那棵纸包纸裹的五品叶，顶着月色出后沟口，去了公社王书记家。这个公社书记不是别人，是占峰本家一个叔叔，还没出五服，算是近支儿。早些年从太子屯出去的，当兵提干转业回县里回公社，七转八转转回来了。占喜又油嘴滑舌会说话能办事，是干这种差事的不二人选，一张嘴叔叔叔叔叫不停，把事情办得圆圆满满天衣无缝。过不几天，证就下来了。占峰很得意，没少跟旁人炫耀这件事，说这多好啊，皆大欢喜。要不叫我占峰，这事儿要多烂有多烂！见到若兰，他更是不失时机地显摆说：“要是依了晓丹，占富进去了，至少七八年打底儿。二丫呢，她能捞什么好？姑娘不姑娘，媳妇不媳妇的，再找个婆家都难啊。两边老人仇口结下了，一个村住着，低头不见抬头见，见了说个啥？”

可是证下来的第二天，二丫的父母又着急忙慌地来找晓丹，说：“不好了，二丫反逛了，怎么说也不行，你快帮着想想办法，倒是怎么弄好？”晓丹说：“你们快回去跟她说，证都下来了，不是闹着玩儿的，不能随便反悔。”二丫父母说：“俺们说过了，她不听啊。晓丹，二丫她信服你，你去帮说一说，她指定听你的。”晓丹跟他们去了，他在西屋单独跟二丫说了几句话，连二丫父母也不知道晓丹说了些什么，反正二丫没哭没闹又同意了。

这厢刚安插好，那厢栓柱又要整事，他找到晓丹说：“占峰这个事徇私枉法，我打算去上边告他。”晓丹问：“栓柱，你什么意思啊？”“我就是想把占峰整下来，让你当这个大队长。”“栓柱啊，为了二丫这个事儿，这几天这几个人跑得跟走马灯一般，够乱的了，你就别跟着凑这个热闹啦！你不用替我想，我当不当那个大队长无所谓；你还是替二丫想一想吧，她已经够可怜的，经不起你再去折腾啦！”栓柱依然坚持自己的主意：“丹哥，用不着你出面。我来干这事儿，你就等着从峨眉山上下来摘桃子还不行吗？”“不行，你消消气拉倒吧。”见晓丹态度如此坚决，栓柱当时答应就此作罢。可是没几天，还是出事了，不知谁捅到了县里，县公安来了个调查组，三个人进驻太子屯。晓丹问栓柱是不是他干的，栓柱矢口否认，晓丹追问，栓柱被逼无奈说出一句意味深长的话来：“指定不是我干的，但是我知道是谁干的。”

调查组来的那天，占峰安排他们住大队部，他们没同意，住进了一个房子宽敞的村民家。他们说，现在全国上下都在开展“严打”运动，他们已经掌握这是一起强奸案，只要再收集些证据，就把占富绳之以法，从重从快严肃处理。他们还说，你们这个大队还是不是共产党领导？你们这个大队长怎么像个山大王，想怎么干就怎么干，他懂不懂政策懂不懂法律？这些话儿传到占峰耳朵里，他有点儿害怕了，真要是翻了盘子，自己受批评是轻的，大队长当成当不成都两说。占峰找到晓丹，不像以往那么淡白白的，一反常态跟晓丹套近乎，老同学长老同学短的，唠了不少好听的嗑儿，虚伪得很，他什么意思晓丹心里自然一清二楚。

调查组的人找晓丹谈了话。晓丹考虑得了很多，要整占峰一下也容易，他有直接的证据，当初二丫家签字画押的材料就攥在他手里，可如果那样占富肯定要负法律责任，二丫也捞不着好儿，那不仅仅毁了两个人，也毁了两个家庭。晓丹没有替占峰着想，也没替自己着想，更没想趁机整倒占峰自己当那个大队长。他跟县公安的人说：“这就是一桩普通的婚姻，没有别的事儿，没有那么复杂啊！”调查组的人耐心劝导说：“你先别说那么死，情况我们基本掌握。这个事儿对你来说不是坏事儿，反而是一个机会，希望你把事情真相告诉我们，你好好想一想吧。”晓丹坚持说：“我想好了，我说的都是事实，你们别再费劲啦。”

晓丹知道调查组会找二丫一家人谈话，事先跟他们作了交代，二丫一家人现在已经想通了，自然不用费什么口舌。等到调查组找过来时，他们都一口咬定结婚出于自愿。晓丹以为事情就算过去了，可是调查组还住在太子屯，一点没有走的意思。

晓丹找到栓柱，质问道："栓柱，你跟我说实话，举报这个事儿到底是不是你干的?"栓柱连连晃头，矢口否认。"你跟我说过，指定不是你干的，可你知道是谁干的，那就是你让别人干的，对不对?"栓柱莞尔一笑，也不反驳。晓丹知道自己难以说服栓柱，便亮出了一张王牌："栓柱，占芳对你有点儿意思，她要是知道了，你就彻底没戏喽。""别扯了，我都知道她对你好啊。"栓柱说话时瞪圆了眼睛，耳朵也竖起来，生怕听丢了一个字。"栓柱，你怎么糊涂啊！我哪能一只脚踩两只船，难道我是那样的人！再说了，就算我这头有心，人家占芳也未必有意，她能瞧得起我这个穷家?"栓柱像是被点中要穴，一下子变乖了："丹哥，你说怎么办，我听你的。""民不举官不究。你赶紧去找调查组，把举报信撤回来。"

调查组哑默悄儿地撤出了太子屯。过不两天，太子屯举行了一场皆大欢喜的婚礼，新郎新娘、两边老人都挺高兴，占峰更是喜形于色，十分满意自己竭尽全力撮合成的这份姻缘。晓丹也很高兴地参加了婚礼，他感觉这桩婚事对于二丫来说，也算是不错的结果。这件事情之后，村民们议论起来，都给了占峰很高的评价，说他把一出悲剧导演成了一出喜剧，化干戈为玉帛，变仇敌为亲人，都说新官上任三把火，占峰这第一把火烧得漂亮。可是背地里，人们把心底的那份钦佩与敬重给了晓丹，都说他为人光明磊落，不图私利心地善良。

7

大雨过后的早晨，太子屯的天格外蓝，树木和庄稼格外绿，空气格外清新，吸一口，潮乎乎甜丝丝的，滋心润肺，可是对于占峰来说，这是一个阴郁的令人心碎的日子。他心里很乱，一如刚刚过去的这个雷电交加的夜晚，折腾得厉害。他平日从家里出来，出门上头道街，往西走去大队部。一路上迈着八字步，晃里晃荡的，俨然一个古代社会的庄主，巡视着他的领地，接受过往行人投过来臣服的目光和毕恭毕敬的问候。今天他绕远儿走了二道街，低着头，像一只斗败的公鸡，忧心忡忡的样子。二道街很窄，车辙很深，许多地方汪着水。路边沟膛里，满槽的清水汩汩地流淌，把沟膛边的小草涮倒，小草又倔强地站起来。靠山根有一个牛圈，小队的牛虽分给个人，却圈在一起，牛粪和蒿草沤出来的臭味，远远地传过来。泥泞的道路上，牛圈的粪水漫过，占峰跳跳跶跶地跑过去，脚底下一哧溜，险些跌个跟头。等到站稳了，却觉出腰不舒服，隐隐作痛。人要是不顺当，喝凉水塞牙，走平道闪腰啊！

昨天下午，占喜来大队部，神秘兮兮的。看王治保和大队会计都在屋里，把占峰喊了出去，跟他说，晓丹和若兰晚上在小河口约会，被他看见了。占峰吃惊不小，脸色都变了，问什么时候的事儿？占喜说十几天以前。“你看清了？”“看清了。他两人，去了皮我认得瓤儿。”“为什么不早说？”“我这些日子倒弄点儿山野菜，没怎么着家。”“你不是总回来吗？”“就是打个站儿，磨身又走了。”“混账话，一点儿工夫都没有吗？”占峰五官错位，样子很恐怖；占喜吓了一跳，他背着占峰吐了下舌头，没敢再言语。占峰扔下他，拉着脸子回到屋里，这一天再无一丝笑容。占峰知道若兰对晓丹好，可他更知道他们之间横着一道坎，以为他们越不过去，没想到两人会发展到这一步。事情来得这么突然，占峰好像一下子从西大砬子跌入山下的河谷里，人活着却是痛不欲生，这个打击他难以接受。

占峰到大队部刚坐下，电话铃响了，是公社王书记打来的。王书记在电话里说，他已跟靠山屯的养鱼大户刘大头说好，帮太子屯一把，捐赠给太子屯五千尾虹鳟鱼苗，可人家有个条件，让太子屯去个人到他那里。他在暖水寺风景区租下了一个人工湖，在里面放养虹鳟鱼，让太子屯去个人给看着，同时教给这个人养鱼技术，十月底结束，前后将近半年，回来就把鱼苗带回来。这个刘大头脑袋一点儿也不大，在全公社是个闻名遐迩的精明人，靠养虹鳟鱼发了家，是全公社最早的万元户。王书记还说，虹鳟鱼是从北美引进的一种珍贵冷水鱼种，味道鲜美，价格不菲，太子屯的山泉水很适合这种鱼繁殖生长，将来一定会有很好的收益。

占峰在电话里跟王书记客气了一大气儿，放下电话思考了半天，开始他一直算着一笔经济账，打着怎样挣钱的算盘。太子屯是全公社又穷又窎远的村子，没有什么像样的副业。有一个人参园子，栽着几十帘人参，赶上出货这一年，能卖几个钱儿。最近两年行儿不好，人参越来越落价，再贱就和胡萝卜画上等号了，哪里有什么效益。有一个瓦厂，打打停停的，外边没有来太子屯买瓦的，都是村里人自己用。谁家要盖新房或是扒掉苫房草改换瓦屋顶了，打个招呼，瓦厂找挂马车，去县里买来水泥，沙子就地取材，大河沿儿有的是，随用随拉，一年下来也见不着多钱。有的村民赊着账，房子都住好几年了，瓦钱现在还欠着呢。还有一个锯木厂，早些年用马车往铁路货场送大柴，现在上边的林业政策越来越紧不卖了，改做包装箱啊横担木啊冰棍杆啊什么的，零打碎敲，有活就干没活就停。还有粉坊、油坊、果园什么的，更是黄狼子娶媳妇——小打小闹，不提也罢。就这么一点家底儿，一穷二白，占峰作为大队长，不能不为村里的生财之路动脑筋。可是现在他的心不净，一会儿想着王书记说的事儿，一会儿想着晓丹和若兰的事儿，想来想去他突然把这两个事儿联系到了一起，灵机一动冒出一个主意来——让晓丹去暖水寺，让他走半年，半年的时间不算长也不算短，中间也许会有很多事情发生。这个想法让他产生了一丝兴奋，困扰他整整一个通宵的痛苦与烦恼随之减轻了一些。

春播已过，修路工地复工好些天了。占峰自从当了大队长，花插着去工地看一看，平日里去得少了，现在那一大摊子都交给了晓丹，让晓丹当总指挥，新路一天天延伸，已经到了卡脖子的地段西大砬子。中午，晓丹骑着一辆半旧的自行车，从工地上回家来吃午饭，走头道街路过大队部的时候，看见占峰从屋里推开窗户，一边冲他招手一边喊他。占峰已经站在屋里盯半天了，一直等着他过来。晓丹推车过去，两人一个屋里一个屋外，隔着窗台唠起来。

很简单的一次谈话，占峰做了精心准备："晓丹，自打当这个大队长，我就想找时间跟你唠一唠。"

晓丹心里有点纳闷儿，不知道占峰要干什么："是吗？"

"咱俩是老同学，我希望你能支持我工作。"

“那没问题。”

“那就好，那就好。晓丹，全太子屯，我看重的只有你一个人，只要咱俩能哧到一个尿盆里，太子屯就有戏。”

“你是夸我呢，还是夸你自己？”两人平日很少单独相聚，偶尔在一起了，晓丹都觉得太闷，现在他开了一句玩笑。

占峰真的笑了：“不，这是实话。你挺有见解，给咱村出了不少好主意。比如修路，就是你最先提出来的——呃，你提的是修桥，一个事儿，一个事儿啊。”

“这是秃脑瓜虱子，明摆的道理吔。”

“眼下有一件美差，我想了好长时间，也没想出一个恰当的人来。”他说了去暖水寺风景区养虹鳟鱼的事儿，末了又说，“至于工钱，大队出，一个月一结，肯定不会让去的人吃亏。”占峰说完，盯盯地看着晓丹，希望晓丹能主动提出来。

晓丹开始有点儿发懵，感觉占峰好像有点什么事儿，又不知道他要说什么，只能占峰说一句他应一句。占峰绕来绕去终于上了正题，他的话一说完，晓丹就明白了他的意思，委婉地说：“这是个俏活儿，肯定有人愿意去，你自己琢磨琢磨，找个愿去的人。”

占峰做事缺少耐心，见这么引导晓丹还是不往上说，自己便说了出来：“太子屯人不少，能干活的人也不缺，可出门在外，话能说清楚事能办明白的人不多啊。我想了好长时间，觉得还是你去合适。我信不着的人，他想去我还不让去呢。”

“占峰，不是我卷你的面子，你还是派别人去吧。不差别的，主要是我妈她身体不好，没有人照顾。一个村里住着，我家里咋回事，你还不知道吗？”

晓丹这么说，占峰事前料到了，他早有准备：“我知道我知道，我已经替你想过了，你该去去，你是个孝子，我怎能让你背不敬老人的骂名呢！你妈她是慢性病，暖水寺又不远，三四十里地，有点什么事儿，我立马派人去找你回来也不迟呀。还有，村子里闲人不少，大队再安排个人晚上给你妈做伴儿，顺便帮着干点零活儿，免得老人家孤单寂寞，你看怎么样？”

占峰说话总是强人所难，做事总是让别人顺从他的安排，晓丹历来很反感。他想快点儿结束谈话，就说："不行不行，我去不了。"晓丹说完，扔下占峰骑车就走了。对于这样的谈话结果，占峰事先也想到了，看着晓丹骑车远去的背影，他目光幽幽的，嘴角挤出一丝冷笑来。

晓丹下午又上工地，忙忙活活的，几个钟头倏忽之间便过去了。晚上回家的路上，晓丹把自行车停道边，在地头挖了点鸭食。五月下旬的天气很暖和，地里的苞米苗长出来了，有一扎高矮，看上去柔柔弱弱的。地头沟沟堑堑上各种青草和野菜早已争争抢抢地拱出地皮，挤挤挨挨的，一片葱茏。不一会儿的工夫，晓丹就挖了不少的婆婆丁、苦碟子和鸭食菜，装满了事先准备好的一个布兜子。回家进了院子，扔鸭窝里一半，扔鸡窝里一半，看见柴柈子没有了，他又到院门前柴垛边劈柈子，刚举起斧子，这时候听见母亲在屋里喊他。他进屋后，母亲先提起去暖水寺的事，晓丹猜测，可能是占峰跟母亲说了。母亲没有开口就说自己的想法，一下子扯出去好远好远。她说太子屯是哪一天有的，谁都说不清，反正有老鼻子的年头了。鄢家在太子屯原本是大户，至于住了多少年，她也不知道。母亲说着，折腾着从箱底翻出一本又黄又旧的家谱来。家谱的封皮儿卷边掉角，上面竖写着"鄢氏家族谱系"几个大字，用方框框着。晓丹以前见过这本家谱，没认真看过，现在他拿过来打开，看到鄢家从列祖列宗排下来，父亲是最后那一辈儿，数一数有十几代。从自己这一代起，家谱上还没做记载，但是后面写着自己往下子嗣要泛的字，共十代，晓、明、清、广、顺、伟、建、昌、忠、申。上面还写了家族的历史沿革、重大事件，后面还对"五服"作了解释：斩衰，丧服用料为最粗麻布，不缝下边，服孝期三年；齐衰，粗麻布，缝下边，服孝期一年；大功，熟麻布，服孝期九个月；小功，较细熟麻布，服孝期五个月；缌麻，细麻布，服孝期三个月。晓丹以前只知道五服说的是亲戚远近亲疏，看过后才知道其中的究竟。母亲说："鄢家最近四五十年有三次大的变故，一个是民国二十八年前后，太子屯闹匪患，在附近牤牛山占山为王的胡子黄西山隔三岔五来村里抢掠，搅得村民不得安生，家境殷实一点的是胡子抢劫的重点对象，今个儿走明天又来了，实在熬不过的人家就搬走了。你爷爷那一辈一共哥八个，那一次走了四个。第二次是日本人来的时候，大概是一九四二年或是一九四三年。小鬼子搞并屯，太子屯全迁到暖河子大堡子去，都搬走了。光复以后，村民们大都搬了回来，你爸他们哥四个回来哥仨，有一个没回来。第三次是到了要解放的时候，太子屯这地方国共拉锯，国民党207师来过太子屯，几进几出，每来一回就折腾一回，每回几乎都是洗劫一空，眼看日子没法过了，又走了哥两个。近支的在太子屯现在就剩咱一家。偏咱家又人丁不旺，你爷爷那辈儿是单传，到你爸那辈还是单传，好不容易到你这辈儿哥俩，没想到你哥哥又踢蹬了。抗美援朝结束那会儿，太子屯来过一个从朝鲜回来的姓鄢的志愿军战士，说是来找本家亲戚，才知道走的那些人都去了黑龙江富锦。你爸当村支书的时候，搞外调去黑龙江，拐弯儿去了富锦，见到了那些本家的亲戚，说那边好着呢，大草甸子黑土地，方圆几十里没有人烟，天也蓝云彩也白，一伸手像是能够着天上的云彩，瞅出去多老远都像在跟前似的。'文革'那会儿，你爸成天被批斗，他挺不过，跟我说，咱们走吧，去黑龙江富锦。我说，你再挺一挺吧，拉家带口的，挪个地方那么容易呢？没想到，过几天你爸就死在了五里长汀，我后悔死了！后悔没听你爸的话，那样的话他就能有条活路，可惜呀，这天底下卖什么的都有，就是没有卖后悔药的啊。”讲到这，母亲说不下去了。她擤一把鼻涕，去外屋地拿手巾擦去脸上的泪水，让自己的情绪平复下来，又接着说，“丹儿，这回我说啥也不能再犯上回的错儿！我跟你说了一牛车的话，就是告诉你一个道理，人挪活树挪死，换个地方就比囚在太子屯强。不听老人言，吃亏在眼前。你听我话挪个窝儿，我这么大岁数，还能有几年活头；你不同，你往后的日子还长着呢。在太子屯，陈书记有权有势，他不待见你。现在他走了，又上来个王占峰。这个王占峰比陈书记强不了哪儿去，他争强好胜不容人，走方步放四楞子屁，一口腌不着个豆马上就不是他，何况老王家又人多势众。丹儿，你走吧，别再留这儿受那份窝囊气。晓丹说：“妈，你想哪儿去了，我去暖水寺，也就半拉年儿，上冻之前就得回来。”母亲说：“半拉年儿也行，也比待在家里强。我听说暖水寺那边正在往大里做，大兴土木的，谢家崴子那个水洞都成一个有名的风景儿了。你到那儿一边养着鱼，一边留点儿心，没准儿能找个事儿干干。要是在外头搞个对象，做个倒插门女婿，那是最好。”晓丹说：“妈，让我走半年，扔下你一个人在家，我不放心。”母亲说：“我没事儿，一时半会儿死不了，你走你的，别管我。”“妈，你这么大岁数了，身体又不好，咱这回不去了，等我瞅机会找个更好的差事，最好是能把你也带着，那时候我再走行吗?”母亲说：“那得等到猴年马月？走一步是一步，我看就这么定下来吧。”见母亲主意已定，晓丹很是矛盾，他从心里边不想走，除了惦记母亲，他还舍不得若兰，长这么大和若兰还真没分开过，从村办小学，到公社初中，再到县高中，你看着我我看着你长大的。可晓丹是孝子，什么事儿都听母亲的，母亲态度如此坚决，他难心了。

第二天一早儿下雨，修路工地停下来。晓丹着急把去暖水寺的事儿告诉若兰，想和她商量一下怎么办，却被雨隔在屋里出不去。好不容易等到傍晌午，雨才停下，他拎起扁担和水筲去头道街的井台上挑水。快到井台的时候，他放慢了脚步，磨磨蹭蹭的。若兰家离井台不远，他希望能偶然遇上她。

太子屯人吃井水，这里打水的方式很原始也很特别，不是电井，也不用辘轳。井台上，高高地并膀儿矗立着两根线杆粗细的柱子，靠近顶端穿一根铁轴，将一根横杆从中间固定。横杆的一端用绳子系着长长的井钩，另一端坠块木头起配重作用，这样打水时省力些。干这个活儿需要技巧，弄不好水筲就掉井里去了。晓丹平日里闭眼也干得干净利索，把水桶挂在井钩上，两手倒着井杆将水桶送至水面，这时候上面的横杆基本上处于水平状态，远远看去像一个十字架。技巧就用在这个时候，左一摆，右一摆，再向下一压，提上来，满满的一筲水。今天不同往日，晓丹有心事，一直想着去暖水寺的事，光顾想心事了，水桶掉在了井里。这样也好，晓丹甚至有点儿庆幸，他可以在井台上多待一会儿了。他解开长长的井钩子，弯下腰去打捞，不紧不慢的，不时直腰朝若兰家张望。占喜挑着水筲过来，说：“晓丹，怎么搞的嘛，水筲怎么能掉井里?”晓丹说：“可不是吗，一点儿不好捞。”他说话的声音很大，不像对占喜说，像是说给很远的人听。占喜说：“我帮你捞吧，把井钩子给我。”晓丹更是提高了嗓门儿：“不用，不用，你先来，我不急吔。”说着，他系上井钩子。占喜疑疑惑惑的，打了水挑起水筲几步一回头，终是走远了。这个时候，晓丹看见若兰从家里挑着水桶走出来，赶紧解下井钩子，三下五除二捞起水桶，又把井钩子系上，打满两筲水。若兰来到井台上，他只说了一句：“晚上去五里长汀，我有事儿。”就急急忙忙挑起水桶回家了。

晚上，晓丹和若兰两人脚前脚后到了五里长汀的大柳树下。经过昨天晚上和今天上午的认真思考，晓丹现在想通了，既然母亲非得让他去，那就尊重母亲的意见吧。去了暖水寺，未必是坏事，自己在太子屯，整天看着占峰指手画脚听他吆五喝六，自己什么事儿也办不了，修桥的事也变得遥遥无期。暖水寺那边正在往大做，去了那边，一边养鱼一边寻找机会，没准儿能找一个好差事干，怎么着都比囚在太子屯强。晓丹期待去了暖水寺之后有奇迹发生，幻想着过去以后能挣到大钱，那样就可以在五里长汀修桥了。他跟若兰说了去暖水寺的事，并说了自己的想法。

若兰闷了一会儿，问道：“占峰为啥让你去暖水寺，你知道不?”

“他是不是知道咱俩的事啦?”

“可能是吧……占峰跟我家提亲了。”

“啥时候?”晓丹吃惊不小，他突然想起头些天若兰和陈书记吵架的事儿。

“有些日子了，我没和你说，怕你想太多。”

晓丹犹豫起来：“那怎办呢?”

“村里这么多人，找谁去不行呢?你孤儿寡母的，他非让你去，这是欺负你……实在不行，我找占峰去，干脆跟他挑明咱俩的关系，让他断了那个念想。”

“若兰，我现在是从心里想去，就是占峰不让我去，我也巴不得快点儿过去。人家都说你处事大度、通情达理……”

若兰打断晓丹，赌气说：“别给我戴高帽儿，我没有你说的那么好。”

见若兰没有让步的意思，晓丹说：“去不去，咱先不定，等我办过两件事儿，再说。”

若兰家在头道街上，离大队部不远儿。四间瓦房，东西屋，东屋是套间。外边是石头院墙，房山头有一株又高又大的天女木兰，眼下还没开花，阔大的叶子拢作一团碧绿，显得生机盎然。陈书记走了以后，若兰提出让晓丹去她家一趟，她说：“丑媳妇早晚要见公婆，你这个丑女婿也不能不见丈母娘啊！趁我爸不在家，你先跟我妈谈一谈，堡垒一个一个攻破吧。”晓丹知道若兰母亲不待见自己，今个支明个，明个支后个的。这回晓丹是主动去的，他说的两件事情，头一件就是去若兰家。他明白这一关绕不过去，他决定去暖水寺之前先见上若兰妈一面；若兰妈什么事都是跟着若兰爸跑，难度系数低一些，先捏软柿子后啃硬骨头，至于谈好谈赖下一步怎么走，等见过再说。

天刚擦黑儿，晓丹进了院子，来到屋前伸手刚一敲门，若兰像是早就等在那里，很快把门打开，对他浅浅一笑，把他让进屋。虽然一个村住着，在晓丹的记忆中，他以前只来过若兰家一次。那是十四五年前，“文革”刚开始的时候，他俩在村办小学念书的时候，大概是一年级，老师家访，他和几个同学跟着来了。那时候他还小，没留下什么记忆。后来因为“文革”中那段不堪回首的往事，两家人基本断了来往，他就再没来过。

晓丹走进屋里。灯光下，通长的火炕，炕梢摆着门上雕花的老式炕琴柜，柜上叠着齐齐整整的被格儿，炕上铺的是黄地上印有黑格子图案的人造革。地是太子屯少有的水泥地面，地上摆着厚重的紫檀色板柜。若兰妈五十岁上下，穿着很齐整，不像普通的农村妇女破狼破虎的。村民们都说，若兰干净利整那股劲儿，有点儿像她妈。晓丹进屋时，若兰妈正坐在炕梢拿一根铁锥子穿苞米，身边是一大堆混在一起的苞米棒子苞米粒儿，黄澄澄金灿灿的，炕脚底下，堆了不少的苞米骨儿。一只花猫趴在炕头，无动于衷地眯着一双黄眼睛，看着晓丹。若兰妈见晓丹来，显然是吃了一惊，慢腾腾地磨过身子，淡淡地挤出一句：“晓丹来了。”晓丹问了好，坐到炕沿边上。若兰妈推过烟笸箩，说：“你今个怎么有了闲工夫，稀客呀！抽烟吧。”晓丹明显感觉到若兰妈的冷淡，并不介意，客气说：“我不会抽，陈婶。”说着他端起烟笸箩，半是惊讶半是为自己解围说：“这个烟笸箩真好看，像个古董儿！”那是个用香烟盒裱糊的物件儿，个头儿比大号的海碗还要大一些，看样儿有些年头了，那上面有好几种牌子的烟盒，像万里、水产、握手、大前门、大生产、大婴孩等，红红艳艳的很好看，有的晓丹连见也没见过。晓丹正看着发呆，若兰背着母亲冲晓丹做出卷烟的手势，晓丹明白，马上拈一张烟纸，很迅速很巧妙地卷成一支喇叭筒儿，递给若兰妈。若兰妈矜持地接过来说：“不抽烟，怎么卷这么好?”“我妈抽，我经常给她卷。”晓丹要拿火柴为若兰妈点烟，若兰妈自己抢先拿过去，“哧啦”一声点着，慢吞吞地吐出一团淡蓝色的烟雾，心不在焉地和晓丹唠起闲嗑儿："你妈她，体格还好吗？""不好。老毛病犯了，总是咳嗽。"若兰妈叹着长气说："唉——你妈这些年，挺不易。"这时她突然话锋一转，"你今年二十几啦？还没搞对象吧？我这儿有一个人，大南沟的，说起来还是我的远房亲戚，跟你挺合适。她模样好，身量也好，过日子更是没说的。你看要行呢……"若兰在一边儿抢过话茬儿抱怨说："妈，人家晓丹头一回来串门儿，你提这个干啥？"若兰妈不咸不淡地："提这事儿怕啥，这是好事儿！"晓丹说："是好事儿，可我现在不想搞。等哪天要是想了就自己找一个，不用别人介绍。""自己搞的不是吵就是离，没几个过得好的。"晓丹晃头说："陈婶，人都说你通情达理；陈书记又是咱太子屯的领头人，子女的事儿应该让他们自己做主。""你们年轻人时兴自己搞对象，俺们家指定不行！我这两个孩子，非得我和你陈叔同意不可，不能由着他们的性子来。"晓丹一笑："等我搞了对象，她的父母要是不同意，我就成天去她家，说小话儿，帮着干活，直到感动他们为止。"若兰妈用鼻子哼了一声说："我要是那个家长，任你说一牛车好话，干一年大活儿，从正月头干到腊月尾，还是不同意，你有什么办法呢？""他们要是还不同意啊，我就把他们的女儿偷走，让他们后悔都来不及。"晓丹说得半真半假，说完爽朗地笑起来。若兰在一边接话说："我要是碰到这种情况啊，就先做妈的工作，女儿是妈的贴心小棉袄，反过来妈是女儿的保护神呵，哪有妈不理解女儿心疼女儿的，是不妈？"若兰把两手扳在母亲的肩头上，晃动着撒起娇来，"妈，我明儿个找回一个爸不满意的，你能不能帮我说话儿？"若兰妈看清这一出双簧戏，没管晓丹在跟前，板起脸来说："若兰，你不用在这打囫囵语，你真敢自己把人领回来，看你爸怎么收拾你！"若兰生气欲开口反驳时，弟弟二宝从外边回来，进屋见晓丹来了，很是高兴，说："丹哥来了，我正有事要找你呢。"晓丹问："找我干什么？""这么回事儿，我要扎一个鸟笼子，自己做不好，你来得正好，帮我研究研究。"说着把晓丹往对面屋拽，晓丹跟着二宝，还有若兰一块来到西屋。

西屋屋地上放了一个用高粱秆扎的大鸟笼子，里面装了不少山鸟儿，有布谷、杜鹃、斑头雀、沙半斤，还有一些晓丹叫不上名来。见人进来，笼里的鸟儿一阵扑啦啦乱飞乱撞。晓丹问："哪儿弄这么多鸟儿？"二宝说："我逮的，用粘网粘的。""你让我做什么样的鸟笼子？""做一个小的，我要挑一两只好的养着。”“剩下这些呢?”“摔死吃肉啊。用油炸，可香啦！等我再抓一些，做好了给你送去点儿。”晓丹打小心善，除了苍蝇蚊子之类从不伤害任何生灵，对几乎所有的生命心存敬畏，他晃着头蹲下去，看着笼子里惊慌失措扑啦啦乱飞的鸟儿，喃喃地说：“我不要。多可爱的鸟儿啊，真好看！二宝，你要是喜欢，养那么一两只我不反对，可是你用粘网粘鸟儿炸了吃，我不赞成。听我一句劝，以后别弄了。”若兰在一边也跟二宝说：“我以前也说过你，你不听，这回晓丹也这么说，你还不听啊?”二宝说：“丹哥，有的动物生来就是让人吃肉的，我最好的就是这一口了，哪里有你们俩这样的佛心。”晓丹站起身，拍了拍二宝的肩膀说：“二宝，你想过没，这些鸟儿也有家，有的也可能有孩子，被你抓到了，它孩子可能就饿死了。”“我没想过。丹哥，我在各个方面都佩服你、尊重你，就这一个事儿，不能听你的。”晓丹无奈地晃着头，跟二宝商量说：“这么的吧，二宝，咱俩做个交易，我给你做一个好看的鸟笼，你把这些鸟儿放了，行不?”二宝犹豫。若兰说：“二宝你寻思啥？平日总说丹哥这么好那么好的，他现在说什么你都该应。”二宝才有点儿不情愿地说：“是啊，换别人不好使，丹哥说话了，那就放。”三个人说着拿起大鸟笼来到当院，晓丹和若兰拔掉鸟笼上的一些秸秆，鸟儿争先恐后地出笼，扑棱棱地飞进夜空里。

晓丹回屋和若兰妈告辞，出屋时若兰和二宝跟着送出来。在门口二宝站住了，跟晓丹说：“让我姐送你吧。”说完，还背着晓丹冲若兰做了一个鬼脸儿，吐了一下舌头。然后不放心地盯了一句：“丹哥，鸟笼什么时候做?”

“你放心，用不几天就给你做出来。现在一个是没有木钻，这个我可以做一个简易的。再一个关键是没有竹篾条，咱俩都上点儿心，踅摸着看谁家有破油布雨伞，找到就好办了。”

二宝又问：“丹哥，你吃过烧鸽子吗？特好吃！西大砬子上有野鸽子窝，这两天我就能抓着，烧好了给你送去。”

晓丹和若兰两人刚走到院门前，屋里传来若兰妈的喊声：“若兰——快点儿回来啊。”

若兰冲冲地扔回去一句：“我丢不了哇!”

站在院子外边高高的柴禾垛旁边的暗影里，若兰用逗趣的口吻问："晓丹，头一个回合，你感觉怎么样？"

"你爸你妈简直就是两座大山，一个太行，一个王屋。"

"那你就当一把愚公吧，为了娶我做媳妇，挖山不止，千万别泄气儿！"

"只怕我这个愚公，感动不了上帝啊。"

母亲冷落晓丹，若兰心里边不得劲儿，她不能贬损自己的母亲，只好安慰晓丹："晓丹，你放心，实在不行，咱们再绕过去。我不会总让你去做无谓的努力，因为那样我心痛！"

晓丹心里边震了一下，他知道绕过去这几个字的分量，和若兰相处这么长时间，她还是头一回说这样的话。他拥抱过若兰，抚弄着她的头发，感动地说："若兰，谢谢你这么说，有你这句话，不管最后的结果怎样，我都知足了。"

8

晓丹去若兰家过去两天了，若兰问晓丹，你去我家里，算一件事儿，第二件事儿你要做啥呀？你还等啥呢？晓丹卖关子说，到时候你自然知道。若兰只好耐心等待，直到有一天早晨下起了牛毛细雨，修路的村民们汇聚在大队部门前的广场上，等待着出不出工的消息，占峰宣布工地上停工一天之后，晓丹才告诉若兰，他今天要去暖水寺考察一番。

人们四散离开广场时，占喜如同获得翻身解放一般，撒着欢心跑起来，边跑边减出一套嗑儿："天上黄澄澄，地上刮大风，刮风就下雨，下雨就收工。"

真是个成全人的好天气！雨丝落在人身上，连衬衫都不湿，只是有点儿潮乎乎的。为了背人，晓丹和若兰没走五里长汀，舍近求远走的后沟。他们一前一后出太子屯，到后沟口会合后，上了西大砬子山下那条正在拓宽的马车道。空荡荡的山谷里杳无人迹，等他们到了战备路口，站在路边等那辆班车时，小雨停下来了。

暖水寺有一座寺庙，香火旺盛，远近闻名。因为地处铁路沿线，交通便利，常有善男信女从城里大老远地赶过来，烧香拜佛，求帖问卦。和寺庙同样有名的，是这里的温泉。相传努尔哈赤在此地屯兵时，他的爱犬身上生癞，整日伏在温泉水中，不久痊愈，皮毛光洁如火狐一般。出火车站不远，有一个小广场，广场中央矗立着一座汉白玉雕像，努尔哈赤骑着骏马，一生戎装，昂首望着燕东大地，马前跑着他的那条爱犬。早些年市政部门和中央直属的大企业争相在这里建起了疗养院，经过近些年不断改建扩建，形成了一个规模很大的疗养区。楼宇造型优美，错落有致，背后是连绵起伏苍翠欲滴的青山，脚下是碧波荡漾奔流不息的太子河水，算得上是燕东一景。与它毗邻有一个谢家崴子水洞，因附近有一个叫谢家崴子的小村而得名。据说这是世界上最长的充水溶洞，里面钟乳倒挂，石笋林立，属于典型的喀斯特地貌，渡船可以一直走到洞穴深处。占峰说的那个人工湖，其实是在谢家崴子水洞那里。

晓丹念县高中的时候，来过谢家崴子水洞一回，和同学郊游一起来的。那时候洞口杂草丛生，荒凉得很。他记得几个同学每人捡了几块石头握在手里，进洞后撇进水里跑了出来，身后惊起许多蝙蝠扑愣愣一阵乱飞。如今上边已经决定开发这个水洞，准备建成一个规模很大的风景区。办公楼已经盖起来了，宾馆也盖起来了，眼下还有好几个工地正在施工，不知盖的是啥，摊子铺得很大，风头大有盖过暖水寺之势。

晓丹和若兰来到水洞洞口附近，果然见到一个人工湖，大小有五六亩水面，四周绿树环绕，许多游人在岸边流连忘返。晓丹跟一个穿着水洞工作服的中年人搭讪着说了几句话："湖里要是养点鱼就好了。"那人显然知情："承包合同早就签下了，就差人和鱼还没来。"若兰看晓丹一眼，两人相对一笑。那人又说："承包人真是有商业头脑，虹鳟鱼不仅有观赏价值，他还可以边养边卖，坐地收钱啊。"若兰问："这儿连个屋子都没有，养鱼的人住哪儿呀?"那人说："天儿暖和了，湖边随便搭个帐篷，就能住人啊。"

距离水洞洞口不远，有一条柏油公路，现在成了一个热热闹闹的市场。赶上今天是星期日，许多做生意的小商小贩临街设摊，有卖玉器的，有卖小饰品纪念品的，有卖服装和遮阳伞遮阳帽的，还有卖吃货的，叫卖声此起彼伏不绝于耳。来自天南地北的游人缕缕行行来来往往，跟小商小贩讨价还价，选购自己喜欢的东西。五月的艳阳当头照耀，把个小市场烤得热烘烘的。晓丹和若兰拉着手，来到一个服装地摊前。刚才那个人说的话若兰往心里边去了，五月份的白天是暖和了，可是早晚儿还挺凉，她看见地摊上有各式各样的腈纶毯，就给晓丹买了一条半大毯子。晓丹给若兰买了一件浅蓝色牙签呢上衣，若兰穿在身上很好看。她扭头看着自己的肩膀，一脸灿烂的笑容，晓丹看着连说若兰有衣服架儿，穿着好看。旁边走过的人，有人驻足看上一眼，也禁不住要夸奖一句："姑娘好俊呵!"若兰心里受用，嘴上得意说："现在天儿一天天热起来，这件衣服要等到上秋才能穿，我这个急性子，向来是新衣服不过夜的。"晓丹笑道："我有一个办法，让你现在就能穿，而且穿多久都不觉得热。"若兰猜疑说："你又想出什么馊主意来?"晓丹说："咱俩去……"没等晓丹说完，若兰反应过来，抢过话茬说："你是说照相对吧，不知这里有没有照相的?"卖服装的商贩告诉他们，前边不远，就有照相点儿。

两人拉手往前走，晓丹突然被远处的一处场景所吸引，看得呆呆傻傻。若兰问他看什么，晓丹也不答话，等她顺着晓丹的目光望过去时，才明白晓丹为何看得如此痴迷。原来太子河上，正在修一座大桥，许多工人站在脚手架上进行桥墩施工。晓丹看着，心里冒出一连串的问号：凭空修出那座桥做什么用呢，两边连公路都没有?脚下这条路宽宽畅畅，完全没必要再修这座桥啊?要是把这座桥挪到五里长汀上，该有多好呢!他把照相的事忘到九霄云外，拉着若兰过去了。

许多日子过去以后，回忆起这次上暖水寺，晓丹一直感慨说不虚此行。因为这天他跟一个内行人唠了好一阵子，把一大堆的疑问弄了个明白透彻。

"为什么修这座桥呢，两边连公路都没有?"

"等桥修差不离了，后续的道路施工就会跟上来。"

"啊——是这么回事儿。可是，原来这条路好好的，好像没必要再修这座桥呢？”

“这条路是省道，水洞风景区正在往大做，再从中间穿过不合适，所以要重开一条路。”他一扬手，指着小市场那边又说，“现有那一段路，以后就是风景区的专用通道了。”

晓丹连连点头，心里想着水洞要是长在太子屯就好了，嘴上说：“在太子河上建一座钢筋混凝土大桥，需要多少钱啊？”

“大概一百万吧。”

“怎么那么多啊？”

“基础很重要，桥墩很费钱，技术上要求也很高。”

“技术要求怎么个高法儿？”

“首先要搞清楚地质情况，桩基础要穿过风化岩，坐到坚岩上，不然一场大水就冲垮了。”

“不用钢筋混凝土做桥墩，用石头行吗？”

“不行。现在什么年代了，哪里还有用石头做桥墩的呢，太子河是条大河，必须使用钢筋混凝土。”

“太子河平日水流量并不很大呀？”

“可是我们修桥，就要按径流量最大时考虑，不按百年一遇也要按五十年一遇来设计，否则风调雨顺没有事儿，赶上一场大洪水就冲垮了。”

“建一个漫水桥，需要多少钱呢？”晓丹跟他说了太子屯的情况。

“怎么也得几十万。”

“活儿俺们自己干，没有人工费呢。”

“那没有个几十万也是下不来啊。”

晓丹不停地晃头：“怎么还要那么多啊？”

“根据你说的情况，大桥怎么也得四百米长吧，又是桥墩又是桥面的，需要很多水泥和钢筋，得啊。”

晓丹试探地问：“你们这儿需要临时工吗？”

“我们是国有企业，都是自己人在建桥，不需要临时工。”

晓丹露出失望的神情。

那人看晓丹一眼，像是看清了他的心里，安慰他一句：“你要做临时工也不难，对面好儿家建筑工地，他们都用临时工。不少本地村民，在他们哪儿打工。因为占地，许多年轻人现在都变成正式的啦。”

开始谈修桥的事儿，晓丹越唠越泄气，像是被人兜头泼了一盆冷水，从头顶凉到脚下。他以前知道修桥需要很多钱，并不知道具体的数额，这回从一个专家嘴里说出来，他心里彻底凉了。后来唠起当临时工的事儿，他的心情才渐渐轻松起来，甚至产生了一股冲动，想早点儿到暖水寺来，一边养鱼，一边慢慢摸索走出一条新路来。

晓丹和若兰回到路边，找到摄影点，要照相时他突然像是想起来什么，让摄影师等一等，他一溜小跑奔河边去了。过不一会儿，晓丹回来了，头上戴了一顶修桥工人戴的红色安全帽，神采奕奕的。他站到穿着那件浅蓝色牙签呢上衣的若兰身边，显得很帅气。摄影师举起相机，看着晓丹和若兰，逗趣说：“挺好挺好，你俩挺般配。说实话，俺们照相的就爱给你们这样人拍照，怎么照都好看。离那么远干啥，靠近点儿，再靠近点儿，瞅这，别眨眼，照了啊……”这时晓丹突然喊他等一会儿。摄影师放下相机说：“你怎这么多事啊，又要干什么?”晓丹说：“我们不要水洞那边做背景，我们要那个大桥做背景。”

照完相已是中午，晓丹和若兰进了路边一家小餐馆。晓丹要了两碗面条，他说：“若兰，长这么大，咱俩头一回单独在一起吃饭，今个儿我做东，就当作在家里，你上我家来。咱们别的不吃，就吃面条，既省钱，又有意义。”晓丹这么说，是因为当地的一种风俗。在燕东地区，青年男女搞对象，女方头一回去男方家，头一顿饭要吃面条，意思是把女方缠住，别让对象跑了。若兰说：“有什么意义？你就是不拴我，我也跑不了。”“那我就把心放肚里，高枕无忧等着把你娶回家啦。”若兰一笑：“你别臭美！听我说完，有一种情况除外——这些年我爸他有点儿对不住你，总是压制你。可是不管我爸他对你怎么样，你都得让着他，不能和他一样的，更不准伤害他。”晓丹也笑了，半是自夸半是玩笑地说：“看看咱选这媳妇，不但长得俊，还孝顺啊!”若兰却很认真：“你要是做出对不住我爸的事儿，我饶不过你!”

吃完饭，晓丹和若兰准备回太子屯。走出饭店不远，他们看见两伙人打架，一伙四个人，一伙只有两个人，开始争争讲讲，很快就撕巴在一起，四周围了不少看热闹的人。两个人当中年长一点的有三十多岁，嘴角上一颗黑痣，黑痣上长一撮长毛，听他和对方争讲的来言去语，晓丹知道了他俩是城里来这儿旅游的，人多的一伙是当地的地赖。两伙人刚一交手，人多的一伙两个人打一个，人少的一伙眼看着就吃亏了。晓丹平时就看不得恃强凌弱、仗势欺人，他挤进人堆里，若兰拉他一把没拉住。晓丹冲上去，拉扯着撕掳在一起的几个人说："哥们儿，给我点儿面子，别打了。"冷不丁冒出一个壮汉来，那几个撕打在一起的人愣住了，其中一个脑瓜锃亮的泼皮无赖走到晓丹跟前，把晓丹从上到下看了一遍，用一根手指触到晓丹的鼻梁上，咬牙歪嘴讥讽道："行啊，爷给你个面子，不打他们了，可是爷我要打你！"晓丹心里一股怒火一下子顶到脑门上，他没有丝毫的犹豫，一只手把那人的胳膊反扭过来，一只手的拇指和食指掐住了那人的喉咙。那人动弹不得，嗓子嘶哑着冲他那伙人喊道："你们还看什么，还不给我动手！"他话音未落，人已经躺在了地上。那三个人见状，扔下对手一起冲过来。晓丹和被打的两个人一人对付一个，形势一下子发生了逆转，没一会儿的工夫，晓丹又把对手撂倒了，剩下的两个见大势已去，无心恋战，低声下气求和道："几位哥们儿，我们服了，求你们高抬贵手，放我们一马。刚才是我们不对，冒犯了几位弟兄，对不起，我们赔礼道歉。"晓丹冲他们挥挥手说："你们滚吧！"那四个人互相搀扶着，狼狈而逃。

战斗结束，"一撮毛"连声道谢，说没有你俺们就吃大亏了。他自我介绍姓周，说话的时候有一个习惯性的动作，就是老用手指捋嘴边痦子上面那一撮毛，像是上面长了个闷头，非得捏出个头来不可。他要和晓丹处朋友，问晓丹家住哪里姓甚名谁，还要请晓丹和若兰吃饭。晓丹说不必客气，我们吃过了。"一撮毛"又跟晓丹和若兰说了不少客套话儿，说两座山到不了一块儿，两个人总能到一块，咱们要是有缘，一定后会有期。

云彩飘走了，艳阳露出妩媚的笑脸，天空一碧如洗，彩虹斜挂在空中，青山被雨淋过愈发翠绿，放眼望去空气纯净透明，显得天格外高地格外远。晓丹和若兰走在回家的山路上，路边有一个倒伏的老柞树，他们坐在上面，喘口气儿。两人谈到在县高中一起读书的日子，晓丹说："那时候我就有一个愿望，希望这辈子能做成一件事情，比方说写一本好书，写一部好戏，做一首传世的好曲子，研究成功一个科研课题，都行，要不这辈子就白活了。”

若兰问：“现在还有吗？”

“没有了。刚从县高中毕业时，我还有一颗争强好胜的心，哥哥死了以后，就什么都不想了。我这一生现在只剩下一件事儿，就是在五里长汀上建一座桥，不待见高官厚禄，不贪图荣华富贵，不追求出人头地，不稀罕灯红酒绿，五里长汀上一桥飞架东西，此一生足矣。”

若兰始终把晓丹要修桥的话当成玩笑，此刻她有点儿嘲讽地问：“你这个愿望连个影儿都见不着，只怕这辈子也难实现啊。”

晓丹却很认真：“现在是连个影儿都看不着，可在我的心里，一直记着这件事儿，到死都忘不了。人是要有点儿精神的，不能被困难吓死！精卫能填海，我鄢晓丹怎么就建不了一座桥，就是需要一辈子的时间，我也要把大桥建起来。去暖水寺的事儿，开始我不想去，现在我愿意去了。过去以后，我一边养鱼，一边踅摸着干点别的，只有挣了大钱，才能实现自己的愿望，要是留在太子屯，想也是白想。若兰，你得理解我。”

若兰看出晓丹去意已定，无奈地说：“你实在要去，那就去吧，我留人留不住心呐。”

见若兰终于吐口，晓丹满意地笑了：“若兰，你说一说，你这辈子都有什么愿望。”

“我一个女人家，能有什么奢望，这辈子能找个好丈夫，在一起好好过日子就知足了。”

晓丹逗趣说：“你的愿望已经实现了。”

若兰娇嗔地斥道：“别臭美。你呀，差远啦——找到之后呢，我还有个要求，等我死的时候——他要是死在我后头的话，一定要用天女木兰花为我下葬。我妈生我在七月，当时我家院子里的天女木兰花开得正旺，满院子满屋子都弥漫着花的香气，接生的大夫给我起了若兰这个名字。我喜欢天女木兰花，我的名字就是因天女木兰花而得。”

晓丹觉得若兰这个话说得不好，打断她说：“什么生啊死的，不兴说这些不吉利的话儿。”

“行，刚才那句话我收回。”

若兰爱干净，她怕弄脏了裤子，坐在树桩上却欠着腚，说话的时候总挪窝儿，晓丹看了出来，说："你坐我的腿上吧。"

若兰不好意思："不用，坐不一会儿你的腿就麻了。"

"没事儿。"晓丹把她拽了过来。

若兰坐在晓丹的两条腿上，身子偎进他怀里："你真好，知道体贴人。"

晓丹把若兰搂进臂弯里："这才哪到哪儿啊，赶明个儿做了我媳妇，那时候你才能知道我的好呢！"

"那时候你能好到哪儿去呢？"

"我天天晚上都像这样搂着你，一宿一宿不让你睡觉……"

若兰嗔怒说："你要干什么？"

"不干什么，就是和你唠嗑儿，你想哪儿去啦？"

若兰扭身举起拳头使劲捶打着晓丹的胸口："我让你说话大喘气，我让你胡说八道！"

晓丹使劲地搂着若兰，长时间地吻她，他又闻到了若兰身上那种天女木兰花的香气，一种欲望在心底一点点难以遏制地膨胀起来。他跟若兰说："我的腿疼了……"

"那我起来，咱们坐地上。"

晓丹匆忙又有点儿慌乱地把那条新毯子打落开，铺到了地上。

若兰喊起来："你要干什么，把毯子弄埋汰啦！"

"没事儿，过后我洗。"晓丹说着拽过若兰，和她仰躺到上边，咬着若兰的耳朵说，"你是不是知道我今天要用毯子才买的呀？"

"你说话怎么像占喜似的，损儿吧唧的。"

看着若兰似怒非怒娇羞不已的样儿，晓丹再也控制不住自己，翻身上了若兰身子。

……

"明天就看不着你了，我不愿意让你走。"若兰仰脸看着晓丹。晓丹身后，是明净瓦蓝的天空。

晓丹脸色微红，泛着异样的光泽："不走不行，已经答应得一妥百妥，刘大头那边电话都过去了，告诉人家这一半天人就到。"

"到那之后，每月至少要回来一次，要是实在脱不开，我就上你那儿，哪怕是看你一眼就回来也行。”

“这没问题。你是去探亲，我指定接见你。”

“你说什么？接见我——你是谁呀？”

“我是婚礼上站在你旁边的那个人，户口本上排在你前边的那个人，洞房里……”

“你又来了，还想像刚才那样……”若兰伸手推晓丹，想要站起来。晓丹把她抱得更紧了，若兰动弹不得。

“明天别走了，再待一天吧……求求你。”

“行吧，明天干什么？”

“我明天上工地，你也去吧，让我看着你就行。”

“这回说好了呃，最后一天。”

9

这一天很快又要过去了。以前，若兰总是觉得工地上的时间过得很慢，活计又苦又累，从早晨挨到晚上，骨头架子累得像散了花，有人开玩笑说，回家得拽猫尾巴才能上去炕呢。可今天与往日不一样，一天的时间仿佛浓缩成为一瞬间，想到明天晓丹真的要走了，若兰心里不是心思，恨不能把时间拉得长一些。晓丹正和栓柱、占喜在西大砬子下面的岩石上打眼。打炮眼这个活儿挺辛苦，十磅的大锤抡一会儿胳臂和膀子就酸了。虎口震得发麻，钎子换了一根又一根，一点点地掏出里面的岩末，直到炮眼儿打够深，这样爆破效果才好。放炮是很简单点事儿，先把雷管插进炸药里，把炮线引出来，为了保险起见，要多引几根炮线出来，再放够药量，用黄泥封好炮眼，然后就能放炮了。几十个村民在附近拓宽路基，齐大虎开着手扶拖拉机，来来回回地倒碎石，那是前两天放炮崩下来的。人们已经开始收拾工具，准备回村了。

杨师傅来太子屯已经有些日子，村里派齐大虎开着手扶拖拉机出西大砬子，从战备路路口接过来的。除了他人，车厢里还装着雷管炸药等乱七八糟的东西。拖拉机到大队院里把东西卸下来，杨师傅住在了大队部。占峰和王治保在大队给他接了风，听说他爱吃狗肉，占峰特意花十块钱从村民家中买了一条笨狗。占峰擅长干勒狗这个活儿，常有村民家里勒狗时求到他，再凶再壮的狗，只要一见到占峰，保准儿溜溜地夹着尾巴逃跑。他自己也说，这些年勒死的狗没有数，差不多能装一卡车。当上大队长之后，勒狗这活儿他本来不干了，可这回又破了例，亲自操刀。为什么用刀，不用绳子勒？因为占峰头些日子听人说，绳子勒死的狗肉不香，用刀杀死的狗肉香。要趁狗活着的时候，把血放净，再趁狗活着时大卸八块，相当于人的酷刑凌迟。占峰在大队部屋里磨快了一把尖刀，举到眼前用拇指挡两下，确认可以之后出了屋。那条狗被拴在广场边沿的一棵杨树上，他来到狗跟前，拽起狗的一条腿，用刀尖挑破上面的血管，先把血放净，然后一块一块往下卸肉。那条可怜的狗不停地叫，不是汪汪汪的，而是发出一种凄厉而悠长的声音，渐渐地，声音越来越小，十几刀后一点儿动静没有了。整个过程占峰自始至终悠闲自得，王治保和杨师傅躲得远远地看着。等那条狗断了气，占峰笑着说："你真是不如人，翼王石达开被凌迟挨了一百多刀一声没吭，你才挨了十几刀，又是屎又是尿的。"喝酒的时候，占峰问杨师傅："味道怎么样？"杨师傅说："特好吃。""你好生干，帮俺们唱好这出戏，过些日子咱再买一条，还有新做法，更好吃。""怎么个新做法？""不用刀，找一个空汽油桶，把狗放里面，上头用木板儿压住，然后用开水烫死。"

这两天，杨师傅说来就来说走就走，谁也不能管，谁也管不了，人家是城里矿上的人。杨师傅不在，爆破组几个人的角色就得调整，晓丹顶替杨师傅管放炮，占喜顶替晓丹管西大砬子以西路口的警戒，栓柱仍旧上北坡负责瞭望。晓丹和杨师傅在一起干那么些天，放了那么些炮，这点活儿干起来是手拿把掐。占喜明知道杨师傅去了哪儿，故意没话找话问身边的占富："杨师傅去哪啦？"占富这人知道啥说啥，心里怎么想怎么说："不是去孙寡妇家了吗？"占喜继续逗引着占富："他去这么早干啥呀？"占富露出一副神秘的表情："我猜他不能干什么好事儿。""怎么就不是好事呢？闲着也是闲着，闲着也是尿尿啊！"占富继续猜测说："这工夫兴许就搞在一起嘞。"占喜嘻嘻笑着："人家是工人阶级，觉悟高，也兴许搁里一半，觉悟上来，又收起来了呢。"占富笑得咧开大嘴，露出一排拧劲的门牙。

晓丹往炮眼里填好雷管炸药，把炮眼封好，呼号地吆喝着要放炮了，最后一个撤离现场。人们沿着新修的土路回村，哩哩啦啦地已经走到很远的地方。若兰挤上齐大虎的手扶拖拉机，颠颠簸簸地跑在了最前边。她已经和晓丹约好，晚上去五里长汀，回去就吃饭，这一天灰尘泡土的，到家还得好好洗漱一番。若兰有点儿洁癖，不洗漱得清清爽爽干干净净她浑身不得劲儿。姑娘事儿就是比小伙子多，每次约会，她都要花上一阵子把自己打扮得漂亮一点儿，不像小伙子那么简单，利手利脚只要人到就行。晓丹明天就走了，这一个夜晚令人期待，若兰希望晓丹快点儿回来，早一点儿去五里长汀。你明天就走了，这个晚上的每一分每一秒都弥足珍贵呵！

太阳下山了，西大砬子矗立在绚丽的晚霞里。山野间空寥寥的，坡地上的庄稼几天的工夫就窜起来了，山上的林子一片碧绿。林子里，有虫儿吟唱，有鸟儿啼啭，远处传来一声紧似一声的蝉鸣："命，命，命，命，命——"最后的一声凄厉而悠长。飘着几朵浮云的天空上，成群结队的野鸽子在盘旋，一会儿俯冲下来，一会儿又飞得很高很远。它们始终聚集成完整的队形，偶尔也有那么一两只掉下队来。在这个温暖无风的春日傍晚，蓝天白云之下，广袤的大地之上，一切生命都以它们特有的方式展示着自己，把大自然装扮得瑰丽多彩、生机盎然。

晓丹沿着新修的土路，捋着炮线，退到一块苞米地头，躲在一棵老榆树后面，将要放炮时，占喜颠儿颠儿地来到他跟前。晓丹问他："你怎么不看路口，回来这么早？"占喜说："二宝在那边看着呢，没有事儿。"他其实是想早一点儿回家，因为收工的时间到了。晓丹说："你说准了，别二马一虎的！"占喜说："说准了，你放你的炮。"晓丹拧响了放炮器。随着一声巨响，无数大小石块被抛得老高，天空里飞沙走石。等到顽石落定硝烟散尽，晓丹让占喜跟他回砬根底下，看一看爆破的效果，占喜有点儿不情愿，又不敢拒绝，滞滞扭扭地跟在晓丹身后去了。

孙寡妇是个有几分姿色的俊媳妇蛋子，三十岁上下，守空房有几年了。丈夫是太子屯的电工，头些年村里送电的时候，死于一次意外事故，虽年纪轻轻却没人再敢给她说亲——因为人们认为她命里克夫。太子屯人背地里都说她和她死去的母亲长得像一个模子倒出来的，颧骨都有点儿高，这种长相的女人都是克夫的命。说起来她也是个苦命的人，父亲死于太子河一九六〇年那场百年一遇的洪水，至今连尸首都没找着。母亲嫁到太子屯时，把她领过来，那一年她才八九岁。有知情的外乡人说，她母亲来太子屯之前还嫁过一次，结婚不长时间丈夫便有病死了。这话到了太子屯的婆娘们嘴里，传来传去的就走了样儿，说她母亲总共嫁了有七八次，嫁一个死一个，是个扫帚星。不知是事情凑巧，还是太子屯的婆娘们说的有道理，命运够残酷，她母亲来太子屯没过上几年好日子，丈夫又有病死了。那个时候晓丹和占峰他们还小，还没上学，占峰淘气，领着占喜占富几个小伙伴儿，在那娘俩家门前喊号儿，占峰起头，然后大伙一块儿喊出来："一二——嫁八嫁，一二——嫁八嫁。"晓丹站旁边，占峰让他跟着喊，晓丹嘴闭得很严，一次也没喊过。晓丹虽小却知道那句话很伤人，占峰他们那么干有点儿不近人情。娘俩在太子屯无亲无故，相依为命，辛辛苦苦省吃俭用打发生活，却没人再敢娶这个命里克夫的母亲。直到有一天，她遇上了一个来太子屯卖猪仔的外乡人。两人到了一起，谈婚论嫁时，有多嘴的婆娘下舌，那个外乡人打了退堂鼓，空留下一段风流韵事供婆娘们嘴上消遣。

"文革"来了，先是斗地富反坏右，接着斗地痞流氓嘎儿瞎，斗晓丹父亲那样的所谓走资派是后来的事儿。孙寡妇的母亲被揪了出来，站在大队部门前广场临时搭建的台子上，脖子上挂了一只破鞋，有人上台批判发言，有人领着喊口号，台下村民们跟着振臂高呼。就在当天晚上，孙寡妇的母亲喝了一大碗红矾水，折腾了半宿死了。母亲死的时候女儿十七八岁，有好心人帮着张罗，急急忙忙给她找了婆家，几天工夫就嫁出去了。谁也没想到，女儿与母亲的遭遇和命运竟如此的相似……

村子里不少人说，孙寡妇和杨师傅好上了。杨师傅吃派饭，打村东头往村西头轮，头些日子轮到孙寡妇家。中午去的时候，女主人很热情，嘘长问短的不说，还一个劲地往他的饭碗里夹菜。走的时候问他喜欢吃什么，晚上好给他做。杨师傅不到四十岁，却是风月场上的老手，他根据传递过来的信息判断，这几乎就是一块送到嘴边的肥肉。在工地上，那一个下午变得漫长起来，太阳像是被人用杆子支住了，定在一个地方不动弹。好不易挨到四点钟，杨师傅早早离开了工地。他先溜回大队部，庆幸占峰不在屋里，赶紧换上一身干净的衣服，穿上油光锃亮的黑皮鞋，急忙来到孙寡妇家。

杨师傅进屋，孙寡妇把饭菜早就准备好了。她摆上饭桌，端上饭菜，来来回回脚步轻盈，脸上含羞带笑，杨师傅一点不落地看在眼里。孙寡妇热情地说："一回生二回熟，你上炕里吃吧？"

杨师傅说："那我就不客气了。"

"不用客气，就当在自己家。"

"你也上来吧。"

孙寡妇犹豫了一下，把饭锅端过来放饭桌上，也上来了。

两人分坐两边，中间是饭桌子。半锅带饭豆的黏糙子粥，一碗酱鸡蛋，还有两盘菜，一盘菜豆腐，一盘土豆母子炖干豆角。杨师傅盘不住腿儿，脚只能伸到饭桌子底下，这一伸不要紧，触到了孙寡妇的脚。孙寡妇并没有把脚抽开，杨师傅碰上这么俊个媳妇蛋子，焉有避让之理，你不躲我也不躲，于是两人的脚就那么紧紧地靠着。杨师傅专注地看着孙寡妇的脸。孙寡妇笑了笑说："你盯盯地看什么，我这脸上又没长花儿。"

杨师傅色迷迷地说："我真的看到了一朵花啊。"

孙寡妇又笑了，撇一下嘴儿。

杨师傅有点儿夸张地："你的脚好凉呃。"

"因为没人疼。"

"人家说，手凉是没人疼。"

"都是一个理儿。"

"我就心疼你。"

"你怎么疼我？就数嘴儿。"

"人家说的是说心里话儿，你还不信！"

孙寡妇看杨师傅连着吃了几口菜豆腐，顺手把菜盘子往他跟前推一下，说："你中午点了，我特意给你做的，好吃吗？"

"好吃。"

"你以前没吃过呀?"

"小时候在姥姥家吃过，以后再就没吃着。"

"你要爱吃得空就过来，我还给你做。"

"我爱吃这个菜，更爱看你这个人。"

"你这人是不是像这个菜似的，会说谎儿?"

"它又不是人，怎么会说谎儿?"

"这个菜都是一做一大锅，然后热着吃。热的时候呢，没怎么的它就咕嘟咕嘟冒热气，其实里面还是凉的，你说这不是说谎儿是什么?"

"我跟它正好相反，我是心里边热，外边看着凉。"

"我没看出来你心里边是热的。"

"真没看出来?"

"真没看出来。再说了，寡心里边热有什么用，人家也不知道。"

"那我这就让你知道。"杨师傅说着把饭桌推到炕脚底下，嘴上淌着涎水，把孙寡妇扑倒在炕上，抱住她的脸就亲起来，亲完眼睛亲耳朵，亲完耳朵亲鼻子，亲完鼻子亲嘴儿。两人把吃饭的事抛到了九霄云外，紧紧地搂着滚在一起。杨师傅呼哧呼哧喘着粗气，开始解孙寡妇的衣扣，露出了白花花的胸脯子，还有那支楞起来的两点红润。解完她的上衣，又开始解她的裤带，因为着急，慌乱地把外裤内裤和裤头一把撸到了脚脖子。看到那黑乎乎的一团隐秘，他的心颤抖了一下，正准备爬上去，孙寡妇突然一把推开他，把裤子提上，坐了起来。杨师傅被吓了一跳。

孙寡妇正色说："你对我是真心好呢，还是要一要，过些天拍屁股走人就拉倒?"

杨师傅敷衍说："我是真心对你好，真的!"

"不行，你得跟我下保证。"

"怎么下保证?"

"这还用我教你啊，你爱怎么说就怎么说呗，但是得说真心话儿，不兴糊弄我。"

杨师傅语无伦次："我保证，我冲天说话，和你是真心的。我说这些话，没一句假话，要说假话我是王八蛋兔羔子小狗仔儿。"他看一眼孙寡妇问，"行了吧。"

“不行，再说。”

“还说啥呀?”

“你自己想啊。”

“你教教我嘛。”

“说说你走了以后怎么办。”

杨师傅此刻急得抓心挠肝，就怕孙寡妇不答应，因此顺嘴胡诌起来：“我走了以后，就当这头还有一个家，赶上礼拜天、节假日，就过来看你。你愿意上城里，我给你租房子，咱们像夫妻一样过日子。说话不算数，天打五雷轰，行了吧。”

“这还差不多。那么的，你先吃饭。吃完你走，天黑再过来我给你开门。现在前屋后院哪哪都是人，看见这叫什么事啊?”

“你这不是折磨人吗，我等不了。”

孙寡妇前后窗都，觉得还是不妥，便说：“我先上仓房去，你等一会儿，看没人再偷着溜过去。”

有了第一次之后，不管有事没事，杨师傅去得很勤，动不动就离开工地跑去孙寡妇家。等后来又发生一些事情之后，占喜曾跟占峰说过：“你那个时候不安排杨师傅去孙寡妇家吃饭就好了。”占峰斥道：“吃派饭按的是老规矩儿，打村东头往西头轮，轮到谁家是谁家，她家怎么好跳过去?再说了，我哪里知道孙寡妇的公婆去县城串门子，那几天不在家。你说的不是废话吗，不如牛粪!”

晓丹和占喜回到砬根底下，栓柱也从北坡上下来了，只是不见二宝。晓丹问身边的占喜：“二宝怎么还没回来?”占喜纳闷说：“他在路口那边，早该回来了。”三个人一起去找，高一声低一声地边走边喊，干喊也没人应。晓丹心里边就有点儿七上八下的。他让占喜顺路往西找，他和栓柱分头上了西大砬子后坡。在一块平坦的草地上，晓丹看见二宝倒在那里，太阳穴上有一个大口子，流着殷红的鲜血，地上一大摊凝固的血迹。在他身边，有几个破了壳的野鸽子蛋。晓丹一下子吓得掉了魂儿，他半跪在二宝身边，把他扶坐起来，一声迭一声喊着：“二宝——二宝——你说话啊!”可二宝一点儿反应都没有。晓丹摇着头，痛苦地用手掌使劲拍打着青草地，锋利的石块划破他的掌心，鲜血汩汩地淌出来。

栓柱听见喊声跑过来，也吓得不行，说："死马当活马医，赶快下山看大夫，看还有没有救！"栓柱的话提醒了晓丹，他背起二宝，栓柱跟在身后，趔趔趄趄地下了山。他俩回到路上，占喜也刚好回来了，三个人轮换着，把二宝背回了村，一个个累得汗流浃背。在村头，碰上一挂牛车，他们把二宝放上去，看出人早就不行了，便直接送回了陈家。

占喜吓麻爪了。一进村里，他没跟着去若兰家，慌里慌张地先跑到大队部，找他的三叔王治保。占峰一个人在屋里，告诉他王治保上县里去了，明天才能回来，问他："你像掉了魂似的，什么事儿？"占喜磕磕巴巴地把事情说了，占峰一听二宝炸死了，吓得目瞪口呆。他让占喜再说一遍，慢慢说，到底是怎么回事。占喜吞吞吐吐地又说了一遍事情经过。占峰踱着八字步，背着手，立瞪着眼睛，一句话也不说，来来回回地走，屋里静得掉根针都能听见动静。占喜不敢说话，也是不知道说什么好，半晌占峰又问了他一遍："你说是晓丹放的炮？"

"是。"

"当时他身边还有谁？"

"就我一个人。"

"放炮的时候，若兰在哪儿？"

"她坐齐大虎的拖拉机前头走了。"

占峰目光幽幽的，变得深不可测，用平日少有的亲切语调对占喜说："这就好办了啊！占喜，这是大事故，人命关天，弄不好你有牢狱之灾！我有个办法，不知道你敢不敢做？"

占喜云里雾里的："只要不抓我就行，你说怎么做吧？"

"想法儿把自己摘出来。"

"怎么摘呀？"

"这还用我教你吗？平日里你心眼儿挺活泛哪。"

在占峰的引导下，占喜终于说出了他期待中的那句话："我明白了，就说都是晓丹的责任。"

"对喽，要想不摊官司，就得这么办——其实这事儿跟我没关系，我纯粹是为你操心呃！"占峰把占喜拉到身边，虽然屋里只有他们两人，他还是压低嗓音，贴在占喜耳边嘀咕了一大气儿。占喜瞪着一双吃惊的眼睛，脸上一副惶恐的表情；占峰说一句，他点一下头儿……

占喜出了屋，转身又磨回来，站在门口。占峰问他怎么不走。占喜说：“我心里害怕，说不出口。”

占峰骂道：“那你就等着蹲笆篱子去吧，真是个窝囊废！找个背静地方，自己先叨咕二十遍，再去找别人说。”

占喜走后，占峰怔怔地坐在桌前，半天没动窝儿。他脸上的表情很复杂，心里边更是七上八下。他始终认为自己有些胆量，可眼前他对自己的做法还是有点儿害怕。把责任全推给晓丹，让他摊上一场官司，能让他进去最好，这么干确实够下作！可不这样做怎么办呢？眼瞅着晓丹敲敲打打地把若兰娶回家去做媳妇，他绝不答应！这是上天赐予的良机，这个时候不抓住以后就再没机会了，到那时候后悔都来不及了。想到这，他决定一不做二不休，占喜办不明白的，他要亲自上手。事故发生有一会儿了，自己也该去若兰家看一看啦。

占喜从大队部出来，按照占峰的交代，马不停蹄地找过了几个本家兄弟，让他们写证实材料。想到齐大虎和晓丹不对付，他特意去了他家一趟。齐大虎正在家里吃晚饭，他已经知道二宝出事了，听见占喜在院子外边喊他，急忙扒拉一口，扔下饭碗子就出来了。两人站在大门口，占喜跟他咬了半天耳朵。齐大虎平日就跟占峰和占喜走得挺近勉，上次因为房场那个事儿对晓丹有意见，憋在肚里没发泄出来，这回看见晓丹摊上事了，就有点儿幸灾乐祸，占喜找他一说，自然十分卖力，串联了好几个知近亲友，让他们又是出材料又是散布谣言。一时间，太子屯到处都在流传晓丹提前放炮炸死二宝的消息。

二宝出事儿之后，晓丹脑子里始终是一片空白。从西大砬子回到村头，差不多有三里地的路程，他和栓柱、占喜轮换着背着二宝的尸体，怎么走过来的他不知道，如同一个梦游人。在村头占喜走了，他和栓柱跟着牛车到了若兰家。若兰妈见了儿子的尸首，一下子昏死过去。若兰也吓傻了，她见母亲跌倒在地上，赶紧和身边的人把母亲扶起来，让她回到屋里躺在炕上。晓丹和若兰简单说了事故经过，若兰当时哭得泣不成声，一个泪人一般，晓丹也不知道她听没听进去。晓丹说完就从若兰家出来了，他是工地上的总指挥，出这么大的事儿，他知道应该马上向大队报告。

晓丹从若兰家出来，顺着头道街往西走，不远就是大队部。走半道儿，晓丹看见占峰迎面过来，他说："占峰，出事了，我正要找你……"

"你不用说，我都知道了。"

"放炮的时候，占喜脱岗了……"

"就你们两人的事，谁能弄明白……"占峰原本铁下心肠欲置晓丹于死地，此刻看见晓丹眼珠子通红，满脸愁云笼罩，懊悔得痛苦不堪，像是一下子苍老了好几岁，心底涌起一丝柔情来。他突然想出一个两全其美的主意，"晓丹，咱不说那个，我看你还是想个辙吧。"

晓丹一愣："想什么辙？"

"你躲一躲吧。"

"你说去暖水寺？"

"暖水寺怕是不行——地场越远越好，时间越长越好。"

听出占峰是在有意偏袒占喜，晓丹气愤地喊道："事故是占喜脱岗造成的，我躲哪门子灾呀？我一天都不会离开太子屯！"

晓丹的态度激怒了占峰。他原以为，自己这里网开一面，只要晓丹同意远走高飞，自己的目的达到了，也不必非得把事儿做太绝。可晓丹不识时务，不接受自己的安排，这促使他决心把计划进行下去。如果说他刚才还有那么一点儿犹豫，良心上还有那么一点儿不安，现在犹豫啊不安啊消失得无影无踪，他决定把事情做到底："晓丹，你不用喊，再怎么说你是放炮的，你能一点儿没责任？我可是为你着想，你不同意，那我没办法啦。"

占峰扔下晓丹直奔若兰家，刚到门口，就听见屋里传出若兰母亲撕心裂肺的哭声。占峰没进屋，他看不得女人哭，说不来那些婆婆妈妈的话，更不会絮絮叨叨地劝导安慰人。栓柱、占喜、占富和齐大虎他们都在院里忙活着搭灵棚，因为地场不够大，霸踏了不少园子里的青菜苗儿。他迈着八字步晃到边上，两手掐在腰上，吵吵巴火地指挥着。突然他像是想起了什么，把占喜叫一边小声问他事情办怎么样。占喜说差不多了。占峰问和若兰说没，占喜说只若兰还没有。占峰急歪歪地："什么事儿你也办不明白，孰轻孰重你都分不清，赶紧地。"

对于占喜的说法，若兰没怎么细想就相信了，因为在占喜之前，齐大虎和另外两个人已经和她说过了。身非曾参，而有三至之馋；再则这个说法完全符合逻辑。若兰知道杨师傅提前走了，晓丹是管放炮的，那个时候快收工了，工地上几乎所有的人都无心恋战，都想着快点回家。晓丹也是一样，为了快点儿回家，挤出时间来早点儿去五里长汀，没等到时候就放了炮，也许就提前了几分钟，就造成了这么严重的后果。在陈家，在若兰的心里边，最为重的人不是父亲，也不是母亲，更不是她自己，是弟弟二宝。她视二宝为眼珠子、命根子，甚至比自己的命根子还重要。现在二宝死了，若兰感觉像天塌下来一样！晓丹啊晓丹，任何过错我都能理解你，都能原谅你，唯有这一个不可原谅不能宽恕！

晓丹回来了，他进屋里想看看若兰现在怎么样了，刚好若兰从屋里出来。晓丹上前，还没等他开口，若兰冷着脸说："晓丹，你走吧，这个时候我不想见你。"想到若兰可能误解了自己，他更是着急把事情说清楚："若兰，你听我说……""你还要说什么？你可把我们家坑苦啦!"晓丹气愤道："若兰，这个事儿是占喜的责任，不是我。"若兰讥讽说："占喜也说，这事儿是晓丹的责任，不是我。""若兰，你别听占喜胡咧咧!""占喜一个人屈说枉道，难道别人也都看你眼里有屎?"若兰说着，把晓丹推出去，一直推出院子，"砰"的一声关上大门。晓丹气急，喊道："若兰，你怎么不信我说的话啊，你是要活活屈死我呀!"说着一股急劲推开大门，若兰被撞得一溜趔趄，一个腚墩坐到地上，她失声大哭起来："晓丹，你害死了二宝，难道还要害死我不成?"若兰这句话，让晓丹忍无可忍："若兰，我现在浑身是嘴说不清，跳进黄河洗不清！二宝的事儿，真的是占喜脱岗造成的，如果我鄢晓丹说一句谎话……"他朝身边撒么一眼，看见旁边石头墙上有一个剁鸭食的菜板儿，菜板上有一把锈迹斑斑的菜刀，他左手抄起菜刀，把右手食指放在菜板上，眼里喷着火，跟若兰发狠说："我这根手指按的放炮器，如果我说一句谎话……"这工夫栓柱看见晓丹和若兰两人争吵跑过来，说："晓丹你干什么!"急忙扑过去，可是晚了一点儿，晓丹手起刀落，被栓柱碰到偏了一点儿，砍到了指尖上，把指甲砍掉了一半，殷红的鲜血霎时流了一地。有人递过一个手绢，栓柱一边给晓丹包手，一边有点生气地对若兰说："若兰姐，我和你说实话，丹哥放炮的时候，我在北山上，看不见他身边是啥情况，可是其他人缕缕行行走在回村的路上，我看见了，看得一清二楚。他们当中有人硬说晓丹一个人提前放炮，和占喜没关系，他们长了千里眼啊？若兰姐，这个事儿挺复杂，有人借机做文章，栽赃陷害丹哥，你仔细琢磨琢磨，千万别轻信那些谣言呵！”若兰将信将疑，栓柱的话她像是往心里去了，缓和了语气说：“栓柱，你领他找大夫，看看手上的伤。”栓柱硬拉上晓丹，从若兰家出来了。

陈书记接到电话，回家来了。院子里灵棚内，几个人坐在里面守着。陈书记见了蒙在一大块白布下面的儿子尸体，眼圈一下子红了，两泡眼泪噙在眼眶里，他强忍着，最后还是止不住扑簌簌地落下来。若兰和母亲见陈书记回来了，迎出屋来，三个人抱在一起哭作一团。若兰感觉到，父亲浑身都在颤抖，一点点地蹲下去，眼看要坐到地上，她急忙喊身边的人把他扶起来，搀进屋里，让他躺在炕头。母亲也是站不住坐不稳，躺在了炕梢。看见两位老人痛不欲生的样子，若兰心如刀绞。

若兰知道二宝的死对于父亲意味着什么。二宝打从小起就是被父亲宠大的。二宝会爬的时候，父亲趴在炕上当牛当马，让他骑在自己背上，从炕头爬到炕梢，再从炕梢爬到炕头。父亲还递给二宝一个线板，他握在手里，动不动打父亲屁股一下，逗得父亲和母亲哈哈大笑。二宝会吃零食了，父亲上公社或是去县里，哪次回来也不空手，钱再紧也要带点好吃货回来，有时是面包，有时是水果。每次父亲回来一进屋，站在门口总会问上一句：“二宝，你闻闻爸爸身上什么味儿？”二宝就会说：“你身上一股面包味儿。”“你身上一股苹果味儿。”等到二宝猜对了，父亲才从兜里把东西掏出来。要是面包就掰下一丫给若兰，要是苹果也挑出一个给若兰，然后嘱咐说：“剩下都是小子的噢。”

天黑下来，人客已经走得差不多时，占峰来了。他坐到陈书记身边，劝了几句之后，从兜里边拿出一沓材料交给他。陈书记坐起来，看过后提了一连串的问题：“二宝上西大砬子晓丹知道不？他能不能是故意提前放的炮？二宝是不是让他算计了？”占峰原本没往这上面想，被陈书记问得愣住了，他眼珠子一骨碌，马上添油加醋说：“有这种可能，晓丹这人有心计。听说二宝去砬头上掏鸽子的事儿晓丹事先就知道。”“他怎么知道？”“听人说，晓丹还要给二宝做鸟笼子呢，这事儿若兰和陈婶也知道，不信你问她们。”若兰妈躺在炕梢，突然就有了气力，回一句：“是那么回事儿，他早就知道呃！”陈书记似乎恍然大悟：“我明白了，事情可能就坏在这上面。占峰，你把材料放这儿，我明个一早儿回趟公社。这个事儿不简单，我要是不弄明白，就对不起二宝！”占峰连声允诺。

夜幕笼罩下的太子屯，从小河口到堡子里，再从堡子里到上围子，一点点地钻出来许多蜜黄色的灯光，每一个屋檐底下的人，都在议论这个天上掉下来的横祸，说法几乎惊人的一致，二宝的死是晓丹造成的。人们都为二宝叹息，说二宝是个好孩子，老天爷也喜欢好孩子，早早就把他收走了，黄泉路上不分老少，二宝年轻轻的死得实在可惜呀。可怜陈书记和二宝他妈，不知懊糟成什么样儿啦？他们同时也为晓丹惋惜，多好的一个人啊，平日里准成着呢，这一回怎么毛儿铨光的，闯下这么大的祸来呢？

10

太子河东岸那排伟岸的大山顶上，有了一抹亮色。五里长汀上流动着的潮湿凝重的雾气，顺着几条断崖的豁口，流进头道沟，流进二道沟，流进太子屯，太子屯便笼罩在缥缥缈缈的晨雾里。头道街上冷冷清清，雄鸡在报晓，黄牛在哞叫，偶尔有早起的人在稠湿的晨雾里走动，太子屯人又迎来了平平常常忙忙碌碌的一天，可是对于陈家来说，这是一个与以往截然不同的日子。

若兰天没亮就从炕上爬起来，脑袋昏昏沉沉的，脚底下像是没跟儿，晃晃荡荡有点儿站不稳当。她以前有过许多次做噩梦的体验，醒来之后总是暗自庆幸，原来这是一场梦，有一种解脱之后的轻松愉悦。这一回她多么盼望还是这样的体验，什么都没发生过，昨天那个可憎的日子在生活中根本不存在，自己只是做了一个噩梦。可惜，现实是如此的残酷无情，已经发生过的事情血淋淋地留在生活的进程中。她几乎一宿没合眼。只要一闭上眼睛，二宝就一副笑模样来到她跟前。她伸手去抓，想要死死地抱住他，可是弟弟像一团悬浮在空中的气体，总是在碰到他之前就解体了、消失了，左一回右一回，如此往复，到凌晨时她不敢再睡。下地后，她照了照镜子，看见自己两个眼睛通红，眼泡也肿起来了。母亲合衣躺在炕上，半盖着一床花被，五月底的清晨还有点儿凉，若兰替母亲扯了一扯被角，又伏到母亲耳边轻轻说："妈，起来洗脸吧。"母亲没动，只是轻轻晃了晃头。

若兰来到外屋，自己囫囵地洗一把脸，然后投湿一条毛巾，回里屋来到母亲跟前，一边为母亲擦脸一边说："妈，起来吃口饭吧，从昨晚到现在，你一粒米也没进啊。"母亲仍是晃头。若兰抬手擦一把眼眶里含着的泪水，说："妈，睡不着就起来吧，我知道你这一宿没睡。"母亲终于开口，有气无力的："亮天的时候啊，我迷糊了一小会儿，梦见二宝回来啦……他一只手拎一个鸟笼子，另一只手拎一篮子梨，站在我眼前，一句话也不说。他这是知道自个儿离（梨）开娘啦！我的儿，你命苦啊！妈现在什么都不想，就想跟你一块儿去呀！"她痛苦地哽咽着，肩头不停地颤抖，泪水从眼角哗哗地滚下来，打湿了枕头。若兰本想劝母亲别哭，喊了一声"妈"却没说出一句话来，忍不住又陪母亲哭了一阵子。猫眼儿媳妇进屋里来，劝了一会儿，她们才算止住。院子灵棚里有好几个守夜的人，猫眼儿媳妇早早过来给他们做口吃的。

从这个早晨起，太子屯开始疯传起一股"阴谋论"，说晓丹故意害死了二宝。二宝什么时间去掏鸟，具体去什么地点，来去大约需要多少时间，一切尽在晓丹的掌握之中。在满天飞沙走石之下，二宝的死活，全看他个人的运气，也看晓丹的运气。有人煞有介事地讲，晓丹这么些年对陈家一直耿耿于怀，二宝之死，是晓丹赌中了。这个话传到栓柱耳朵里时，栓柱当时就跟传话的人翻了脸，说："你还长没长脑子，你是替占峰当传声筒呢，现在他在太子屯一手遮天，说个啥就是个啥，黑的他能说成白的，白的他能说成黑的，他和占喜弄的那些材料，明摆着都是假的！"

栓柱觉得，这个时候自己应该帮晓丹干点什么。最好的哥们儿摊上事了，这么多的污水泼到他身上，他本人可能还不知道，即便知道了他自己也撇不清，快刀削不了自己的把儿，是真哥们就该帮他一把。于是他开始宣传事情的真相，逢人便讲。自己一人势单力薄，又拉上秦二叔、猫眼儿、二丫等一帮人一起宣传。太子屯人并不都是人云亦云吠形吠声的愚汉笨妇，有心眼儿精明的，既能看见水中的白鱼又能看见水底的泥鳅；也有眼里容不得沙子的，有话就要说出来，渐渐就有一种不同的声音浮上来。

王治保从县里边回来了，坐船过五里长汀的时候，有人告诉他，晓丹放炮失手，把二宝炸死了，他吓得不轻。不过几乎是同时，他听到了有关事故责任的另外一种说法，当时他坐船头，几个人站在船尾背着他小声嘀嘀咕咕。

“明明是占喜脱岗造成事故，占峰硬往晓丹身上推，还拉拢了不少人，给晓丹编材料。”

“一山容不得二虎，一个槽头拴不住俩叫驴呃！”

“他这么做，八成跟若兰有关系；因为跟晓丹争若兰，他才这么下黑手。”

“你这话说到点子上了，是这么回事儿。”

“陈书记现在气昏了头，什么都听占峰的。”

“晓丹让占峰算计了，他该加小心才是呃。”

“磨道上找驴蹄印儿，早晚都能找着呵！”

这些话王治保没听全，可是关键的地方都听进耳朵里，凭着多年的治保工作经验和对占峰的了解，王治保几乎可以断定这些私下议论更接近事实真相。他下了船，顾不上回家，直接来到大队。

占峰在等着王治保回来，他早就想出了一套应对王治保的办法。他认为，这件事儿第一位的是要先做好王治保的工作，要笼络住他，让他上自己这条船。陈书记走了，现在大队里最重要的人物就数王治保了，何况他是管这个的，案子怎么办，他的态度至关重要。这个事儿不求他抻头，只要他能跟着自己走就行。可王治保这个人什么事总爱讲点原则，不会顺顺当当按照自己的意思来，那就要给他点儿压力，就算闹掰脸也要降住他，不能让他乱说乱来，想到王治保是占喜的亲叔，占峰心里增添了几分自信。

王治保一进屋，两人很快说到事故上，占峰用一种平日少有的亲切口吻问：“三叔，咱爷俩研究研究，这个事儿怎么办好？”

果然不出占峰所料，王治保说：“怎么办？不好办。现在全国都在搞运动，正赶在浪头上，这个占喜呀，他算是遇上大麻烦啦！”

占峰阴着脸说：“你怎么知道怨占喜啊？”

“我坐在渡船上，还没进太子屯街面儿，就听有人这么议论。”

“你刚回来，还不了解情况，不能轻信那些街谈巷议。”

“占喜这小子不把握，脱岗的事儿他能干出来。”

“照你这么说，占喜这回要摊官司喽，他可是你亲侄呃！”

“那没办法。”

“就算他们说的是实情，你也该替占喜说说话呀！”

从打占峰到大队来，王治保头一回跟他较起真来：“鸡毛蒜皮的小事，可以睁一眼闭一眼，原则问题不能稀里糊涂，起码我得对得起这个饭碗啊。”

占峰知道是时候给他点压力了，便提高了嗓门：“我已经调查过了，事故是晓丹的责任，好多人都打了证实。”

“那就把材料给我看看吧。”

“材料在陈书记手里，他拿上边去了。”

“怎么这么快？不能这么草率啊。”

“出事时你不在家，我是大队长，怎么就不能处理这个事儿？你要是走一年，难道让我等你到腊月底？”

“现在我回来了。我是干这个的，你得让我过得去，临头末尾对上对下都能有个交代！”

占峰厉色道：“这个事儿处理差不多了，你就别掺和啦。”王治保还要说什么，他把陈书记搬出来，“这也是陈书记的意思。”

看到占峰一心想绕过他，根本不想让他管，王治保生气说：“既然这样，这个案子我就不管了，你们爱怎么办怎么办吧，好啊赖啊的和我没关系。”

“你不管好……这才像个长辈，一尺是一尺，一寸是一寸，该多远就多远嘛。”

王治保坐在椅子上梗着脖儿，肚子里怄着气，看样儿还想说什么。占峰看着他，像是一挺子弹上膛的机关枪，只要王治保那边射出一个枪子，他这边就会有一串子弹像冰雹一样扫过去，气氛挺尴尬。这时候有人敲门，一个三十多岁的女人领个四五岁的男孩走进屋来，是完全陌生的面孔。女人进来就问谁是王占峰，然后把男孩按到地上给占峰磕头，把占峰和王治保两人造愣了。

昨天晚上，二宝出过事儿，占峰把电话打到城里矿上，矿里连夜来一辆草绿色北京吉普，从后沟口颠颠簸簸地开进来，把杨师傅接走了。因为他和孙寡妇这个事儿，造成了死亡事故，破坏了工农关系，性质特别严重，矿里保卫科把他关了起来，已经决定送上边去，弄不好要判个几年。杨师傅的媳妇紧忙上太子屯来了，求占峰出一个对杨师傅有利的证明。她说只要太子屯能出一张纸，盖上那个木头疙瘩保准管用。占峰冷若冰霜，任凭杨师傅的媳妇怎么说小话儿，也是一个不行十个不行。王治保在一边看不下去，帮着求情。占峰仍是不答应，拉下脸子硬是把娘俩儿轰出了大队部。杨师傅媳妇出屋后，占峰跟王治保说："他是起事的幺蛾子，我帮他这个忙不要紧，陈书记知道了会怎么想？若兰会怎么想？"王治保嘟哝说："人家有难处了，咱能帮就帮一把呗，做个顺水人情，又不费啥。"

占峰对杨师傅的媳妇如此不开面儿，其实另有隐情。昨晚上占喜找人打证实，在两个人身上碰了硬钉子。头一个是占富。自打和二丫结婚，占富什么都听二丫的，和占峰疏远了，和晓丹走得很近勉。占喜去他家找他时，占富说："你和晓丹一人说一个样儿，我又没在旁边，谁知道哪个话是真的？"占喜说；"当然我说的是真话，你难道不信我？""你别拿我当傻子。我心眼慢，大不了多寻思一会儿。"占喜拿着一沓材料在占富眼前一晃说："这几个哥们儿也没在旁边，他们不都给我出了证实吗。""他们是他们，我是我。"占喜搬出占峰来压他："这是占峰的意思，打不打这个证实，你掂量着办！"占富上来倔劲儿："占峰的意思也不行！做人心眼得放端正，不能昧着良心坑人害人，谁来我也是这个态度。"占喜气得够呛，还想说点什么，一眼看见二丫从屋里走出来，冲这边来了，知道她不会说好听的，赶紧溜了。他回去跟占峰作了汇报，添油加醋地说了占富不少坏话。占峰说："这个白眼狼，往后不用搭顾他，等这个事儿过去了，我再收拾他。"再一个人是杨师傅，占喜让他证明晓丹负责放炮是他主动提出来的，而且二宝上西大砬子掏鸽子的事儿晓丹事先就知道。杨师傅一听就猜出占喜没怀好意，拒绝了。他跟占喜说："我已经坑了晓丹老弟一次，不能一错再错啊！"占峰是嫉妒心和报复心极强的人，听占喜说后立马给城里矿上打了电话，之后便有了矿上连夜来人把杨师傅拉回去的事情。占峰生着杨师傅的气，到今天气也没完全出去，这地方找上了。

杨师傅的媳妇领着儿子站在大队部门前的广场上，擦眼抹泪的不肯走。来的时候，是有高人给出的主意，她才大老远地上太子屯来的，抱了很大的希望，现在空手回去，她不甘心。这时候又有高人给她出主意，说晓丹是修路工地上的总指挥，出个材料也顶用："听我的，你去找他吧，他指定能帮你。"

栓柱上晓丹家来，他把自己听到的一五一十告诉了晓丹。晓丹没想到占峰这么阴，散布了那么多的流言蜚语，完完全全是在坑自己害自己，他正想着如何应对，秦二叔从外边急匆匆走进屋来。秦二叔这个时候应该在五里长汀码头，他来家一定是有什么事情，果然秦二叔一迈进二道门坎，气还没有喘匀乎，就跟晓丹说："陈书记一大早就把我喊起来，坐船过五里长汀上公社去了。他家里出这么个事儿，他不坐镇在家里，上公社干啥？二宝这个事儿，和公社有什么关系呢？就算有关系，为什么不打电话，非得去一趟啊？"晓丹听秦二叔这么说，感到事情更复杂了。他似乎隐隐地感觉到，有一张无形的网正在罩向自己。栓柱劝晓丹去一趟若兰家，再好好和若兰唠唠，把事情说清楚。晓丹说："若兰现在什么也听不进去，根本不让我说话，等过三过五再说。"栓柱说："咱们去找占峰和占喜，跟他们鼻子对鼻子脸对脸，对证个四角落地。"晓丹点头，准备和栓柱出屋。秦二叔劝晓丹说："我看还是不去好，你们两个现在到一起，一堆硝粉加上一箱炭末，沾点火星就炸啦，不但解决不了问题，还可能愈加大发不好收场。"晓丹妈起初一直躺在炕上没搭话儿，她这些日子身子一直不大好，儿子又摊上这么大个事儿，更是跟着着急上火，一个晚上又是咳嗽上喘又是心口窝疼，现在听说儿子要去找占峰，硬撑着坐起来，连连摆手说："丹儿，你快拉倒吧！咱犯病的没吃，犯法的没干，找他干什么？就算天塌下来，你也坐家里擎着，我看他能把你怎样？"晓丹不敢惹母亲生气，打消了去找占峰的念头。栓柱说："那咱们也不能硬挺着啊，都是孙寡妇一个人惹的祸，她不勾搭杨师傅啥事没有，我去找她削她一顿！"

晓丹拦下栓柱说："和人家没一点儿关系，咱不能摊上一点事儿。就怨天怨地怨神仙，你别乱来！"

几个人正商量着，外边有人敲门，杨师傅的媳妇领着儿子进屋来了。杨师傅的媳妇先问哪位是晓丹，然后让儿子给晓丹磕头。晓丹一愣神儿，急忙把孩子拉起来。杨师傅的媳妇作了自我介绍，说了大队怎么不帮忙，王占峰怎么不开面儿，把他们像撵狗一样撵了出来，最后求晓丹无论如何要帮她一把。栓柱没等她说完，立刻横虎一般："你知道不，他把我这个哥哥坑苦啦！要不是他脱岗，我丹哥啥事没有。他跑去搞娘们儿，给我丹哥找多大的麻烦，弄不好得摊官司！这是你领了孩子来，看你们娘们孩子可怜，给你说好听的；要是杨师傅他本人来，我两拳揍扁他！你们赶快走，别惹我生气！"晓丹拦住栓柱说："栓柱，咱们想办法帮帮他。""丹哥，你祖坟都哭不过来，还有闲心去哭乱坟岗子？""不管到了什么时候，能帮人一把，就帮一把，杨师傅现在正是需要人帮助的时候啊！"晓丹妈在一边也对晓丹说："你要是真能帮她，就帮一把，大老远的跑来，不易呀！"晓丹当时就写了一份证实材料，上面说杨师傅在太子屯期间表现良好，工作认真负责，为太子屯修路作出了贡献。后来发生男女关系的事儿，并非他一个人的责任，至于放炮伤人事件，因他请假不在现场，和他没有任何关系。他的问题只是一般生活作风问题，绝对构不成犯罪。落款是太子屯大队修路工地总指挥鄢晓丹。晓丹说："我给你出这个材料，盖不了公章怕是用处不大啊。"杨师傅媳妇说："是啊，能盖公章最好，就是那个木头疙瘩盖上边值钱！"晓丹思考了一会儿，让栓柱拿着材料去找老会计，并说："你就说我求他，公章在他手里，他欠我一个人情，肯定会帮这个忙。记住一定背着占峰和占喜他们。"见晓丹这么说，栓柱只得去了，不一会儿的工夫回来，真的盖上了公章。杨师傅媳妇领着孩子走了，差不多是一步一回头，一连叠声说："晓丹弟弟，你真是好人啊，我替你杨哥，还有我们全家，谢谢你啦，谢谢你啦！"

陈书记一大早去公社，走的时候若兰和母亲还没起来。他在大队当支书的时候，公社上上下下各个部门的人就都熟头巴脑的，来了公社林业站，天天见面又经常打交道，关系更是近了一层。他拜完山神拜土地，拜完土地拜城隍，见了领导见了治保见了公安之后，他还没往回走，一辆草绿色的北京吉普就从公社大院开出来，上面坐了两个便衣警察，奔五里长汀，车停岸边，人坐船过河到了太子屯。

船过五里长汀的时候，秦二叔看那两个人面晃晃的，一脸狐疑，觉出这两人来没什么好事儿。他跟那两个人搭讪，想套出个实话来，可那两个闷葫芦任凭秦二叔东绕西绕，到了最后也未开尊口。他们到了大队部，差人找来晓丹，公事公办没有半点客套就宣布带人。占峰不知溜哪儿去了，走之前安排王治保待在大队不能离开。晓丹跟两个穿着警服的人大声争吵："你们凭什么带我走?""你是涉案人，去接受调查。""既然是调查，在这儿就行，上公社干什么？我不去。""不去就是对抗政府，对抗法律，我们要强制执行。"王治保站在旁边劝道："晓丹，小胳膊拧不过大腿，你这么硬抗着，到头来吃亏的是你自己。你要是信得过三叔，你现在先去，过后我指定不能扔下不管，就算头拱地也要把事情搞清楚，要不是你的责任，我保准儿还你清白。"那两个人也缓和了语气说："我们只是执行公务，你还是主动一点儿好，有什么话，到了上边再说呗。你不去，性质就变了，只能使问题更复杂。"

若兰家离大队部不远，家里又人客不断，消息很快传过来。听到晓丹被抓走，她忍不住从家里出来，还没到大队部，远远地看见晓丹他们几个人从屋里出来。在广场边，若兰想躲开他们，可是已经来不及，几个人已经来到若兰跟前。晓丹和若兰打照面时，看了她一眼没说话，那种眼神很生分、很冷漠，是若兰从来没有见过的，她这一辈子都忘不了。晓丹走远了，她一个人还傻怔怔地站在那里，看着晓丹的背影，半天没动窝儿。她往家走的时候，看见道边站着的人背着她嘁嘁喳喳，二丫也站在道边，见她过来磨身就走。若兰看出二丫有意不理她，喊住她："二丫，你站住！有什么话你直说，憋在肚里烂肠肺。"二丫转回身，眼圈红红的："诺兰姐，你让我说啥呀？你还是听听旁人怎么说吧。"

两个民警带着晓丹来到五里长汀岸边，秦二叔刚从对岸载过两个人来，把船泊在那里。看见自己载过河的两个陌生人回来了，带着晓丹，又看一眼停在对岸道边那辆草绿色的北京吉普，什么都明白了。秦二叔平日胆小怕事，从不招惹是非，可那两个人要带走晓丹，他还是忍不住了，他对那两个正要上船的人说："我在这个渡口摆渡快十年了，从来没和谁起过纷争，今天，你们逼我这个老实人说话啊！”那两人愣住了，问道：“你什么意思？”秦二叔手里拎着船竿子，跳上岸边，坐到一块又大又圆的河卵石上，从兜里掏出烟口袋，卷了一支大老旱，慢悠悠地点着，吐出一团蓝色的烟雾，说：“没别的意思，我的船从来不载恶人。”“我们怎么是恶人？”“抓好人的就是恶人。”“你敢妨碍我们正常工作，要承担后果的！”“我犯病的没吃过，犯法的没干过，承担什么后果？”“你不渡我们就是犯啦！”秦二叔笑了一笑说：“随你的便吧，你当我是三岁两岁的小孩子，你这么一吓唬，我就怂了？”那两个人面面相觑，拿秦二叔毫无办法。这时晓丹说话了：“秦二叔，渡我们过去吧。没做亏心事，不怕鬼叫门。到那儿再说，我就不相信没有个说理的地方！”“晓丹，明摆着是有人算计你嘛！我载你过去，只怕那个死在河里两千年的忠魂也不让，夜里要来抓我呢。”“秦二叔，你这样做，人家真以为我犯了大错，不敢去公安呢。”秦二叔不说话，晓丹又说：“秦二叔，我知道你是好心，可我要是不去，又要有人造谣，说我挑唆村民，和公安对抗，给我罪加一等。上船吧，秦二叔。”秦二叔声音有些哽咽：“晓丹，既然你这么说，那咱们过河。”

到了对岸，晓丹下船，秦二叔过去拉着晓丹缠着纱布的手说：“还疼吗？”“不疼了。”“怎么能不疼呢？十指连心呵……到了派出所以后，他们就是打死你也不要承认是你的责任。你一旦挺不住承认了，后面就麻烦了。”“我知道，秦二叔。”“晓丹，二叔没有大本事，可这个事儿绝不会看着不管，我回去就张罗找人，想办法救你，实在不行，俺们就拉些人去上边请愿。”“秦二叔，有件事儿还要麻烦你，晚上我要是没回来，你转告栓柱和二丫他们，去我家陪一陪我妈。让他们千万别跟我妈说实情，就说我去了暖水寺，过两天能回来。”“晓丹，你放心吧。晚上你能回来更好，暂时回不来，也别惦记你妈，我让猫眼儿和媳妇也过去。你多保重，照顾好自己……天佑好人啊！”晓丹跟那两个人走了，看着晓丹渐渐远去的背影，秦二叔的眼眶里涌满了浑浊的泪水。

11

秦二叔把晓丹他们送过河，返回来把船泊在码头，急急忙忙回到村里，头一个来找栓柱。二宝一出事儿，修路工地就停下了，乡下人一天也闲不住，都忙起自家的活计来。今年春起雨水足，地喝饱了，大田里的庄稼长得飞快，苞米苗儿有一尺多高。屋前园子里的土豆栽得早，秧子一片碧绿，比大田里的苞米更显茁壮，眼瞅着要把地皮盖住了。村民们因为一直在工地上忙，自家的地顾不上莳弄，房前屋后的地抽空干了，责任田却撂了荒，地里的杂草差不多和青苗一般高。栓柱当时正在河滩上自家的责任田里铲地，秦二叔从小河那边慌里慌张地跑过来，告诉他晓丹被公社派出所抓走了。秦二叔是去他家扑了空，才奔河滩上来的。栓柱听了二话没说，把锄头扔到地里，磨身就往大队跑。他知道都是占峰搞的鬼儿，要找他讨个说法。栓柱进了大队部屋里，占峰不在，就王治保一个人坐在椅子上，心事重重的样子。栓柱问："占峰去哪啦?"王治保没好气地："他一早来扎一头，让我等公社派出所的人来，他磨身走了，不知去哪啦。"

栓柱转身去了占峰家。占芳正在门前屋檐下洗衣服，看见栓柱来，甩甩手上的肥皂沫儿，手心手背在围裙上轻轻蹭两下，跑到大门口，有点儿纳闷地问："你怎么来啦?"栓柱冷着脸一梗脖儿说："我来找你哥。"占芳更觉奇怪："你找他干啥……他没在家。"栓柱有点儿急不可耐："他去哪儿啦?赶紧告诉我。""你这人真是性儿急，屁没来屎先来，你先说一说什么事啊?"栓柱这才瞪圆眼睛，气哼哼地说："占芳，晓丹被抓走了。"占芳惊愕："是吗?""你哥他太阴！串通了不少人，编排了不少假材料坑晓丹，真是气死个人！不行，我得找你哥去。"栓柱转身便走，占芳厉声喝道："栓柱，你给我回来!"栓柱转回身站在那里，急得直跺脚："你还有什么话，快说!”“没别的话，我就不让你去找我哥。”栓柱愣愣地看着占芳，以为占芳不让他管这个事儿。占芳又说：“栓柱，你听我说完。你去找我哥，能解决啥问题儿？以你现在这个样子，你俩到了一起，只怕是两句话没到头，就撕巴起来了。你干瘦干瘦的，像个大刀螂，哪里是我哥的对手，不擎等着吃亏吗?”“那我也不能就这么挺着！丹哥被抓走了，我待得住吗?”占芳沉思了一下说：“这事儿交给我，等他回来，我劝劝他把材料撤回来，看好使不。”

中午，占峰回来了。占芳把做好的饭菜端上桌，把饭替占峰盛碗里，还拿起炕上的笤帚，替哥哥扫了扫肩头上的灰儿，等哥哥坐在炕沿边儿，她坐到了对面，平心静气地说道：“哥啊，咱们是根本人家，祖祖辈辈没整过什么歪门邪道的事儿。爸脾气不好，可那关上门是咱自家的事情，和外人不搭界吧。到了咱们这一代，也得行得正走得正，千万不能败了家风，让乡亲们小瞧咱们、笑话咱们。”占峰放下饭碗，撂下脸子问道：“占芳，你要说什么?”占芳并未理会哥哥的蛮横，自顾说下去：“旁人都说二宝这个事儿不怨晓丹，是占喜的责任，你们都推给晓丹，还说他是故意的，不沾边沿啊!”占峰冷笑道：“占芳，我是你哥，你怎么胳膊肘往外拐，向着晓丹说话啊?”“不是那么回事儿！晓丹他多好一个人，你就别再和他较劲啦。明眼人都看得一清二楚，他们不掺言，是打怵你、害怕你；我是你妹子，才敢把话说当面儿，才掏心掏肺地劝你……”占峰没容占芳再说下去，一拍桌子怒斥道：“占芳，用不着你来教训我，这个事儿你不要管！我知道你们几个女子，都眼巴巴地盼着跟晓丹好，就连那个二丫都算上。可晓丹看上的是若兰，你就别做那个春梦啦!”占芳气愤说：“哥，你胡说些什么？晓丹他好是好，可也不能赢得所有女人心。我心里倒是有谁，你以后看得到……你虽然是我亲哥，可这个事做得不磊落，我照样不赞成你!”占芳说得嘁里喀喳，字字响脆，占峰气急，刚要伸手打人，王治保从外面走进来，他在外面听见屋里姊妹俩吵起来，急忙进来劝解，知道自己说不了占峰，只能劝占芳：“占芳啊，父母不在，长兄为父，有什么事儿听你哥的，别惹他生气嗷……出去溜达溜达，转一圈再回来。”边说边把占芳推出屋，一直推到院子外边。

占芳漫无目的地走在头道街上，不知去哪儿好，满脑子都是晓丹被抓这个事儿。她相信晓丹是无辜的，哥哥在这件事情里扮演了一个不光彩的角色。她太了解自己的哥哥了，什么事儿都干得出来。她感觉像是自己亏欠了晓丹的，想阻止哥哥这么干，不让他在错误的路上越滑越远。要达到这个目的，最好的办法就是去找若兰，先让若兰醒悟，再让她去做陈书记的工作。陈书记要是松口儿，晓丹就有救。可是这样一来，就得跟若兰指出这个事情的诸多破绽，揭穿哥哥的丑恶伎俩，这样做无异于出卖自己的哥哥；哥哥自来在若兰心目中就威望不高，自己怎能再做有损他形象的事情，她决定放弃。占芳难住了，怎么才能不伤及自己哥哥，又能把晓丹救回来，她在头道街上徘徊良久，始终没想出个好办法来。占喜从井台那边挑一担水过来，看到占芳心事重重的样子，跟她开了一句玩笑："我的亲妹子，你可要想开点儿，千万别寻短见。""占喜哥，你说什么呢?""我看你在这儿磨磨半天了，是不是要投井啊？嘻嘻。""去你的，没正形!"

占芳徘徊良久，不由自主地拐进二道街，奔小河口去了栓柱家。栓柱的父母都是老实巴交的本分人，平日里都喜欢占芳，见她来嘘长问短的，客客气气地把她让到屋里。见占芳来了，栓柱忙问："和你哥谈过没，怎么样?"占芳并未回答，而是说出了自己刚刚想好的一个新主意："他们能出假材料，你为什么不能出真材料啊？我看这个事儿你最好写一个请愿书，串联一些人在上边签名，人越多越好，然后去上边找一找，兴许顶用。"听占芳这么讲，栓柱知道占芳在哥哥身上碰了钉子，说："这个办法也行，咱们写个材料，让大伙儿签名替晓丹申冤，我这就写。"

不一会儿，栓柱把请愿书写完，交给占芳看。占芳看过说："没想到，你还有两把刷子，话都说到点子上了，写挺好!"栓柱说："干啥我都不白给，就你一个人，总是小瞧我、贬损我，恨不得一脚把我踩到泥里去；和别人我也说上句，就跟你，总也抢不上槽啊。"接下来两人核计都找谁签名，从村东头到村西头，凡是去了修路工地的人，都研究个遍。为了加快速度，早点儿送到公社去，栓柱把请愿书又抄了一遍，一式两份，然后按照研究的名单，两人分头出去找人签名。

占芳负责东队和小河口，她找到二丫，让她跟自己一块跑。二丫一听说替晓丹请愿，自然十分积极。她跟占芳说："昨天占喜找占富了……"说半道她又不说了。占芳问："占喜找他干什么?"二丫支支吾吾的，又唠起别的。占芳知道她要说什么，也知道她心里怎么想的，没再追问。

栓柱负责西队和上围子。他找了猫眼儿陪着自己。猫眼儿跟栓柱说："你不来找我，我还要找你呢。凡是我的亲戚朋友，我都包下了。"猫眼儿说到做到，真的帮着多找了不少人签名。出乎栓柱意料之外，王治保不知怎么听说了，也找到栓柱签了名，还说他准备去上边找一找，替晓丹说说话。知道王治保说的是真话，栓柱很感动，他对王治保说："三叔，你心眼好使，一点儿不糊涂。"

一个时辰之后，栓柱和占芳两人回到栓柱家会合时，签名的有五六十人。看见占芳整个过程表现得十分积极，栓柱心中很是敬佩，他原以为占芳会帮着自己哥哥说话，顶多保持个中立，就阿弥陀佛了，没想到占芳胸襟如此宽广，自此他对占芳更是敬重有加。他揣着几十个人签名的材料，骑上晓丹那辆自行车，上秦二叔的渡船过五里长汀，流星快马一般去了公社。到派出所一打听，才知道晓丹已经被送到县里，问具体什么地方，他们推说不知道。栓柱把联名信交给了一个头儿，气得跟人家大喊大叫起来："你们还讲不讲道理，做不做调查！上边的法律条文头头是道，怎么一到了咱这山沟里就走样儿啊？"那个头头说："你吵什么吵，再吵也没有用，有能耐你上县里吵去。"栓柱没办法骑着自行车回来了，一路上像重霜打过的秋草，耷拉着脑袋，内心沮丧得一筹莫展。

栓柱回到太子屯，最先去了王治保家，告诉他晓丹已经被送到县里，和他商量怎么办。王治保安慰说："栓柱，你别急，咱们慢慢想办法。""还有什么办法呢？只要能救丹哥，要命我都能豁出去呀！"王治保沉思了半天，说："晓丹进去了，这事儿和陈书记有很大关系。陈书记现在迷之一窍，是铁板一块，可是若兰姑娘心眼好使。她现在悲伤过度，心智迷失，在气头上恨晓丹，等回过味来她得后悔，要是能让若兰醒悟，让她说服陈书记，也许有门儿。"栓柱心里一动说："对呀，我跑了一圈儿，怎么就没想到若兰呢？"

从王治保家出来，栓柱直接奔若兰家。正是开晚饭的时候，从二宝出事到现在已经过去一整天的时间了，若兰家人客不少，屋里屋外乱哄哄的。栓柱把若兰从屋里喊出来，在房山头一个背静地方，单独和她谈了一阵子。栓柱掏心掏肺地对若兰说："我知道你现在的心情，在这个时候，我本来不应该再给你增加负担和烦恼，可是现在形势很危急，问题很严重。晓丹这个案子说大就大说小就小，如果他们硬说晓丹故意害的二宝，那晓丹就很危险，也许命都保不住。若兰，现在只有你能救晓丹，你无论如何要帮他这一回!”

栓柱这么一说，若兰害怕了。这一天多的时间里，若兰看到弟弟之死给父母带来的打击是巨大的，常人难以承受。她可怜父亲母亲，一直在想能为他们做点儿什么，减轻他们的痛苦，现在栓柱来找她，促使她作出了一个决定，这个决定让她在后来很长一段日子里后悔不已，吃尽了苦头。

开晚饭了，桌子摆在院子里，人们都在外边吃饭。母亲一个人躺在屋里炕头，若兰凑到她身边，把自己的想法先跟母亲说了，语气温柔得令人感动：“妈，晓丹让派出所抓去啦。”

因为好几顿没正经吃饭，若兰妈有气无力的，说话软绵绵的：“我知道了。他犯到那了嘛，该抓。”

“昨天我也这么想，可现在看，这事儿不一定怨晓丹。”

“占喜他们都说是晓丹的责任。”

“占喜的话靠不住，栓柱跟我说，根本就不是那么回事儿。”

“你别听栓柱胡咧咧，还有人说晓丹是故意干的呢。”

“我了解晓丹。说他故意害二宝，说死我都不相信!”

“不管怎么说，二宝死在了他手上。”

“要是不怨他，这对人家不公平。”

若兰妈突然提高了嗓门：“若兰，现在是啥时候，你还向着他说话!”

“妈，我不是向着晓丹说话，这事儿换一个人，搁别人身上，我也是这么说。二宝没了，我和你一样痛苦。可痛苦归痛苦，咱不能失去理智，不能因为二宝的死，冤屈了人家。”

若兰妈厉声喊起来：“若兰，你别说啦——”

若兰固执地：“妈，十多年前，晓丹爸的死就是一桩冤案，那个案子和我爸有关。十多年过去了，可别因为咱家，再弄出一桩冤案来!”

若兰妈累了，语气归于平和：“若兰，这是两回事儿。”

“平白无故让别人受这么大的委屈，咱家算户什么人家！在太子屯，咱们往后还怎么做人呢？妈，我知道你跟我爸的意思，不让我跟晓丹好，让我跟占峰。这回我就听你们的，大概这也是天意。可我爸得答应我，放了晓丹。”

“你爸他能听你的?”

“他要是不答应，我的事就不用他管。”

陈书记从公社回来已是晚上，客人们吃过饭走了，屋子里较白天清静了许多。若兰和父亲谈了一次话，长这么大，她头一回正儿八经地和父亲谈那么长时间，像是一场艰苦的谈判。陈书记的脑袋并非榆木疙瘩，他看到晓丹真的被抓走了，心里划起魂来，摸不准自己做得对不对，是不是有点儿意气用事。若兰跟他一谈，他立刻警醒过来，想到占峰可能是利用这个事儿做文章，晓丹可能是无辜的。现在若兰回心转意了，自己也不应该把事情做得太过头啊！他答应了若兰的要求，说到做到，在二宝出殡的当天下午，特意回了一趟公社。

看见父亲同意了自己的要求，去了公社，若兰从家里出来，来到一处空旷没人的地方，冲着苍天撕心裂肺地大喊：“老天爷啊，你为什么让二宝死在晓丹手里？你让我怎么办哪？你让我怎么办哪——”说完两手捂住脸，号啕大哭起来。

几天后的一个傍晚，晓丹坐渡船过五里长汀，回到了太子屯。在船上秦二叔对他说：“晓丹，你可回来了，真是天大的好事儿！可是你妈她……”“我妈怎么啦?”秦二叔说：“你快回去吧，到家就知道了。”

晓丹是孝子，上苍成全他的孝心，让他见了母亲最后一面。他到家的时候，母亲蜷伏在炕上，身上盖床二棉被，已簇不起个像样的堆儿来，细看才能看出下面有个人。她两眼半睁半闭，呼吸微弱；栓柱、二丫、占富、猫眼儿和媳妇等好几个人待在屋里，围在她身边。看见儿子突然站在跟前，母亲艰难地一笑，对晓丹说：“我年轻的时候算过命，说你能给我送终，算命先生的话，还真准啊!”晓丹说：“妈，你怎么样，哪儿不舒服?”“我在等你回来，我有话跟你说。”晓丹让母亲慢慢说。母亲咽了口唾沫，憋足一口气，断断续续地说出下面一长串的话来：“丹儿，我这回真不行啦……我死以后，你上你舅那儿去。在那头娶房媳妇，安个家，老老实实过日子吧……在哪也是一辈子，好赖都是一辈子啊！你舅喜欢你，他一定会留你；你只有去他那儿，我才放心呐……妈老了，可是妈不糊涂，知道你舍不得一个人！认命吧，人不能跟命过不去！你别再想她，长相俏皮有啥用，吃模样穿模样？她再好，哪怕是仙女下凡，冲她这回出的事儿，冲她那个家，咱也不要她……丹儿，你就听妈的吧，要不，死了我也闭不上眼呵！”晓丹妈哽咽着，费了很大的劲儿才把话说完，两眼直勾勾地看着晓丹，等他答话儿。见母亲真的不行了，晓丹的眼泪立刻就下来了。他说：“妈，只要你能好，我怎么都行。”晓丹妈笑了，说：“我的好儿子，我的懂事的儿子……”像是说话耗尽了全身的力气，晓丹妈突然变得呼吸急迫，上气不接下气。晓丹惊慌失措，让栓柱去找村里卫生所的大夫。大夫来了之后，打了一支强心剂，还打了一支止咳针，跟晓丹说只能这样了，再没别的好招儿。之后晓丹妈一直处于弥留状态，嘴张得老大，像是要说什么，最终一个字也没吐出来。她几次伸出手抚摸着晓丹的脸，热泪纵横却是一副慈祥的笑容。晓丹握住母亲的手哭成了泪人，挨到小半夜，老人咽了气。晓丹处理母亲的后事期间，栓柱、二丫、占富、秦二叔和猫眼儿两口子等许多人忙前忙后，从老太太咽气一直忙到发送完了，占峰和若兰头影儿未露。

母亲去世后，晓丹始终觉得她没有死，就在他身边，不是真实的人，而是一团空气，悬浮在半空中，他走到哪儿，母亲跟到哪儿。他的一举一动，母亲都看得见；她心里也想什么母亲都知道。母亲总是在质问她：“晓丹，我临终的时候，你说的话还算数吗？”这让晓丹心里很是不安。

一切处理妥了之后，这一天晚上，晓丹从家里出来，去找占峰跟占喜算账。这些天过的什么日子？被人误解，被人恶语中伤，被人栽赃陷害，被人当成罪犯抓走却有口难辩，真是又憋气又窝火！今晚上不找他们理论理论，就会胀破肚皮！他第一个要找的人是占峰。晓丹想好了，他说好听的，自己现在回来了，彼此相安无事；他要是还像以前那样吹胡子瞪眼放横立正，那就破釜沉舟和他大干一场。他来到占峰家门前，院门插着，敲门后看见占芳从屋子里出来。占芳看见晓丹显然吃了一惊，说：“丹哥来了。”晓丹压住怒火说：“占芳，喊你哥出来，我有话要说。”“我哥没在家。”晓丹以为占芳糊弄他，自己要进院，占芳往晓丹跟前一横，堵住了门口说：“真的，他上公社开会去了。”晓丹犹豫了一下。占芳又说：“丹哥，我知道你是无辜的。这个事儿我哥做得太过分，我替他给你赔礼道歉。”晓丹脸上木木的，没有任何反应。占芳又说：“丹哥，我知道这个事情对你伤害太大，仅赔礼道歉不顶啥，你就给我个面儿——如果我在你心中还有点儿面子的话，答应我，别再找我哥。现在你也回来了，这个事儿就算过去了吧，就当作什么都没有发生。”见晓丹还是不吱声，一点没有走的意思，占芳叹了一口气，说：“丹哥，我哥的脾气，你也知道，你和我哥现在见了面儿，天知道会发生什么事儿！你俩谁有点闪失有个好歹，我都会很难过！这些年，在我心里，拿你当我自己亲哥。你要是以为我说的是假话，那你就白长了一颗心！”占芳最后这句话让晓丹很感动，他平日对占芳就很尊重，不单是他，村里人无论是年长的还是年轻的，没有人敢小瞧占芳，人们都知道这个年轻的俊俏女子性情刚烈，为人正直，嘴巴虽然不让人，可她是属长虫的，那点儿毒全在嘴上了，心眼儿好使着呢，任谁都比不得！看着占芳真诚的神情，晓丹再没说什么，默默地转身走了。他沿头道街往回走，过大队部，拐上二道街，走不远来到占喜家门前。天已刹黑，赶巧儿占喜从外边回来，刚到家门口。他像是刚喝过酒，走道晃晃悠悠的，嘴里哼着二人转：“正月里来是新年啊，大年初一头一天啊……”晓丹迎过去，扯住占喜的脖领子：“占喜，今天你跟我老实交代，你都跟若兰说了些什么？想好了再说，不兴有一句谎话，不然别怪我不客气！”占喜见是晓丹，酒吓醒了一半儿，说：“我没说什么……。”晓丹吼道：“让你没说什么！”照占喜胸口就是一拳。占喜被打得一溜趔趄，倒退了好几步跌坐在地上。他刚站起来，晓丹已赶到他跟前，照脸上又是一拳。占喜倒在地上，趴在那里动弹不得，嘴巴流出血来，他用手背擦一下，黏糊糊的，虽然天黑看不清，可他知道全是血。再看晓丹怒气未消，一点儿没有停下来的意思，他软了下来：“晓丹，你别冲我来，那不是我的主意，你不该跟我较劲！”晓丹知道占喜说的是真话，二宝这个事儿表面上诬陷自己的是占喜，其实背后拿主意的是占峰，就问：“占峰都怎么和你说的？”占喜一边揩嘴上的血一边晃头：“改天你去问他自己吧，他现在没在家，上公社去了。”听占喜这么说，晓丹才知道占芳说的是真话，又问：“占峰上公社干什么？”“看若兰去了。”晓丹心里一阵狐疑，赶紧追问一句：“你说什么？占峰看若兰去啦？”“是看若兰去了，若兰上他爸那儿去了。陈书记让若兰和她妈一块儿去住些日子，换个环境养养身子，过一气儿再回来。晓丹，你还不知道，占峰和若兰两人的事儿已经定下来了，你就别再掺和啦!”晓丹听了，半信半疑，懵懵怔怔地呆在那里，突然就变成了一个木头人。占喜乘机站起来，慌慌张张地后退了几步说：“晓丹，你是个聪明人，可你迷之一窍。旁观者清，全太子屯的人都看得明明白白，你和若兰根本成不了。西大砬子不倒，陈书记就不会把女儿嫁给你！就算若兰原来愿意，可这回出这么大的事儿，怨你也好，不怨你也罢，若兰还能跟你吗？你就别抱一丁点儿的幻想啦!”

听了占喜这些话，晓丹慌了神儿，急忙扔下占喜，去找栓柱核实这个消息的真假。到了栓柱家，大门已经插上了，他用力敲门，栓柱的父亲出来开门，告诉他栓柱老早就躺下了。搁往常，人家插门了晓丹不会敲门，知道栓柱躺下了更会转身回家。可今天不行，他一个人回家里还能待得住？不打听明白这一宿还能睡着觉？他心忙意乱地闯进栓柱的屋子。栓柱并没睡着，他猜出晓丹干啥来了，抻着懒腰穿衣服下地，故意说些不痛不痒不着边际的话。晓丹问起，栓柱才钝钝迟迟地说：“这个事儿是真的，我也听说了。”

晓丹的脸色一下子变得很难看，眼中射出犀利的光芒。他抬头看着房扒，一直注视了好长时间，好像那上面有个什么东西待在那里。过了好一会儿，晓丹才说：“栓柱，我要卷一只烟抽。”栓柱知道晓丹从来不抽烟，还是把烟笸箩递过来。晓丹从里面拿起一沓烟纸，扯下来一张，往上边滤烟末的时候，因为手在发抖，撒到地上许多。他重新抓了些烟末，紧紧地闭着嘴唇，极力地控制着自己的情绪，可他的手仍是抖得厉害，烟末又撒了一地。栓柱说：“丹哥，我来。”他卷完递给晓丹，晓丹只狠狠地吸了一口，举起摔到地上，踏上一只脚碾得粉碎，啥也没说就从栓柱家出来了。栓柱送他，跟在他身后劝了半天，他一句也没听进去。这个晚上，晓丹失眠了，辗转反侧思来想去一宿没眼。他决定去公社一趟，和若兰谈最后一次，无论如何，他都要听若兰怎么说，那句话必须是若兰亲口说出来，他才相信是真的。

林业站在公社的大院里，若兰一家临时住着大院内两间闲房子。晓丹和栓柱是上午到的，晓丹在大院外面等着，栓柱进去找若兰。过了很长时间，栓柱才出来，吞吞吐吐地告诉晓丹说：“若兰说她已经答应她爸她妈和你一刀两断，不想再见你。我劝了她一阵子，让她出来和你说句话，她到最后也没给我这个面儿。”晓丹故作平静地：“她还说啥啦?”“她让我给你捎话儿，叫你忘了她，有合适的，再找一个吧。”晓丹冷笑道：“我用不着她操心呐!”“若兰还说，她和占峰的婚期已经定下来了，十月一日结婚。”栓柱说完先骂了一气儿占峰，又骂了一气儿若兰，末了他劝道：“丹哥，咱长点儿志气，找一个比她还好的，领回来给她看看。我看你能!”听说若兰连婚期都定下来了，晓丹被激怒了，心想若兰啊若兰，你这么快就跟了占峰，连婚期都定下了，这两年的海誓山盟，这两年的卿卿我我，难道都是假的吗？他有一种被抛弃、被耍戏的感觉。强烈的自尊心促使他很快作出决定，既然你无情无义，那我又何必赖着你不放呢？四条腿的蛤蟆天下难寻，两条腿的人遍地都是啊，想到这他干脆地说：“走，栓柱，咱回太子屯。”说完扯开大步前头走了。

清早起来，晓丹就去了五里长汀，一个人站在大柳树下，一直站到满天晚霞染红五里长汀的水面。他把这些日子的事儿认认真真地想了个仔细。二宝刚死的时候，若兰轻信占峰和占喜的一面之词，不相信自己说的话，不给自己解释的机会，自己从心里边生若兰的气。后来转念一想，摊这么大个事儿，搁谁身上也难以承受，说些出格的话，有些过激的举动，也属正常，过后平静下来我再跟你解释。可过去这么长时间，你一直躲着我，不给我说话的机会。现在又这么快就跟了占峰，我要和你谈一谈，你连见都不见，看来真是缘分已尽。经过一个白天的思考，晓丹艰难地作出一个决定，既然若兰已经跟了占峰，自己离开他们，离开太子屯。

晚上回到家里，晓丹忽然想到自己遗忘了两件事情，小队里那两件纠纷还没有解决，头些日子找他们谈过，可是没说通。乡亲们多是私心很重的人——其实这怪不得他们，祖祖辈辈苦日子过怕了，既养成了精打细算勤俭度日的好习惯，同时也把蝇头小利看得很重，你让他们在事关个人利益的问题上作出一点很小的让步，是一件十分困难的事情呢！近些日子大事儿一件跟着一件，一直在忙自己的事情，那两件纠纷早忘到脑后去了。自己答应过人家，给他们一个说法，说话得算数，不能说了不算算了不说，走之前一定要给人家一个交代。他从家里出来先后去了那两户人家。这一回他几乎没费多少口舌，工作进行得格外顺利。那个砍了别人家山场树棵子的人说："晓丹，你遇上这么些坎儿，心里边不敞亮，还有闲心管别人的乱头事儿，我断不该再为难你。那些柞树棵子顶多七八捆柴，我这就找辆带车子，拉十捆柴送过去。"另一个知道晓丹要走了，晓丹到他家话没说完，他起身拎起一把斧子走出院子。晓丹跟出屋来，看见他三下五除二，撂倒了院门前那棵碗口粗的小柳树，回到晓丹跟前干脆地说："晓丹，你要走了，我帮不了你别的忙，让你走个心净吧。"

栓柱这几天心里难过极了，晓丹要走，他从心里边舍不得。晓丹跟栓柱交代："地里那些青苗，都归你，我就不要啦。"

"我替你莳弄着。"

"家里的东西，我不搬了，也没什么值钱的物件。"

栓柱关切地问："那你以后还回来不？"

"回来，短也许十月一号以后，长也许几年，这里有我的承诺，有我留下的誓言，我一定回来。"

"哪一天走你告诉我，不少人打听呢，他们都要送一送你。"

"不用了，你替我谢谢他们。"

"那我一个人送你吧。"

"栓柱，我的好兄弟，你送我，到时候我怕自己哭得比小孩子还难看呐。"

听晓丹这么说，栓柱眼圈红了，两泡眼泪汪在眼眶里。晓丹看在眼里，知道栓柱是真心舍不得自己，眼里也有点儿潮乎乎的。栓柱知道留不住晓丹，就想再帮他点儿忙。他又去了一趟公社，找到若兰，告诉她说："晓丹要走了，你不回去看一看他吗，这回不看，以后也许再也看不着了。"听栓柱这么说，若兰的心像刀扎一样疼，她原本铁下心来不再和晓丹有任何来往，现在听说晓丹要走了，她决定回一趟太子屯，见晓丹最后一面。想到与自己真心相爱的人不但不能走到一起，反而结下怨恨，这样的结局让她心里很不是滋味。不管怎样都该回去送一送他，见了面能解释清楚，让他解开心结互相留个好念想最好，解释不清那就送他一个祝福，祝他找一个比自己更好的人吧。

若兰回到太子屯，来到晓丹家时，见房门锁着。门前聚集了一堆人，都是来送晓丹，却没见到人。她打听了几个人，有个人说晓丹可能去了西大砬子。这时晓丹正在自家的墓地里跟父母和哥哥告别。荒野中，一堆新冢。坟堆之上，青石压着一摞黄表纸。他跪在父母的合葬墓前，一边烧嘴里一边念叨：“爸，你都死十四年了，我还是没长大，不给你争气。我知道你不同意我跟若兰好，可是我没按你的意思来，所以上天惩罚了我。爸，我错了，请你原谅我这个不孝的儿子。”停一会儿，他又接着说：“妈，这回我听你的话，离开太子屯，去舅舅家。我走了，你闭上眼睛安息吧。”他叩了三个头之后，走到哥哥墓前跪下，说道：“哥，我虽然走了，可是修桥的事并没有忘。无论走到哪里，我都记在心里；无论哪年哪月，我都不会忘记。等以后我长了本事，有了钱，一定回来在五里长汀上建一座大桥。哥，你就放心吧。”

若兰来到西大砬子，赶到晓丹家的墓地时，已不见晓丹踪影，只见坟头上压的那摞黄表纸被风吹得乱乱纷纷，坟前刚刚烧过的纸灰还没有完全熄灭，烟尘袅袅升起，很快又被风扯得七零八散。她举目四望，把两手在嘴边围成一个喇叭筒，大声呼喊着：“晓丹——晓丹——”空寥的远山回应着她的喊声，过后是死一般的沉寂。

晓丹此时已走出老远，听不见她的喊声。他正穿过茂密的灌木丛，沿着一条羊肠小路上山。他没走五里长汀，也没走西大砬子，而是抄了一条山路，他不想看见任何人。此刻他走上上岗，回头看去，太子屯横陈于脚下，五里长汀像一块巨大的墨绿色翡翠镶嵌在村子东边。他把目光从五里长汀向西移，先是看到了自己家的房子，再向西看到了若兰家的房子。房子都很小，像是一堆积木。当他把目光再向西移，越过上围子，投向自己家的墓地时，他愣住了。有个人孤零零地站在那里，穿一件藕荷色的上衣。人如一只蚂蚁一般大小，看不清是谁。那会是若兰吗？是她，看衣服的颜色一定是她！晓丹深情地无比眷恋地凝视着，想到从此以后人分两地天各一方，几年的思念与爱恋像太子河水一样付之东流，他的眼前有点儿模糊。又想到半年、一年或是几年以后，在太子屯或是别的什么地方，他见到了若兰，那个时候，若兰已是人妻……晓丹突然心底一阵战栗，喉咙里一个硬东西迅速地膨胀着，卡在那里上不去下不来，疼痛得难以忍受，鼻子一阵剧烈的酸楚，眼里的热泪随之扑簌簌地滚下来。看着那个蚂蚁一般大小的人离开墓地，走过曲里拐弯的山谷小径，拐过山嘴，消失在砬头的后面，晓丹干脆利落地抹一把脸上的泪水转身走了。他顺着灌木丛生的山路越走越远，再也没有回头。

12

晓丹舅舅家在蜂蜜屯，离太子屯六七十里，和太子屯同属一个县但不是一个公社。村子不大，巴掌大个地场儿，出门山撞鼻梁子。村里有四五十户人家，依山傍水，景色宜人。村子旁边，有一条砂土公路穿过，每天上午都有一班红黄两色的大客车从县城那边开过来钻进大山里，下午再开回去，交通比太子屯便利。顾名思义，蜂蜜屯有很多村民养蜂，不过不是蜜蜂，是野蜂，也叫山蜂。在陡峭的砬头上，向阳的山坡上，可以看到很多蜂巢——一根掏空的留出门来的粗木桩，高矮一米左右，再高点矮点的也有。野蜂蜜营养价值很高，书上说它有调理脾胃、润肠通便、润肺止咳、养护心脑血管、提高免疫力等很多功能，可这里养蜂的村民很少自己吃，一年一两次蜜，金贵得很，他们舍不得吃，要拿到集上去卖掉，换回钱来贴补家用。

舅舅和舅妈原来都是城里人，退休以后搬到乡下来了。舅妈的娘家在蜂蜜屯，他们是投亲投到这儿来的。有一个儿子一个女儿都已成家，留在城里工作，他们身边再没别的人。如今兴起这样的时髦，有农村的年轻人去城里打工，住进城里；也有城里的老年人厌倦都市里的车马喧嚣，来乡下过清静恬淡的日子。不过晓丹听母亲说过，舅舅和舅妈好像不是这种情况，他们是不得已到乡下来的，至少对于舅妈来讲是这样。她特别不情愿，刚回来的那二年遇人总是说："怎么这么没出息哟，老了老了转回山沟里来啦。"可是没办法，儿子结婚需要房子，城里的房价一年年见涨，再买一处小单室也需要一两万，家里又实在拿不出这么多钱来，权衡再三之后，回乡下来了。人啊，一辈留一辈，为了孩子当父母的心甘情愿作出牺牲，世上纵有亿万家，家家户户都是这么回事啊！

晓丹是傍晚到的。舅舅家住三间小瓦房，独门独院儿，前后都是菜园子，四周用石头垒的院墙。园子里芸豆秧开始爬架，黄瓜秧开着新鲜的小黄花，有蜂儿嗡嗡地叫着，在花蕊中忙忙碌碌地采集花粉。房山头的石头院墙上，斜放着几棵干树棵子，上面爬满窝瓜秧，阔大的叶子一片墨绿。屋檐底下，挂着一串串的松树伞、红菇娘和干巴巴的红辣椒。

晓丹一进院子，舅舅、舅妈迎出来，热乎得像一团火，让他有一种回家的感觉。舅舅很健谈，他说："你妈死的时候，我去得忙走得也忙，看你就剩一个人，可怜见的，就想让你过来，当时没顾得上说，回来你舅妈把我好顿埋怨，这回你来了正好。俺俩身边又没个孩子，拿你就当自个的儿子一样，你呢，别见外。"

舅妈说："以后，这就是你的家，你妈活着时，我俩处得比亲姐妹还好呢。"

晓丹客气说："我是得在这儿住些日子，给你们添麻烦啦。"

舅舅说："有什么麻烦的，屋子现成的，西屋闲着呢，现在又不缺粮，你爱住多长时间就住多长时间，随你便。"

舅妈说："我就是多舀一瓢水，多添一把柴。"

舅妈给晓丹做了一桌好吃的饭菜。饭是他最爱吃的酸汤子，菜有一盘酱鸡蛋，一盘切成两半的咸鸭蛋，一碗五花肉炖干豆角，一盘土豆片炒红蘑。三个人围桌而坐，舅舅在炕里，晓丹和舅妈在炕沿儿两边。舅妈让晓丹也上炕里，晓丹说他盘不上腿儿。桌上大号的搪瓷缸里，已经烫好了一壶酒，舅舅自己倒了一杯，要给晓丹倒，晓丹自己接过也倒了一杯。有了第一杯，又喝了第二杯第三杯，有生以来，晓丹头一回喝这么多酒，到后来他有点儿醉了。这个傍晚，舅舅喝了很多酒，说了很多话，原来舅舅这一辈子挺坎坷。二十多年前，舅舅舅妈还有一次回乡的经历，不同的是，那一次他们是被撵下来的，也是回的蜂蜜屯。

说起来，舅舅被打成右派是很窝囊很荒唐的一件事儿，让现在的人难以置信。那时他是一家大型建筑公司供应科的科长，运动开始后，上边给他们科下了一个指标，要他们科抓一个右派分子。科里开会研究来研究去，目标落在了一个姓韩的土建技术员身上。韩技术员二十多岁，是个中专毕业生，平时爱说点落后话发点小牢骚，其实没什么大事儿。他新结婚，如果被打成右派，这一辈子就毁了，跟着毁掉的还有他那个新成立的小家庭。舅舅动了恻隐之心，把他保护下来，跟上边说俺们科没有。上边让他再找，说这是政治任务必须完成。舅舅犯倔说再找也是没有，俺们完成不了这个任务。领导问他说准了，他说说准了。领导立刻翻了脸说，那好，你不说没有吗，就是你了。名额落到人头上了，接下来开始凑材料、找罪证。没有罪证上哪儿找去呀？上边想出招数，先免了舅舅的职，然后发动群众开大会揭摆，每个人都要表态发言，终于有人熬不过，供出了舅舅唠嗑时说过的一句话："贵人吃贵物，穷人吃豆腐，我现在连豆腐也吃不起喽。"就是这样一句再普通不过的闲话，给舅舅带来了弥天大祸，说他对现实不满，反对社会主义制度，被戴上右派的帽子，一家人被强行下放农村回到蜂蜜屯。几年以后，舅舅落实政策摘掉右派帽子，一家人又回到城里。舅舅被下放前是那家企业最年轻的科级干部，不到四十岁，仕途一片光明。由于那次打击，有那个污点记在档案里，回城后始终一蹶不振，再没红起来，直到退休时一直是个一般干部。

晓丹很晚才回西屋上炕睡觉，兴许是换了环境的缘故，躺下以后半天没睡着。屋里黑乎乎的，太子屯在很远以外的地方，一种孤独感突然攫住了他的心。他想到栓柱、二丫和占富，想到秦二叔和猫眼儿，自然而然想到了若兰。他强迫自己不再往下想，因为他知道，接着想下去便会难以自拔。他还在心里边把自己狠狠地嘲笑了一番：人家不想你了，你还在想人家，想得睡不着觉，有用吗？怎么这么没志气啊？树活一张皮，人活一口气。做人最重要的是什么？就是要有志气呀！人无论到了什么时候，都不能没有气节。放下了若兰，晓丹又想起自己今后怎么办，虽然舅舅舅妈对自己很热情，在舅舅舅妈这儿多住些日子也不是问题，可毕竟不是长久之计。下一步怎么走？他一时想不出个准主意。晓丹以前和舅舅接触不多，对舅舅的了解，也就是见过几次面留下的浮皮潦草的印象。这回来舅舅身边，才知道舅舅乐观、智慧、豁达、健谈，很有些本事，要不是跌了那个跟头，能做更大的事情，老来虽如此落魄，但没有一点儿的消沉与愤世嫉俗，很乐天的一个人。联想到自己，这一生也不会一帆风顺，应该像舅舅那样随遇而安、知足常乐，到什么时候都不能对生活失去信心。男子汉大丈夫，应该直面一切困难与坎坷，笑迎生活，抱着这样一种心态，他在蜂蜜屯住下了。

第二天，晓丹跟舅舅去山沟里铲地。苞米长得快有一米高了，跟着长起来的是杂草，糊在苞米旁边。地块都不大，晓丹和舅舅一口气铲了好几块儿。歇气的时候，晓丹和舅舅坐在地头，舅舅卷起一支“大老汉”，点着后深吸一口，吐出一团蓝色的烟雾，试探地问起晓丹今后的打算。舅舅说：“依我的主意，你就在这儿落脚吧。要地号盖房子，舅舅没那么大本事，在蜂蜜屯这地方，要宅基地跟要生育指标都是最难办的事儿，可在舅舅家院子里起个房子，肯定没问题，舅舅能做到。再往后，娶个媳妇安个家，这些舅舅都能帮你张罗。”晓丹说：“舅，往后再说吧，我没想那么远。”舅舅看出来，外甥的心思没在这上面。

晓丹到蜂蜜屯一个多月了，时间已是七月中旬，天头阴雨连绵，进入“挂锄”时节，是乡下人少有的相对散淡的一段日子。一天，舅舅领晓丹去河里坞鱼。小河不大，清流潺湲。他们用铁锹憋出一条河汊，用河里的石头修成一个漏斗，将一个柳条篓子放在漏斗嘴上，再去上游用石头轰赶水中的鱼群，小半天的时间，逮了六七斤鱼。两人坐在河岸边一块平滑的巨石上，脚下是清凌凌的河水，舅舅一边抽烟一边和晓丹唠嗑儿。他怕外甥多心，拐着弯儿问：“晓丹啊，有没有想过不种地，干点儿别的呢？”晓丹说：“想啊，可是我能干啥呢？”舅舅说：“你不像我，我老了，没多少年蹦跶头儿喽。你还年轻，以后的日子还长着呢，应该琢磨着奔点儿前程。我像你这么大的时候，早就去城里工厂当学徒啦。外边的世界很热闹，你是不知道啊！如今有许多农村的年轻人进城里谋生活，还有不少人去了南方的大城市呢。”舅舅不愧在城里当过干部，见多识广，这几句话对晓丹的触动很大。他原来想去一趟暖水寺，想去那边找点儿事干。从舅舅说了这番话的一刻起，他的心里边打开了另一扇窗子，他把目光投向了远方，充满机会与希望的城市仿佛在向他频频招手。可是他并未着急动身，他总觉得还差一件事情没有做，那是一件什么事情呢？连他自己也说不清。

晓丹和舅舅从河边回来，快到家的时候，迎面碰上几个穿着干净利整的中年男人，其中有一个胖子穿着蓝裤子白汗衫，戴了个白色的鸭舌帽。舅舅和他们打了招呼走过去之后，告诉晓丹说，那个戴白色鸭舌帽的胖子是公社孟书记。

第二天一早儿，舅舅家里来了一个出类拔萃的人物，一个二十多岁的姑娘。她站在院子当央，跟正在酱缸旁边打耙的舅妈唠着什么。晓丹从屋里出来，先是看到她的背影，一下就愣住了，心也扑通扑通剧烈地跳起来。他以为是若兰来了，高矮、胖瘦和头型都差不多，连扎的马尾巴都一样。姑娘听到身后有动静，转过头来，晓丹看到了一张俊俏的脸，跟若兰比，皮肤更白且细腻，眼睛更大而有神，美艳绝不在若兰之下。姑娘冲晓丹点了点头，浅浅地一笑，又跟舅妈说几句闲话走了，过后晓丹知道她是大队妇女主任。

又过两天，舅舅打外边回家来，喜眉笑目地告诉晓丹说："好事来了，天上掉下来个林妹妹！孟书记那天来蜂蜜屯安排伏雨季节防洪抗洪，和你打一个照面，就看中你了，要把女儿给你，招你做上门女婿。只要你答应，房子啊彩礼啊日后的生活啊，什么都不用你操心。他那个女儿你猜是谁，就是前个儿你见过的那个大队妇女主任，她是特意来看你的。我看这事儿行，咱不冲他爸是书记，就冲姑娘本人，也要娶她。"没想到晓丹把头晃得跟拨浪鼓一般，一张嘴连说出好几个不行来。他这边一拒绝，舅舅立刻就明白过来，外甥心里边一定是有人了，这是唯一合理的解释。

这件事情之后，晓丹思考了半天，自己为什么想都没想就拒绝了一件很好的姻缘呢？以自己目前的处境，和一个公社书记的女儿结婚，难道不是一个最佳的选择，难道不是一件打着灯笼也找不着的好事吗！在太子屯最后的那些日子里，他曾产生过报复一下若兰的想法，找一个各方面都不次于甚至强于若兰的姑娘，给她看一看，这个想法为什么像个肥皂泡一样弱不禁风，遇上点儿风吹草动转瞬便破灭了呢？晓丹终于想了个明白透彻，离开太子屯这么些日子，自己一直在欺骗自己，他以为会逐渐忘掉若兰，可事实恰恰相反，时间越长，思之越切，记忆刻骨铭心，忘却谈何容易。在自己内心深处最隐秘的地方，若兰像一棵天女木兰扎根于沃土，牢牢地扎根在那里，谁都不能替代。除了若兰，自己已经不可能再接受任何人。

一个好天儿，晴空万里。舅舅领晓丹去放山。莽莽苍苍的大山，古树参天的密林，阳光透过茂密的树冠，在暄软的铺了厚厚树叶的地上筛出花花点点的光斑。太子屯也是山区，晓丹从小在山里长大，可他面对如此雄浑壮阔的大森林，却分不清东南西北，一下子迷失了方向。舅舅虽然六十多岁，可是腿脚很灵便，一直走在前边。他们来到一个淌着汩汩泉水的沟膛里，水沟边有一个荒凉的房场，没有屋顶，仅剩一堆断壁残垣。晓丹很是诧异，如此远离人烟的地方，怎么会有人在这里住过？那一堆堆长满绿色苔藓的石头，历经沧桑的岁月，像是在默默地诉说着一段神奇的传说。晓丹正在纳闷儿，舅舅告诉他，这是抗日联军遗址，杨靖宇将军在这一带活动过，没准儿他就在这个屋子里住过呢。舅舅说："杨靖宇将军被咱们中国人出卖后，鬼子的讨伐队把他包围在濛江一带的密林里，那地方现在叫靖宇县。有人劝他说，杨将军，你已经被包围了，抵抗没有用啊，投降吧，给自己留一条生路。杨靖宇将军凌然道：'中国人都像你这样想，我们这个国家还有吗？我们这个民族还有吗？'他宁死不屈，手持双枪射向追上来的敌人，一颗子弹打中他的左腕，他继续用右手还击。敌人见活捉杨靖宇将军十分困难，遂猛烈开火，他的鲜血染红了脚下的白雪。杨靖宇将军六天六夜没吃一粒粮食，死的时候年仅三十五岁。敌人解剖了他的遗体，胃里全是枯草、树皮和棉絮。"舅舅的眼睛湿润了，赞叹道："杨靖宇将军这样的人，是咱中国人的脊梁，是中国人的魂！相比之下，那些出卖他的人，就是一坨屎。"听舅舅讲完，一种神圣的敬畏感一下子在晓丹心里涌上来，他向那堆石头行注目礼，一直注视很久。他想，自己生长在和平年代，虽然不能像杨靖宇将军那样在战场上为国杀敌，报效国家，可也应该做一个对国家对社会有用的人；虽然做不出杨靖宇将军那样惊天地泣鬼神的大事业，也应该干一两件有意义的小事情，不然岂不白来世上走了一遭。想着想着，他又想到了修桥的事儿，想到自己在哥哥丧宴上说的话，已经过去多半年了，现在连一点影儿都没有，这一刻他有了一种愧疚感和紧迫感。

晓丹和舅舅走上一个视野开阔的山头，举目望去，奔涌的群山，葱茏的密林，清纯的蓝天，有鸟儿啼啭，有苍鹰盘旋。晓丹眺望远方，看着太子屯的方向，想到了若兰。她这个时候在干什么？她心里边是不是还在恨自己，她难道真的把自己忘了个一干二净吗？他身子一动不动，眼睛一眨不眨，遥远的山廓之上，有一朵浮云飘过。在晓丹眼里，那朵云彩渐渐幻化成若兰的头影，开始很模糊，但眉眉眼眼越来越清晰，渐渐地热泪模糊了他的双眼。他吟成了一首小诗：

那碧蓝的天空哟，
飘浮着美丽的白云朵；
那苍郁的青山哟，
绵延千里巍峨。
啊——
那最远最远的白云下面哟，
一定是可爱的太子屯；
那最远最远的青山角旁哟，
一定是美丽的太子河。

那可爱的太子屯哟，
流传着古老的传说；
那美丽的太子河哟，
静静地从村旁流过。
啊——
你为什么让我日思夜想哟，
因为你是生我养我的故乡；
你为什么让我魂牵梦萦哟，
因为我的心上人在那里生活。

舅舅家西屋的山墙上挂一个日历牌，晓丹自打到舅舅家，每天翻一页日历；每翻一次，他的心都被刺痛一下。疼痛过后，是一种抓心挠肝的焦虑和烦躁，这样的心境令他寝食难安。日子如山涧的泉水一样一天天流走，到九月下旬，舅舅家开始割地了，晓丹的心情变得很糟糕。他拼命地干活儿，把苞米棒子掰下来，装进麻袋里，把苞米捆子一堆堆地戳在地里，一刻也不闲着，舅舅让他歇着喘口气儿，他反而干得更起劲。他以为劳动会医治心灵上的创伤，会让自己忘掉心中的烦恼，可是一切都是徒劳，一闲下来，他又会想到若兰，他的心又回到太子屯，回到若兰身边。到了九月三十日这一天，晓丹病了，他感觉自己身子疲惫不堪，精神彻底崩溃了。

舅舅和舅妈去了山坡地上，晓丹一个人留在家里。他躺在炕上，只有一小会儿，就起来了。起来后站也不是，坐也不是，他索性走出屋，来到小河边。他站在一棵小柳树下，看着脚下悠悠的河水，心中有了片刻的宁静。可这样的宁静转瞬即逝，不一会儿的工夫，眼前的蜂蜜屯变成了太子屯，流水潺潺的小河变成了水面宽阔的五里长汀，身后的小柳树变成了五里长汀岸边的大柳树，若兰像个天使一般，面含微笑，一步一步向他款款走来。他不敢眨眼，知道自己一眨眼若兰便会从眼前消失，于是强迫自己睁大眼睛。若兰越走越近，来到他身边，晓丹张开双臂，大声喊道："若兰——"他的声音刚落，若兰便如一股清风般飘然而逝。他好半天才从幻觉中走出来，此时日头已经落山，满天晚霞烧得如火如荼，晓丹步履蹒跚心情沮丧地回到舅舅家。

晓丹回到西屋，第一眼看见了墙上的日历，他不敢像往常那样，去翻日历上的那一张纸，像是一处流血的伤口，不敢去触摸。他倚着行李卷儿头朝下躺着，不一会儿便迷糊了。他做了一个奇怪的梦：他回到了太子屯，来到占峰家。屋内宽敞明亮，宾朋满座，占峰和若兰的婚礼正在热热闹闹地进行。他失魂落魄、漫无意识地来到一张空桌前坐下。桌面上杯盘狼藉，新郎领着新娘开始为客人点烟。占峰西装革履，春风满面，而若兰却悲悲戚戚，一脸哀怨。他们来到晓丹跟前，按照习俗，占峰从烟盒里掏出一支烟递给若兰，若兰双手发抖，怎么也点不着，许多火柴残梗丢在桌面上。若兰扔下晓丹转身离去，晓丹先是为若兰的失礼感到愤怒，待低头看时，他大惊失色，那些火柴残梗竟奇妙地组成两个字："想你!"晓丹大声呼喊："若兰——"同时一骨碌坐起来，他醒了。再要睡时，却是一点儿睡意没有，心里老是想着梦里边的情景，想着若兰那副悲悲切切哀哀怨怨的神情，还有那双充满期待的眼神。他猜测着若兰目前的处境，想到若兰现在一定很想他。晓丹自来有点儿小迷信，觉得这个梦有点儿说道，像是自己和若兰灵魂之间的沟通与对话，一定是神灵给自己的一种暗示，他如果无动于衷，既是对自己这一生不负责任，也是对若兰这一生不负责任，这个时候，晓丹在心里边暗暗地下了一个决心。

这天晚饭，晓丹陪舅舅喝了几杯酒，他喝醉了，口中喃喃自语："明天十一，明天十一……明天就是十一啦!"

舅舅看出晓丹跟往日不一样，突然问："晓丹啊，这几个月你总是闷闷不乐的，是不是失恋了，说出来，舅舅帮你参谋参谋。"

晓丹支支吾吾说："没有……没有啊。"

舅舅微微一笑说："准是让我猜中了。怎么着，你纳闷儿，是不是自个儿晚上说梦话，让我偷听见了？不是。我怎么猜这么准？因为我是打你那个岁数过来的。"舅舅呷了一口酒，一字一板地接着说，"晓丹，听舅舅几句话，别嫌我啰唆。一个，你要是看中一个姑娘，变着法儿也要让她知道，这样你到老了死了那天不后悔；再一个，人家要是不同意，你就赶快把心收回来，这叫志气；最后一个，要是你有情，她有意，不管有多大阻碍，都要把它甩掉，男人都要有这种勇气，要不怎么叫男子汉呢!"

舅妈说："晓丹啊，你要是有什么心事儿，就说出来，别在肚里边憋着，说出来心里敞亮。"

晓丹终于坦白说："舅舅说得对，我是失恋了。"

"差哪儿?"

"她误解了我。"

"你该跟她解释清楚。"

"她父母也反对。"

"只要姑娘愿意，就把两个老脑筋甩开。"

"她愿意，可是差在咱们两家的关系上，我爸的死跟她爸有关。"

"姑娘没有错。"

"我总觉得我爸要活着的话，他不会同意这件事儿。"

"你爸要活着，我能做他一多半的主，这件事我答应你。"

"她明天就结婚了，我敢断言她是违心的，她现在一定后悔了，一定很痛苦。"

"舅舅就一句话告诉你，你既要对自己负责任，也要对她负责任。"

晓丹突然下地，对着舅舅舅妈深深地鞠了一躬，说："谢谢舅舅舅妈，这些日子你们待我如同亲儿子，容我以后再报答你们，现在我得走了。"

说着转身出了屋子。

舅舅和舅妈追出来，大声喊："晓丹，你一个人，要小心啊。"

"我知道啦，你们放心吧。"

13

占峰白天在大队部，烂头事儿挺多。上边文件一个跟着一个发下来，公社左一回右一回地开会，号召各个大队带领村民发家致富奔小康。占峰是个想干事不服输的人，什么事儿都想干出点成绩来，他领着王治保、老会计还有一个兼职的民兵连长研究落实上边的精神，分头下去发动群众，可是太子屯的自然条件束缚着他，总是弄不出大的动静。人家自然条件好的大队，出了好多养鸡专业户、养猪专业户，养羊专业户，还有其他这个那个方面的专业户，太子屯就不行，困难太多，发展起来阻力太大，比方说养鸡，别的地方鸡雏跟饲料先头不用交钱，过后再给，一点儿投资都不用就能干起来，可人家不给太子屯这个优惠，往进送还是往出拉都费劲儿，人家不和你做，绕来绕去又回到交通不便上来，又回到需要修桥修路上来，占峰没辙了。

尽管白天再忙，占峰晚上也常去若兰家坐一会儿。在一块堆儿的时间长了，他发觉，若兰的身子在自己旁边，心还在晓丹身上。他们唠起小时候的事儿，若兰说："念村小的时候，晓丹咱们仨一块儿上学，你走道也不老实，总踢道当间的驴粪蛋儿，我说你不讲卫生，人家晓丹多干净，你还生气了，你能记住不？"占峰不愿提晓丹，推说记不住了。若兰并未注意占峰的表情，自顾说下去："有一回，咱仨偷偷爬上一挂马车的后沿板儿，老板儿知道也不回头，回手就一鞭子，鞭梢儿眼看抽到我脸上，晓丹伸手挡住了，手背起了一条红檩子。那时候，你就不像晓丹那么护着我。"

占峰心里不耐烦，表面上耐住性子，打岔唠点儿别的。可没说上几句，若兰又说起晓丹来："在公社念初中的时候，咱们班级排一个忆苦思甜的节目，晓丹装爸，我装妈，你装一个恶霸地主，你哭着喊着要跟晓丹换角色，后来让老师好顿批评……"若兰咯咯地笑起来。

占峰终于忍不住生气说："若兰，在我跟前，你别总是晓丹晓丹的，你是在跟我搞对象啊！"

若兰止住笑："我就是说说而已，你一个大男人，该有点儿肚量呃。"

"从打跟你搞对象，我这脾气改多啦！"

若兰承认占峰说的是实话，拉着长声说："好吧，不提他啦，不提他啦——"

若兰母亲有时在一边坐着，时间一长也看出门道儿，占峰走后，她教育女儿："若兰，收收心吧，别再想那些没有用的。要说占峰对你，可是十个头儿的，你心眼儿得放正，不能割把草凉那儿。"对母亲的话，若兰并不往心里去，她说："妈，你别管。我都这么大了，用不着你操心呃。"

陈书记走了一段时间以后，占峰自认为地位稳固了，上边和公社王书记弄得挺近乎，下边没有人敢和他唱对台戏，便开始大刀阔斧地实施起自己盘算已久的计划。他先是把大队会计辞了，说他老眼昏花，耳朵又背，年龄太大耽误事儿，把占喜调了上来，接替会计的工作。大队会计这个角色很重要，占峰要选一个自己信得过的人。占喜受宠若惊，问他："我能行吗？"占峰反问："你识字不？""识。""会写洋字码不？""会。""这就够用啊。咱太子屯的会计，一个月下来就那么几笔往来账，桌面上放个窝窝头，狗都能干！现在社会上不是流行一套嗑吗，说你行，你就行，不行也行；说你不行，就是不行，行也不行。你到底行不行？我就是标准。我用你，你不就行了吗。听我的话，好好干，找两本会计书看一看，有什么难的！"占喜点头哈腰说："大哥，你对我这么好，我要不听你的，那我还是人吗？从今往后，我保证什么都听你的，你让我往东我不往西，你让我打狗我不骂鸡。"

接下来，他要撤换大队妇女主任，打算让若兰干。他跟王治保说了，王治保晃头说："这不合适吧？人家跟会计不一样，当初也是选上来的。"占峰说："有什么不合适的，她产假休个没完没了，回娘家到现在不回来，占着茅房不拉屎，大不了再选一回。”后来陈书记知道了，特意打电话给占峰，表示坚决反对，说：“你们搞对象我同意，可让若兰进大队部肯定不行。你们若是真成了，大队部岂不成了夫妻店！再说了，你这么干公社也不会同意，不符合选举要求。”见陈书记这么说，占峰才消了气儿。若兰进不了大队部，占峰又开始动脑筋，琢磨别的道儿。他知道村里小学校有一个空缺，本来自己可以做主，可为了把事情办稳妥些，别让上边说出别的来，他左一趟右一趟地跑公社教育组，又是送烟酒又是送四亩地的大米，倒让若兰当上了村办小学的民办老师。

若兰进了学校，着实高兴了一阵子，挺感激占峰的。她喜欢这个工作，喜欢和孩子们在一起。可时间长了，一个人坐在办公室里无所事事的时候，她还是经常想到晓丹。她给孩子们上课，有时会走神儿，想起和晓丹在一起的日子。她教三年级，班里有一个姓鄢的小男孩儿，是晓丹的远房侄子，她对人家特好，总是嘘长问短的，讲完课爱到那个男孩儿跟前转一转，没话找话问人家：“你晓丹叔叔有没有什么消息呀?”男孩说：“没有。”“他去了什么地方呢?”“不知道。”“你想他吗?”男孩眼圈一红说：“想，我特别特别想晓丹叔叔。”男孩儿要哭了，眼里有了泪光，可是没等男孩落泪，若兰的眼泪先掉下来了。她赶紧掏出手绢擦眼睛，又掩饰地笑一笑。男孩瞪着一双明澈的眼睛好奇地看着他的老师，猜测老师为什么要问晓丹叔叔？为什么要掉眼泪？像是碰上了一道难解的算术题，冥思苦想也想不出答案。他太小了，还不够懂事，哪里能揣摩到大人那么复杂的心思呢？心里边有点儿莫名其妙，嘴上说：“兰老师，房扒上落灰了，你迷了眼睛，快回办公室去洗一洗……兰老师，你真好!”学校里还有一个姓陈的女老师，为便于区别，学生们叫若兰兰老师。

若兰多次去晓丹家门前，望着那三间空房子发呆，一站就是半天。这幢曾磁石般吸引过她的三间小瓦屋，如今已显破败。东屋有一扇窗户开着，在风中轻轻摇曳，西屋的窗户上坏了一块玻璃，可能是顽皮的孩子掷石子打坏的。屋前的园子里，蒿草过膝，把里面的青菜都盖住了，一片荒凉景象。让人心碎的小屋啊，你年轻的主人，如今在哪里？每次来这儿，若兰一个人在门前独自徘徊，暗自神伤，都要掉下几个眼泪瓣儿，看看附近没人，再掏出手绢擦拭一会儿。

一个午后的课间，学校操场上许多小学生在嬉戏，像无数只家雀儿开大会，吵得一团糟。若兰拿着一本教科书，从教室里出来，看见齐大虎开着拖拉机从路上跑过去，又突然停下来喊她："若兰姐，大队部有你一封信。"若兰当时眼睛一亮，问："哪来的?"从小到大，还没人给自己写信，她一下子想到了晓丹。齐大虎说："不知道，你自己去看嘛。"

若兰脚步轻盈，一脸兴奋地跑在头道街上，路边有几只花母鸡在柴垛的阴凉底下刨食，她不管不顾地冲过去，惊得那几只鸡扑拉拉地飞向一边。旁边有人看见了，大声问道："若兰，你慌个啥嘛，丢了魂似的?"她不答话儿，只是冲人家一笑，着急忙慌地跑走了。

若兰来到大队部。在走廊里，她看见占峰和占喜在一间黑屋里喝酒。一铺小火炕，炕上放张小木桌，占峰和占喜坐炕沿边儿，一头一个。看样儿两人喝有一会儿了，都有点儿醉醺醺的。她悄悄站在门外，听见两人唠得正热乎。占喜脸色通红，像是蒙了一层大红纸："大哥，快当新郎官了，你怎么谢我呀?"

占峰舌头都硬了，说话含糊不清："占喜，你让我谢你什么?"

"不让我，你能把咱村最漂亮的姑娘弄到手。"

"占喜啊，正经是你该谢我才对呀。不让我，你现在能这么消停，能坐这里当这个大队会计，动不动陪我喝点小酒儿……你八成蹲在大牢里呢!"

"别说得这么吓人呵!"

"我这可不是吓唬你。你当初不好好守路口，弄得二宝把命都丢了，老陈家至今不知道实情，都是我在替你免祸消灾呀!"

若兰听得真切，推门进屋，两人不自然地停止了议论。她从墙上的信匣里掏出一沓信，找到自己的那一封，见是县教委邮来的一份资料，脸上露出失望的表情。占峰和占喜让若兰坐一会儿，若兰推说有课转身就出来了。

自打若兰和占峰处上对象，占芳和若兰很近勉，张嘴姐长闭嘴姐短的，让若兰觉得挺热乎。占芳聪明得很，她知道若兰以前和晓丹好，现在和哥哥处对象，有那么点勉强的意味儿，就极力想帮哥哥一把，有事没事总和若兰接触。比方做毛线活儿，自己明明会，也要找到若兰，正针反针地请教一气儿。偶尔去趟公社或是县里，遇上了喜欢的小饰品、化妆品啊，不但自己买一份，还要给若兰带上一份。赶上家里做了好吃货，她宁可自己少吃，也要给若兰家送去一份。时间一长，占芳还是看出问题来了，哥哥总去若兰家，若兰从来不上自己家来，她的心不在哥哥身上。有一回在若兰家，只有她们两人的时候，占芳对若兰说："若兰姐，我多希望你成为我嫂子啊！可是看到你不快活，我心里不得劲儿。咱们都是女人，女人这辈子最最重要的是什么？就是嫁人这一件事儿，不能马虎，不能将就。"若兰脸色灰暗下来，一言不发，轻轻叹了一口长气。"若兰姐，长痛不如短痛，痛痛快快地作出你的决定，否则时间越长，越是增加我哥的痛苦。"听占芳这么说，大滴的眼泪从若兰的眼眶里无声地流出来，掉在身边的炕沿上和铺着花格子人造革的炕面上。若兰这么一哭，占芳的心里更明白了，她说："若兰姐，不管你作出怎样的决定，我都理解你；无论走到哪一步，我都认你是亲姐姐。"若兰忍不住低声啜泣起来，渐渐地哭出了声，后来一下子把占芳抱住说："占芳，我的好妹妹！"占芳陪着若兰，也掉了一气眼泪瓣儿。从打弄清了若兰的心事儿，占芳心里边很不好受，既替哥哥难过，也替若兰难过。生扭的瓜不甜，与其久拖不决，不如快刀斩乱麻。怎么才能帮若兰一把呢？她知道这事儿和哥哥说，让哥哥主动退出来肯定不行，心地善良的占芳犯起了难。

这天傍晚，占峰从大队回家吃完饭，搁下饭碗子又出去了。占芳知道，哥哥去了若兰家。她在家待不住，也从屋里出来。夕阳滚下了西大砬子，太子屯一派安详温馨的景象。大队部前边的头道街上，有不少刚吃完饭的村民溜溜达达。老榆树下面有几个石头礅儿，两个老头儿坐上面下"五道儿"。路边，一只健硕的花母鸡一边啄食一边咕咕地叫着，它的身边跟着一群黄乎乎毛茸茸的小鸡崽儿。白天有人捞过柴禾，把村街上的垃圾拖走了，只剩下数不清的榆树钱儿，还有许许多多羊粪蛋儿，散发着膻烘烘的臭味。无数只蜻蜓像一只只小发卡，在村街上空平平稳稳地飞过来飞过去。小河边，二丫和几个妇女蹲在石板跟前，一边洗衣服一边打情骂俏。占喜溜达过来，看见一个岁数比自己大不了几岁的本家叔叔骑着一头骡子蹚过小河，得意扬扬的样子，冲他铆劲喊了一句："今年好年头呵，马屌朝上长呃！"他那个叔叔骂了他一句："占喜你个兔羔子，没老没少。"

占喜没再理他，又和几个洗衣服的女人开起了玩笑："你们说什么呢？是不是说昨晚上那点事儿！"他的话很快招来一片笑骂声："占喜，你个猴头八相的死鬼！""占喜，你胡子都触炕了，怎么还是没正形啊！"二丫舀起半脸盆子河水，朝他泼过去，嘴上嗔骂道："我让你可哪儿跑骚，一点儿大伯哥的样儿都没有！"占喜赶紧跑几步，躲开了。

占喜走上大队部广场，看见栓柱和猫眼儿等几个人坐在房山头那盘石碾上唠嗑儿，凑了过去。几个人说起石磙的分量，有说二百五的，有说三百的，有说三百五都不止的。接着又议论谁能拿得动它，议论来议论去都说谁也拿不动。这时栓柱一眼看见占富走过来，有意逗他，就故意装作没看见说："这么大个玩意儿，咱们村别人谁都不行，占富要是在这，兴许敢比量比量。"占喜猴精，听出话里有音儿，一眼扫到了占富，马上附和说："依我看，占富也不行，他在这，也只能干瞪眼瞅着。"占富听见他们说的话，几步窜过来，大声道："谁说话呢，我怎么就干瞪眼瞅着，今天我非要动动它给你们看。"说着让旁人闪开，自己站到碾盘边儿，蹲出个马步，弯下腰，两手从石磙旁伸过去，全身叫上劲儿，只见他满脸憋通红，脖子上青筋暴起，眼珠子瞪得滚圆，像是要骨碌出来一般，硬是把石磙搬了起来。大伙儿齐声叫好，他咧开厚嘴唇，露出拧劲的门牙，得意地笑了。对太子屯人而言，这儿相当于北京的王府井、上海的外滩。村民们一年忙到头，只在冬季有那么几天清闲日子；而在温暖的季节里，只有傍晚才有片刻的清闲时光。他们不能像城里人那样压马路逛商场遛公园，可他们也有享受生活的欲望，有自己的休闲方式，有自己的追求与乐趣。

占芳走过来，远远地看见石碾上坐一堆人，栓柱也在里边，忽然灵机一动，想出一个主意。她在离他们挺远的地方站住，喊栓柱过来。等栓柱来到跟前，占芳责怪说："栓柱，你怎么就知道玩啊，一点不核计正事儿！"

"就唠会嗑儿，你有事啊？"

"晓丹去了什么地方，你知道不？"

"好像是他舅舅家，具体在哪儿我没细打听，你问这个干啥？"

"你看看怎么能找到他，让他回来一趟……"

看占芳心事重重的样子，栓柱起了疑心，以为占芳对晓丹有了想法儿，就有点儿沮丧地说："我知道，我没有丹哥优秀。"

看出栓柱多心了，占芳故意逗他："我无论如何得找到他，我有好多心里话要跟他说啊。"

栓柱真的生气了："好好好，占芳，我成全你！哪天我就把丹哥给你找回来。"

占芳捂嘴弯腰，咯咯地笑起来："栓柱啊，你和晓丹是最好的哥们儿，你也嫉妒他，也知道吃醋？你想哪儿去啦，我是想把晓丹找回来，让他再和若兰姐好好唠一唠。"

栓柱不好意思地挠了挠头皮。

"栓柱，咱俩说点正事儿，你当小队长几个月啦，干咋样？"

"两个月了，你听旁人说啥啦？"

"人家说你没有晓丹干得好。"

"哪不好了，我也不差啥。头些日子我开了个村民大会，发动他们发家致富，现在有的村民已经拿出了自己的计划，这些事儿，晓丹在时都没搞呢！"

"你能不能谦虚点儿，怎么一说到自己哪哪都好，虱子是双眼皮儿，虮子是花腰子，嘴比扁担骨子还要硬。人家晓丹威信多高，你差远啦。"

"你能不能不说晓丹，说说咱俩的事儿。"

占芳又笑了："我哥说了，你敢跟我搞对象，他就打折你一条腿，你还敢跟我不？"

栓柱用右手食指点着自己的鼻子，赌咒发誓说："我就是让他打死，也不能让他吓死。只要你愿意，谁也挡不住我。"

"你就这一样可取的地方呃。"

"嫁给我以后，你会发现我更多的优点。"

"你别耍贫嘴，想跟我搞对象，先跟我哥把关系搞好了。"

"这事儿还得他做主啊？"

"那倒不是。我的意思最好别因为这事儿，让我们姊妹关系闹掰了，我妈没了，我得让哥哥省点心……"占芳还要说下去，这时看见占喜他们几个直杵杵地望着这边，才说，"你快过去吧，他们都往这边看呢……别忘了，想办法找到晓丹。"

日子一天天过去，国庆节马上就要到了，这几个月，日子过得让若兰揪心。弟弟的死，对她是个重大的打击；晓丹一走，便带走了所有的幸福与欢乐。她曾尝试，让自己从心里接纳占峰，慢慢地适应他慢慢地喜欢他，尽可能让父母少操一份心，减轻他们失去儿子的痛苦，可她做不到。时间一长，她发现这是自己欺骗自己，自己作践自己。跟一个自己不爱的人结婚，生活一辈子，是件不可思议的事情。现在她已经知道，二宝的死不怨晓丹。当初自己过于悲痛，错怪了晓丹，现在他希望晓丹能回来一趟，当面和他说清楚——自己有一肚子的话要跟他说啊！有时又想算了吧，晓丹一定是真生自己的气了，在心里边彻底把自己忘了，若如此，她理应吞下自己种下的苦果。可根据自己对晓丹的了解，他不是孤情寡义的人，他应该能够理解自己那个时候的心情，不会那么绝情。若如此，他如今人在哪里？为什么如此决绝音信全无？在这种备受煎熬的心境中，来到了九月三十日这一天。

这一天，若兰的心情已经平静下来了，她不对晓丹抱一点希望，不对生活抱一点希望。她甚至认为，自己的路已经走到了尽头，没有任何人能够拯救她。这一个白天父母忙忙碌碌，迎来送往。远道而来的亲戚们住进家里，坐在炕头上天南海北地谈笑风生，这样的习俗有着悠久的历史——赶上有结婚这样的大事儿，总会有亲属大老远地赶过来捧场，随上一份子礼。他们是奔着一件喜事来的，带来一份心意一份祝福，可是在若兰看来，这一切都没有任何意义。她已经做好了最坏的打算，只等黑夜来临之后便付诸行动，要么逃走，要么死亡，太子屯十月一日的黎明注定不属于她。

晚饭以后，忙碌了一天的人们又山南海北地扯巴一大气儿，陆陆续续都躺下了，估摸着身边的人都睡着了，若兰一骨碌爬起来，穿好衣服，蹑手蹑脚地走过屋地，溜到外面。

若兰来到晓丹家。小屋隐约于一团黑暗中，房门紧关，没有一点儿生气。她站在寂静无声的秋夜里，对着屋子连喊了几声“晓丹”，她盼望着奇迹出现，盼望着晓丹能从屋里走出来，来到她身边，可是黑夜漫漫，小屋无言，唯有秋风轻轻吹过，在她耳边留下沙沙的絮语。

这个时候晓丹悄悄地回到了太子屯，他是从西大砬子那边过来的。这是个没有月亮的夜晚，太子屯万籁俱寂，酣睡在一片无边的黑暗里。他一进堡子边儿，引起一阵阵的狗咬，仿佛接力似的一直陪他到了村子中间。站在大队部前边的丁字路口，晓丹本来想拐上二道街，奔小河口先回自己家里看一眼，可是鬼使神差，抑或是冥冥之中有个声音在召唤，他没向北拐进二道街，而是沿着头道街径直来到了若兰家门前。他也许就提前了十分钟，可这是命运攸关的十分钟啊！

晓丹来到若兰家门前，站在石头院墙外边，向院里张望，突然听到屋里传出一片吵闹声。原来是若兰妈起夜，发现女儿不在，以为她也是去外面解手，喊几声没人应答，知道事情不妙，赶紧喊醒陈书记和远道来的亲属们。一道道手电光束在黑暗中划过，一群人慌里慌张地从院子里跑出来，呼呼号号地："若兰跑啦，赶快去找呀！"晓丹一闪身，躲到柴垛边的暗影里，看着那群人从他跟前跑过去。只在一瞬间，他知道了这个院子里发生了什么，急忙跑走了。来到大队部前边的十字路口，他站下了，犹豫了好一阵子，不知该去哪里。

五里长汀，若兰站在大柳树下，脚下是一泓黑色的深潭。星光透过柳枝照在她的脸上，眼窝里反射着两点晶莹的泪光。她喃喃自语："晓丹，你上哪啦，扔下我不管！二宝那个事儿是我的错，可是你就这么绝情，不给我一个向你解释的机会……到了明天，你后悔也来不及啦……你就再也见不着我啦！"

这时晓丹气喘吁吁地跑到河边，他远远地看见柳树下有一个人影，心头一热，轻轻地叫一声："若兰——"

那人影儿一动不动。

他走到近前又叫："若兰——"

若兰听到了，声音仿佛来自天外，她缓缓地转过头来，看见晓丹站在那里，却不敢相信自己的眼睛，愣愣怔怔地问："你是谁？"

"若兰，是我呀……我是晓丹。"

若兰将信将疑："晓丹！是你？真的是你？"

"是我，真的是我！"

若兰跑过去："我以为你生我的气，不回来啦。"说完，眼泪哗哗地淌下来。

"若兰，我想你，想得好苦!"

"我知道我错了，想跟你说，找不着你。"

晓丹把若兰搂进怀里，说："是我不好，若兰。你摊这么大个子儿，弯子不好转，我没给你足够的时间，意气用事离开了太子屯"。若兰哭出声来，哭着哭着破涕为笑，她仰起脸来问晓丹："你怎么知道我在这儿?"

晓丹两手轻轻地抚摩着若兰的头发，喃喃说道："我知道你在这儿，我知道你一定在这儿。"

有人群大喊大叫着朝这边追过来，夜空里手电光柱一闪一闪的。晓丹和若兰唯一的出路是渡过五里长汀，两人慌里慌张地开始找船。他们知道，渡船多是锁着的，因为常年风吹雨淋锈蚀严重，也有的船主只将锁头挂在上面，并不锁死，两人急于找到这样一条没有锁上的船。他们找了好几个，都是锁着的，眼看人群越来越近，情形万分危急。"文革"的时候，晓丹的父亲被人批斗，从大队部跑出来，准备回家里一趟，别人发现了撵到五里长汀，死逼无奈过河时溺水而亡。半年多前，哥哥也死在这五里长汀。今晚自己又被困在了五里长汀，若被抓回去，陈书记和占峰岂能善罢甘休；过河自己水性不好，还有若兰在身边。怎么办？难道俺父子三人是一样的命运一样的归宿，都死在这五里长汀？他祈求父亲和哥哥的在天之灵保佑他，祈求上天保佑他。不知是父亲和哥哥显灵还是上苍佑护，这时候他听到若兰惊喜的叫声："晓丹，快过来，这有一条没锁的。"他急忙跑过去，和若兰跳上船。晓丹拿起船竿子，熟练地撑竿离岸，越划越远。那群人追到岸边，虽看不太清是谁，晓丹知道都是若兰家那些人。有人张罗着找钥匙，有人张罗快点儿放船，此时晓丹和若兰已经过了河心，纵然那些人现在上了船，也于事无补了。晓丹的心里一块石头落地，看着若兰仍是惊惶不安的样子，问道："怕吗?"若兰说："在你身边，我什么都不怕。"晓丹灿烂地一笑说："放心吧，他们追不上来啦。"若兰也跟着笑了。几个月来，他们俩都是第一次笑得如此开心如此迷人。船过河心的那一刻，晓丹无意中抬头看了一眼辽阔的夜空，月芽儿刚刚从东山头上钻出来，四周祥云环绕，明亮如同晚霞，组成的图案美妙得无与伦比，胜过世上最美的画卷。小船儿轻轻扬扬，载着他和若兰驶向幸福的彼岸。晓丹想起了那个古老的创世纪神话，想象着自己和若兰就是亚当和夏娃，正逃离恶浪滔天的洪荒之地，奔向美轮美奂的仙境。这个晚上既惊心动魄又激动人心的一幕，像一幅雕塑一样，永远地保留在晓丹的记忆之中了。

过了五里长汀，是一片自由的天地。

占峰那个时候还没睡觉，他高兴得睡不着。将近午夜的时候，消息传过来，说晓丹把若兰领走了，他一下子气得背过气去，瞪着铃铛似的眼珠子一句话说不出来。过半晌儿，他顺手抓起身边桌子上的一个烟灰缸，砸向窗户。窗玻璃被打得粉碎，上面的红喜字变得残缺不全，像一只断腿的蜘蛛一样当啷着。占喜当时呆在他身边，他让占喜去把齐大虎找来，把拖拉机开过来，占喜不愿去，怯怯地问了一句："我把他找来，去哪儿啊……齐大虎指定睡着了。"占峰吼道："他就是睡成了一只死猪，你也要把他从被窝里拽出来！让他拉我去暖水寺火车站，去县城——让你去你就去，咋这么多费嗑啊！"占喜大气儿没敢出，溜溜地去了。半个时辰之后，一辆小拖拉机顶着月色，沿着头道街奔西大砬子，出了后沟口，占峰坐在车斗里，看着满天的星星，咬牙切齿地吐出一句狠话："鄢晓丹毁了我这一生，打今个起，我和他不共戴天！他们就是跑到天边去，我也要把他们抓回来。"

14

傍晚，晓丹和若兰走在城郊的小巷里，不知夜宿何方。两人跑到郊区来，是为了租到便宜一点儿的房子，可他们打听了半天，也没有找到出租房。若兰说："我真留恋刚才坐火车的时光，它要是没有终点多好呵，咱们俩永远坐在上面，一直坐到天边去。"

晓丹说："若兰，咱们别往前走了，回市内住旅馆吧。"

若兰不同意："不行吔，咱们兜里这几个钱儿，住不上几天就花光了，往后的日子长着呢，咱俩吃啥花啥呢?”

“我自己怎么都行，我是怕你受委屈呀。”

“从今天起，咱俩就是一家人啦，一家人不说两家话。”

“那咱们再打听一回。有，咱们租；没有，向后转。”

这里是城乡结合部，周围是大片的棚户区。在巷子口，有一家小卖店，两人走进去，一个慈眉善目的胖老太太站在柜台里。听说要租房子，那个老太太把他俩从头到脚打量半天，说：“我看你俩不像是坏人，租给你们吧，就门外房山头那个小房，锅碗瓢盆啊家具啊什么都有，啥都不用买，灶坑点着火进去就住，月租十块钱，你们去看看行不行?”晓丹和若兰异口同声说：“不用看，俺们租，俺们租。”“那好，你们一次先交三个月房费，三十块钱。”

晓丹他们租住的是公建房旁边的自建房，进屋一看，饭桌啊地桌啊箱子啊真的什么都有，连行李都是现成的。两人点着了灶火，又忙忙活活拾掇了一阵子，正如太子屯人常说的那样，房子不怕不好，就怕没人住啊。人一住进来，小屋很快就有了模样，有了生气，点亮白炽灯泡，屋里亮亮堂堂，弥漫着一股温馨的氛围。收拾箱底的时候，翻出来一张红纸，若兰心灵手巧，她去上屋借来一把剪子，剪了两个红喜字，端端正正地贴到窗户上。他们终于有了一个自己的家，晓丹喜上眉梢，看着若兰说：“这就是咱俩的窝儿。”若兰刚才担心找不到房子，现在那些担忧一扫而光，心里很高兴，嘴上故意淡淡地：“咱俩现在是城里人啦！家和屋子原来是两回事儿，家是自己的，可屋子是人家的。”

天黑透了，门一关屋里成了两个人的世界。他们像模像样地办了一个简单的婚礼仪式，是若兰不肯马虎，他跟晓丹说，我是明正言顺地嫁你，虽说只咱两人，这个过程还是要走的。所谓婚礼仪式，其实就是两人跪在炕上磕头拜了天地，又冲着太子屯的方向磕头拜了若兰的父母。炕中央一张饭桌，上面摆着白酒、糕点、午餐肉、鱼罐头和两盘炒菜，都是晓丹刚才出去买回来的。晓丹和若兰分坐在小桌两边，晓丹打开酒瓶，将酒倒进两个小碗里，自嘲地一笑说：“这就是咱俩的婚宴，咱俩的喜酒。”

若兰深情地看着晓丹，默默地点头。

“简单了点啊，你跟我受苦啦!”

"跟你在一起，再苦我能克服。"

"要不是我，你本来可以过安逸平静的生活。"

"是我自己愿意这样。"

"你觉得值吗?"

"值。和你在一起，我心里踏实知足；和别人在一起，我心里总是想着你。"

晓丹感动地点头："来，举杯。"

若兰跟着举起了杯子。

"第一杯祝咱俩白头偕老。"晓丹说完，抿了一小口。

若兰喝了一点儿，可能是辣着了，夸张地张着嘴，用手背擦一下嘴角，妩媚地一笑。

"第二杯，祝二宝的在天之灵安息。他的死，真的不怨我。"晓丹说着将酒洒在地上一点儿。

若兰学着晓丹的样子，也往地上洒了一点儿，说："我知道。"

"你怎么知道?"

"占峰和占喜说的，被我听到了。"

看出若兰脸上露出痛苦的表情，晓丹很快就转移话题，提议说："来，第三杯，祝你爸你妈健康长寿。"

若兰举着杯子，看着晓丹喝自己不动。

"你怎么不喝?"

"你不恨他们?"

"不恨。"

"为什么不恨呢?"

"他们是你父母。从今天晚上起，就是我的岳父岳母!"

若兰感动地说："晓丹，你这么宽容大度，我喜欢。"说着她一饮而尽。由于喝得太急，若兰呛了嗓子，不停地咳起来，边咳边笑，直到笑出眼泪。

晓丹被感染，也跟着大笑起来。

睡觉的时候，他们先是各自躺在自己的被窝里，互相凝望了一阵子。晓丹问："若兰，咱俩去暖水寺那一次，在回来的山路上，你为什么拒绝我?"

“那时候咱们还没结婚，怎么行呢!”

“既然是真心爱我，为什么不行啊?”

“就算爱得海枯石烂，没到那一天，也是不行。”

“今天到了，现在行不?”

若兰调皮地一笑，故意说:“咱俩还没登记，现在也不行吔。”

晓丹早已按捺不住，三下两下脱个精光，哧溜一下钻进若兰的被窝里。

小屋外，阴沉沉的夜空，大片挤挤挨挨的小平房，千家万户都已关灯入睡，沉入温柔的梦乡，唯有这一间小屋灯还亮着。又窄又小的玻璃窗上，透出昏黄的灯光，上面那张红喜字分外醒目。不一会儿，灯光熄了，黑乎乎的什么都看不见了。

晓丹仿佛进入了一片大森林，林中弥漫着虚无缥缈的薄雾，灿烂的阳光透过茂密的树冠，穿过轻纱一般的薄雾，在绿草如茵的芳草地上投下一缕缕金箭似的光芒。林中到处都是奇花异草，争奇斗艳。看不见一只飞鸟，却似有百鸟在啼啭；看不见一头走兽，却听到一阵阵悠悠鹿鸣。他有生以来从未见过如此美景，细细观赏如痴如醉。他来到了一条山谷里，谷底有一眼清泉，泉水在巨大的石板上流过，像是一块抖动的绸缎，到前方跌进一个小潭，叮叮咚咚犹如天籁之音。他俯下身去饮了一口泉水，甜美甘冽沁人心脾。他走过山谷，来到一处向阳山坡上，但见百花盛开，香气袭人，细看时，竟是一坡的天女木兰。他感到了疲倦，恰好身边有一块晶莹剔透、洁白如玉的石床，他躺了上去，品尝到了一种从未有过的新奇体验。香风摩挲着面孔绕着耳郭吹过，大片洁白的花瓣飘飘摇摇地落在脸上和身上，许多蜜蜂儿嗡嗡叫着，在忙忙碌碌地采集花粉。他自己也变成了一只蜜蜂，在天女木兰花丛中自由地飞翔。他看见了一朵硕大的、与众不同的、白如香雪的花朵，便飞了进去，扑在花蕊上贪婪吸吮着。那朵硕大的花儿突然间变成了一个赤裸的女人的躯体，那只蜜蜂也越来越大，渐渐地蜕变成一个人形，分明就是他自己呀！这个时候他听见一声撕裂一般却是愉悦的欢叫，瞬间一股浓烈的天女木兰花的香气弥漫开来。晓丹陶醉在奇异的花香里，同时被一种巨大的幸福感冲击着，直到浑身震颤几近晕眩过去。

最初的日子，晓丹和若兰为生计吃了不少的苦头。晓丹要若兰留家里，自己一人出去打工，他拍着胸脯子跟若兰保证说：“你放心吧，我保准儿养得起你。”若兰死活不肯，说：“我没那么娇贵，有胳膊有腿的，啥都能干，不用你养活吔。”出去干点儿什么，是各干各的，还是在一起找活儿？晓丹主张不管做什么，还是在一块堆儿好，凡事有个照应。若兰则主张两人分开，说咱们眼前手里没几个钱，短期内若没有进项，吃饭都会成问题，不如分开好，东方不亮西方亮，只要有一个人能挣到钱就不愁没碗饭吃。她提出要去卖菜，晓丹同意了，自己留下一点儿零钱，剩下的都给了若兰。

两人一清早儿从家里出来，分头走了。若兰先去了一家土杂商店，花十块钱买了一杆秤，接着去了蔬菜批发市场，批了一些芹菜啊土豆啊萝卜啊什么的。她看见靠着蔬菜市场的边儿，有几个中年妇女在那里卖菜，就挨着人家设了个摊儿。开始有些不自然，抹不开面儿，转念一想，自己不偷不抢，自食其力，没有什么丢人的，这么一想果然心安，叫卖起来自然多了。菜卖一半的时候，身边那几个卖菜的人突然说不好，有城管来了，卷起摊儿就跑，若兰开始没明白怎么回事儿，等她明白过来，收拾自己的摊儿时，两个穿制服的年轻小伙子已经冲到她跟前，夺过她的秤，抢过她的菜兜子。若兰急了，使劲往回抢，你争我夺之中，秤杆折了，若兰还跌了一跤。两个年轻人扬长而去，若兰撸起裤腿，看见膝盖擦破一块皮，又看了看手中的半截秤杆和满地乱滚的萝卜土豆，眼泪一下子涌了出来。

晓丹的第一天也不比若兰强哪儿去。他去了一个建筑工地挖土方，本来事先说好一天一算账，干到傍晌午，又说当天发不了，怎么也得一周一算账。后来听人说，这个包工头是个老油条，最擅长赖账之术，最爱拖欠工人工资，晓丹不敢恋战，跟着另外两个人一块儿溜了。中午，晓丹和若兰先后到家，说起上午的事，若兰擦眼抹泪说：“这半天一分钱没挣不说，还损失了一杆秤，十块钱呐。”晓丹听说若兰的膝盖破了，赶紧张罗给她包扎。若兰拒绝说：“腿破了没有事儿，用不几天就长好了，我是心疼那杆秤。”晓丹笑了说：“钱是人挣的，没有了再挣回来，我心疼你这个人啊。”若兰感动说：“晓丹，你不埋怨我，我这心里敞亮不少。”“别说是一杆秤，就是一块金元宝，我也不能埋怨你呀，你跟我吃了这么多苦。”“钱对于咱们俩，多重要啊！”“再重要也没有人重要，你没事儿就好。”“可咱下一步怎么办呢？”晓丹半是自信半是调侃地说：“老人家教导说，我们的同志在困难的时候，要看到成绩，要看到光明，要提高我们的勇气。没关系，咱们明天从头再来。”

第二天，若兰按照一张招工广告的指引，来到一家大学，做起了女生宿舍楼的保洁员。这个活本是一个月发一次薪，因为对方说特殊情况可以提前适量预资，她便来了。美丽宽广的校园，新颖壮观的高楼，打扮得光鲜靓丽的大学生，眼前的一切都让这个来自农村的俊俏女子心生敬畏。若兰没上过大学，打心眼里羡慕那些大学生，与他们在一起，她有自惭形秽的感觉。可是在学生宿舍里，她看到了大学里的另一面。洗面池里扔进了手纸啊牙膏啊等乱七八糟的东西，走廊里她刚刚扫过之后，马上就会有新的垃圾出现，她的劳动并不被这些有知识的年轻人所尊重。宿舍楼外四围更是惨不忍睹，方便袋、快餐盒、小食品包装、香烟盒、裤头、袜子、衣服挂等，七门八类，应有尽有。最让若兰难以容忍的是，有的学生倒掉了整盒的米饭和菜肴，而且没有全部倒进垃圾桶里，是里边一半外边一半，走廊地上淌着油腻腻的菜汤。

晚上到家，若兰跟晓丹说起在大学里的见闻，她说自己完全没想到大学生会是这样。晓丹解释说：“十个手指伸出来还不一边齐，你不能要求大学生个顶个都是完人，都品学兼优无可指责。”若兰说：“大学生是祖国的希望、民族的未来，是咱老百姓里边的精英。我即便一个农村人，也不会那样没素质。”晓丹又说：“你去的那个大学，不是咱们国家一流的大学，甚至二流三流也算不上。”“即便是不起眼的大学，也不应该这个样子。”晓丹说：“你说得有点道理，咱们身边的人，好像都不知道讲究卫生爱护环境。”“特别是他们随意浪费粮食，简直是犯罪，我见不得这样的事情，明天不去了。说说你吧，今天咋样？”晓丹苦笑不答。若兰说：“难道你又当了逃兵不成？”晓丹说：“今天我没当逃兵，是工头当了逃兵。今个干的是屋面防水，料是甲方供的。干到午后包工头一看干完非赔钱不可，他先跑了，我也就白干了。”若兰有点儿沮丧：“晓丹，不行咱们回乡下吧，上你舅那儿去。乡下人没钱可以过日子，城里不行吔，一动弹就得要人民币，没人民币就混不下去呀。”晓丹不同意：“若兰，你别灰心，现在和过去不一样了，只要你有头脑有力气，就不愁找不到一份活干，我就不相信这个社会能让咱们两个大活人饿死！”“那咱们明天干什么，坐家里等着房扒掉馅饼不成？”晓丹思考了一会儿说：“不行干老本行吧，做木工活儿，现在家居装修火得很，活指定好找，你也别干别的，跟我一起干。”“你一个乡下木匠，能行吗？”“没什么了不起，顶多头几天手生，挺过去我就是一把好手。”

这天晚上，晓丹和若兰吃晚饭的时候，来了两个三十多岁的女人，说是街道上的，来登记暂住人口。晓丹跟她们报了真实姓名，若兰长着心眼儿，等她们走了之后，去上院房东家问老太太，老太太回说，她们确实是街道上的，假不了哇。

第二天天一亮，晓丹和若兰扒拉一口昨晚的剩饭，早早出门奔旧物市场。他们事先问清楚了，知道整个城市有好几家旧物市场，便选了一家最近的，为了省钱，他们没坐车走了过去。这是一条背静一点儿的二马路，路边人行道上，是一家挨一家的摊位，水暖件，电器件，卖什么的都有，尤以各种二手家具居多，床、茶几、地桌和大衣柜等应有尽有。晓丹和若兰走了几个卖木瓦匠工具的地摊儿，摊上的东西很多很便宜，光是锯就有好几种，有拐子锯、鱼头锯、夹背锯、刀锯、小手锯，他掂量来掂量去，花五块钱买了一把旧刀锯。因为他知道，这么多的锯当中，刀锯最常用也最适用。又走了几个摊位，经过几番讨价还价，又买了一把刨子、一把木工斧、一个羊角锤，还买一个卷尺。之后，晓丹领着若兰去了劳务市场，像模像样地蹲在街头，等雇主来找干活的人。

两人等了好长时间，始终没有结果。每来一个找人干活的，就会有几伙接活的人围上去，争抢着要去。晓丹和若兰跟着争抢几回，也没抢上槽儿。若兰有点儿灰心丧气，晓丹毫不气馁，主动和那些站路边等活儿的人搭讪，希望和他们建立关系，增加找到活计的机会，这时有人喊镶地板有人去没，晓丹和若兰打冲锋一般赶过去，看到一个三十多岁的男子在张罗找人，嘴角的黑痣上长了一撮长毛，两人一眼看出来是他们去谢家崴子水洞遇见的那个姓周的，晓丹快活地喊起来：“周师傅——”若兰一激动，脱口喊出：“一撮毛。”周师傅也认出来晓丹和若兰，问：“你们怎么在这儿？”晓丹像是遇上了救星一般，急切地央求说：“我们搬城里来了，也要找活干，你帮我一把。”周师傅说：“没问题，跟我去吧。”说完看晓丹身边的若兰一眼，露出一丝犹豫。晓丹看得分明，说：“她的工钱好说哎，算小工……不行不要工钱，白尽义务行吧？”周师傅点头答应说：“那就去吧，先干着，怎么也不至于白尽义务。”

谢天谢地，终于找到活了！晓丹和若兰心里边一高兴，话也多起来，一路上跟周师傅唠了不少嗑儿，知道周师傅原来是一家煤矿基建队的木匠，煤矿效益不好，工人放假，没办法自谋生计搞起了装修，做好几年了。他们这回干的活儿是给一家浴池的更衣间镶地板，晓丹心灵手巧，又有乡下木匠的底儿，干一会儿就适应了。若兰倒料递料，打个下手，也很快融入其中。干到第二天，晓丹看明白了，周哥人不错，为人憨厚，但是个马大哈。比方说，木匠干活时离不开铅笔，他一天到晚转着迷溜老是找铅笔，一会儿问这个，你看着我铅笔没？一会儿问那个，你看着我铅笔没？有时夹在自己耳朵上，他也东找西找，找得满地转圈儿，人家告诉他铅笔就在你自己耳朵上，他一笑说，骑驴找驴呀。除了铅笔，别的工具也一样，锤子啊斧子啊锯啊，他总是看不住，有时扔在刨花堆里，有时落在木头堆里。有一回他的斧子没了，怎么也找不到，发动了所有的人帮着找，恨不能掘地三尺，还是没找到。有细心人找来手电照地板下面，才发现斧子在地板下面地楞中间呢。一般手艺人的工具都很讲究，手巧不如家什妙嘛，可他很少收拾自己的工具，大锯快不快，全凭力气拽。他那把木工斧，有人说骑裤裆底下能跑二里地。别看他人马大哈一个，可人缘儿奇好，朋友多，路子广，一起干活的人和他都很近勉。晓丹琢磨其中的道理，悟到做人不必事事精明，小事情上糊涂些，往往能交到真朋友。水至清则无鱼，人至察则无徒，说的就是这个道理呀。晓丹逗趣说：“周哥，你哪天别把自己给丢了。”周师傅用手不停地捋着嘴边痦子上的那挫长毛，像是水面长着一个闷头，要把它捏出头来那样：“你还别说，头些日子，我还真把自己丢了一回。那晚上赶一份礼，酒桌上我喝高了，回家时走在街上，一步三晃，看着满街的车和人，分不清东南西北，懵圈了，找不着家了。我蹲在一处挡墙下面，自己问自己，家在哪啦？哪边是家呢？我慢慢地睡着了，一觉睡到半夜，酒也醒了，后半夜才到家。”大伙儿听过哈哈大笑。这次镶地板的活儿干了三天，周师傅给晓丹分了十五块钱，给若兰分了七块钱。晓丹接过这二十多块钱，很是高兴，心里边像是一块石头落了地，数也没数就交给身边的若兰，像是怕晚一点儿，这份到手的果实就会不翼而飞，若兰便享受不到这份喜悦。若兰接过钱说："这点钱对别人来说也许不算什么，可对咱们俩来说，却是救命钱，有它，咱们明个就有饭吃；没有，咱们就得喝西北风啦。"

人熟为宝。一块堆儿干第二个活的时候，晓丹、若兰和周师傅他们那伙人便混熟了。有两个人开始没拿晓丹当回事，经常支使晓丹干这干那，拿他当小工使，时间一长，他们才真正认识了晓丹——心灵手巧，干啥像啥，更主要的是晓丹说话处事都更胜他们一筹，这才对晓丹刮目相看。中午吃饭的时候，大伙儿围成一圈儿，都把自己带来的饭菜放中间，不分你的我的好吃赖吃，你叨我的一口我舀你的一羹，说说笑笑，其乐融融。周师傅说起自己的故事："头一气儿，为了要活儿，我去一个处长家串门儿，拎了两瓶茅台酒，进屋后放在沙发跟前的地上。人家是处长，咱一个出苦力的，嗑也唠不一块去，方底圆盖总是接不上茬儿，坐不一会儿赶紧告辞。我从沙发上站起身，没注意一脚把茅台酒踢倒一瓶。瓶子立时打了，酒洒了一地，满屋子的酒香气儿，差点儿没把我肚子里的虫子馋出来。我从来没喝过茅台酒，那个心疼啊，直想搧自己的嘴巴！我跟处长说："这扯不扯，哪天再买一瓶，给你送过来。"处长说："不用不用，没有事儿。""人家那屋子大门也多，走的时候不知从哪个门出，开个门一看是厕所，最后还是人家给领出去的。"周师傅说话的时候表情丰富，嘴角痦子上那一撮毛一动一动的，逗得大伙儿哈哈大笑。他用拇指和食指捋着那撮毛说："我这个痦子长得够大，可不是地方，要是再靠下一点儿，我就是个人物，你们别说和我一起吃饭，想见我一面都难啊！"他让每个人讲个段子，让晓丹先来，晓丹正想着，若兰抢过说："我给你们出一个谜吧。我一个农村人，这个谜也跟农村有关系。说有一个赶马车的老板儿，车里坐一个妇女和一个男孩。妇女问车老板儿，这男孩是你儿子吗？答是。又问男孩，车老板是你爸吗？男孩答不是。问车老板和男孩是什么关系？"晓丹知道谜底，车老板是男孩他妈，因为人们习惯上都认为车老板是男人，所以一般人都想不到这个谜底。周师傅他们有的猜继父继子，有的猜干爹干儿子，还有的猜是叔侄，谁也没想到是母子关系。周师傅说："这就怪了，这也不对，那也不对，咱们打个比方吧。”他指着若兰说：“假如你是那个车老板儿……”没等他说下去，若兰急得冲他连连摆手说：“你别拿我打比方，你怎么猜都行。”周师傅说：“怎么就不让拿你打比方呢，假如你……”晓丹实在忍不住，一口饭喷在地板上，大笑说：“周哥，你怎么还不明白，那个车老板是个女的。”晓丹一说破，众人大笑不止。

周师傅接了一个私人住宅装修的活儿，一百多平方米的大房子，房主是一家建筑企业的老总。这个活儿周师傅和晓丹他们一共干了八天，从吊棚、打吊柜、做壁橱，到最后镶地板，晓丹都接触到了，正如他自己预料到的，没什么了不得，他完全适应并做得很好。最后一天，地板快要镶完的时候，房东回来了。这是一个五十多岁的男人，周师傅叫他韩总。他穿着西装打着领带，油光光的大圆脸盘，头发稀疏，秃顶上有限的亮发梳得一丝不乱。韩总这瞅瞅那看看，东摸摸西敲敲，最后在地板上蹲下来，喊周师傅过去。他对周师傅说：“这地方地板没镶好，有动静，一踩嘎嘎响。这个位置在地当央，处理也难。你们要处理我也不会同意——难道把地板起下来重弄？这样吧，活也干完了，我要扣你们的工钱。”

周师傅上去踩了踩，确实有动静，问：“你扣多少？”

韩总板着脸说：“工钱的百分之二十。”

周师傅叫起来：“那太多了，俺们总共挣你多钱？”

“我也不愿意扣，谁让你们干出这丢手艺的活儿呢？”

周师傅跟他吵起来，韩总死活不开面儿，气得周师傅要拆掉地板，宁可承担损失。其他人在一边大眼瞪小眼儿，晓丹走了过去说：“韩总，你是个有身份有地位的人，可你处这个事与你的身份不相符！”

“怎么不符啦，我是没办法啊。”

晓丹说：“这样吧，俺们修，修到没有动静为止，要是还有动静你再扣不迟。”

韩总瞪大了眼睛：“你怎么修？把这些地板起下来重弄，你当我是傻瓜呀？你以为我会让你那样干！”

“地板不起下来。”

韩总奇怪地打量着晓丹，问：“那你怎么弄？”

“我有办法。天不早了，周师傅你们都走吧，韩总你也走，明天早晨你们来验收好了。”

“好，我就信你一回。不过丑话说前头，你要是把我的地板弄得豁牙乱齿的，我再和你算总账。”

第二天早晨，韩总来的时候，晓丹和若兰已经等在屋里。和韩总脚前脚后，周师傅也到了。韩总一进屋直奔那个地方，在地板上走过来走过去的，一点动静都没有了。他惊讶地问晓丹：“你怎么弄的，真的没起地板？”

“肯定没起。要是起了，你一眼能看出来。”

韩总连说：“这就好，这就好啊……其实我也没想扣你们钱，我知道你们不容易，我不差钱啊。我就是想触动你们一下子，当领导这些年，要问我有什么诀窍，就是一个字，逼。逼才能出人才出成绩，不逼，人才也荒废了，工作也荒废啦。”

周师傅悄悄问晓丹：“你怎么弄的？”

“很简单，我用手电钻安了一根最细的钻头，在地楞附近钻了两个眼儿，用吸管往里面吹大力胶，吹了好多。然后用胶和上锯末子，把钻眼儿密死，一点儿看不出来。我也是试试看，今早儿来，还真的不响了。”

周师傅笑了，铆劲儿拍了晓丹的肩膀一巴掌：“晓丹，你行！这样的办法我也应该想到，当时让他吓住了，脑筋不转个了，就想着一下子扣这么多钱，怎么跟弟兄们交代啊？往后呢，你要是不嫌弃大哥，咱们就一块儿闹哄吧。”

这次晓丹分到四十块钱，若兰分到二十块钱，晓丹接过这六十块钱，颤抖着数了一遍，交给若兰。若兰张开双臂把钱举向空中，边笑边说：“晓丹，明天咱们逛商场去，你说说，买点儿什么好呢？”晓丹很坚定地大声回应说：“行，若兰，咱们也像城里人那样，潇洒一回。”

比这六十块钱更重要的是，晓丹遇上了他有生以来的第一个贵人——韩总。每个人的一生都会遇上大大小小几个贵人。这些贵人有的给你解决问题，有的帮你渡过难关，有的助你逢凶化吉，而重要的贵人能让你终生都受益匪浅。韩总对于晓丹来说，属于最后面那一种。不知是机缘巧合，还是宿命，抑或是冥冥之中的天意，反正那天晓丹和韩总有一搭没一搭地唠了几句闲嗑儿，可能是觉得挺投缘便扯得远了一点儿。韩总说了他那家公司的名称，晓丹说自己舅舅是他们公司退休的，接着说了舅舅的名字。韩总很是惊讶，说这个世界说大就大说小也小，你的舅舅不是别人，他是我的大恩人呐！没有他，就没有我的今天。你真的是他外甥？是他的亲外甥？他把晓丹拉到一边，跟他说了许多话儿。韩总说晓丹舅舅是个开朗乐观的人，很健谈，会干事，有能力，就是因为我跌了个大跟头，这一辈子吃了不少的苦头。要不是他保护我，我这一辈子就惨了，多大的恩情呃，无以回报，无以回报啊！这样吧，我帮帮你，尽我所能。韩总还说："晓丹，你年轻，有朝气，有干劲，在城里有很多施展才华的机会。一个人这一生怎么个过法，里边大有文章。一辈子勤勤恳恳任劳任怨，精打细算省吃俭用，能攒几个钱儿？干到老也不会有大出息。你要是拉起一支队伍来，干大一点，会截然不同，我看你有这个能力。"晓丹说："我刚来城里，才站稳脚跟，有碗饭吃就不错喽，没想那么多吔。再说了，拉一支队伍，哪有那么容易，就说办执照吧，哪来的钱？"韩总说："这个你不懂，不用先急着办执照，有个队伍先挂靠在我那里，无非是交点税交点费，我还能多要你的不成，再说了，你要是想办执照，也不算什么难事，我都可以帮你。最主要的是找活儿，这才是最难办的事儿，不过你别急，我慢慢会给你机会。"

分开以后，晓丹就把韩总给忘了。他以为，韩总当时也就是顺嘴那么一说，说者并非认真他也没有当真。接下来的日子，晓丹和若兰一直没闲着，跟着周师傅接了两个小活儿，长的四五天，短的一两天，都是短平快，周师傅是个多面手，不单会木工活，瓦工活也能干两下子，晓丹跟他这一撸扯，也差不多出落成一把成手。一个月过去，晓丹和若兰算了一下，挣了二百多块钱，几乎是太子屯一个中等家庭半年多的收入。这个时候周师傅接了一个储蓄所装修的活儿，时间紧，人手缺，晓丹产生一个念头，跟周师傅说了："周哥，我在乡下有几个哥们，关系都是一默默，不然我也不能提他们。我的意思是把他们找过来，跟咱们一起做，你看这事儿行不行？"周师傅说："每年的十月份，都是活最好的时候，你挺走字儿，赶上了。现在进了十一月，天冷了，土建活基本上不能再干，装修活儿往后也差很多，只会花插着有一些。你让他们来，活不一定接上溜儿，找还是不找你自己看着办吧。"

回到家，晓丹跟若兰说了这个事儿，若兰绷紧脸说：“这可不是闹着玩的。你现在回去，不是自投罗网吗！”

“我偷偷回去，见过栓柱，磨身就返回来。”

“我看过一本书，讲的是真事儿，说南方一个地方，一对逃婚的青年返回家乡，一进村头男的就被活活打死了。我现在想家想得厉害，晚上睡觉的时候，一闭上眼睛我妈就来到跟前，眼泪吧嗒地看着我，多少回你睡着了，我瞪着眼珠儿想亲娘，想得好苦，真想回太子屯看看她！可是我不敢，我得忍着，是为了你忍着，我怕给你带来杀身之祸啊。”

晓丹感叹地：“若兰，人不能只为自己活着。我这个人呢，只要有了一点点的能水，首先想到的，就是为我身边的哥们儿做点儿什么，太子屯太穷了，让栓柱和猫眼儿他们出来挣点钱吧。”

“要是既能通知到他们，咱们又不出事，那是最好。”

“那我就写封信？”

“别让我爸和占峰他们按照寄信地址找过来。”

“我把信从别的地方邮出去。”

信邮出去四天后，晓丹和若兰收工回到家里，房东老太太过来说，今白天来一个瘦脊旮旯的小伙子，二十三四岁，问我租房子的姓什么叫什么，我问他哪儿的，他说是街道的，这个人我可没见过。晓丹和若兰当时正忙着做饭，对房东说的话没往心里去。

一场秋雨一阵凉。暮秋的傍晚，淅淅沥沥的小雨过后，阴沉沉的天空上飘下几片零星的碎雪来，要变天啦。

晓丹和若兰拖着疲惫的身子，拐进一条小巷，朝家里走去。小巷里黑乎乎的，一个人影儿没有。若兰又冷又饿，她挽着晓丹的胳膊，边走边说：“晓丹，苦我不怕，累我也不怕，可一想到回家里房子是人家的，我就觉得一点儿没奔头，啥时候咱们有个自己的房子就好喽。”晓丹逗趣说：“若兰同志，牛奶会有的，面包会有的，房子会有的，什么都会有的。”若兰说：“晓丹同志，你牛奶呀面包呀这么一说，勾出我的馋虫来了，现在我的肚子在咕咕叫，两条腿也有点儿拉不开栓，走不动了。”晓丹突然抢到若兰前面：“来，我背你。”若兰急忙躲过说：“别让人看见，笑话咱，这么大也没正形。”“没有人，来吧。”若兰还躲，却被晓丹拽住背了起来。

若兰趴在晓丹背上，闭上了眼睛，她忽然想起很小的时候玩过的游戏，问晓丹："老道老道到家没?"晓丹答："没。""老道老道到家没?""没。"晓丹的后背暖暖的，像一个小火炉，热乎气儿透过衣服传到若兰身上，她觉得很暖和，这一刻，她觉得很享受很幸福，心想和晓丹在一起，再大的辛苦，再多的困难，都算不了什么呀!

他们将要走到小巷尽头时，晓丹看见房东老太太突然从拐弯处拧达拧达地跑出来，冲他们声嘶力竭地大喊大叫："晓丹，快跑；若兰，你们快跑啊!"晓丹放下若兰，两人都愣住了，不知道出了什么事儿。很快小巷拐角冒出三个人，是占峰、占喜和齐大虎。晓丹大惊，拉着若兰转身便跑。占峰领着占喜和齐大虎，在后面紧追不舍。晓丹和若三拐两拐，跑上了居民区后面的山坡上，到半山腰，若兰已是上气不接下气。晓丹拉着她不肯松手，硬撑着跑上山头，若兰站住了，急促地喘着粗气说："晓丹……我实在……跑不动了。"

晓丹悲怆又无奈地："好吧，咱们不跑了。"

"我没事儿，你不行呵！你自己跑吧，别管我!"

晓丹晃头："享福遭罪咱俩都要在一起，是死是活也都要在一起呀!"

占喜和齐大虎追上来，距他们仅几步之遥。若兰哭着哀求说："晓丹，求求你，快跑吧……"

晓丹像根钉子钉在那里纹丝不动。占喜和齐大虎赶到他们跟前，就在这一瞬间，若兰突然使出全身力气，将晓丹向山下推去。晓丹没有防备，被若兰推得一溜趔趄，滑倒后滚下山坡。齐大虎欲下山去追，占喜往后看了一眼，见占峰还没上来，一把拦住说："算了吧。"

占峰喘着粗气走上山头，他望着下山的方向，黑乎乎的看不出去多远，哪里还有人影儿，嘴里嘟哝着："便宜他了。"

若兰轻蔑地："你真是没意思啊。"

占峰冷笑说："这是令尊大人的意思。"

"那你是个好人喽?"

"你愿意怎么想就怎么想吧，随你的便。"

15

还没到立冬，太子屯就下了头一场雪，零零碎碎的雪花落到地上就化了，落到山顶上的雪站住了，远远近近的山头上，银装素裹。若兰回来有些天了，头两天，母亲怕她回城里找晓丹，成天看着她，她上哪儿母亲跟到哪儿，像个影子一样。若兰看母亲头上的白发多了不少，脸上的皱纹多了不少，絮絮叨叨的，闲话也比以前多了不少，知道自己出走给母亲带来的伤害太大了。母亲已是五十岁的人了，二宝那个事儿还没过劲儿，又添自己出走这么大个事儿，她怎能擎受得了这么大的打击。若兰觉得自己对不住母亲。父亲从打去了公社林业站，吃住在那里，平日很少回来，母亲一个人待在家里，孤单又寂寞，自己又不给她省心，她心里虽然惦记晓丹，可也心疼母亲。她跟母亲说："我保证不走了，陪在你身边，你不用看着我。我要是想走，你怎能看得住。"

陈书记那个住上围子的姑表姐姐，若兰管叫二姑。若兰妈背着若兰上她那儿去了，想让她算一算若兰的事儿。她问过若兰的生辰八字，眯上眼睛，右手的拇指在另几个手指上捏吧一气儿，很快说出了若兰的前世今生。她说若兰和晓丹不合婚，做夫妻也是露水夫妻，根本不会长远。跟占峰却是另一码事儿，她前世欠着占峰的情债，今生必定要还。我的话你要是不信，咱们走着瞧，你家若兰弄到归齐还得喝老王家那口井的水，刷老王家那口锅呀！若兰妈对她的话深信不疑，认认真真地当成了一回事儿。

若兰跟晓丹出走以后，不少媒人登门给占峰介绍对象，都是周围十里八村模样儿不错的姑娘，可是占峰眼光挺高，一个都没看上，有过几回以后干脆就不看了，并跟媒人说，自己非若兰不娶。现在若兰回来了，他又一次托媒人跟若兰妈提亲，说自己不在意若兰跟晓丹有那么一段，什么都不计较，只要若兰愿意就行，还说若兰和晓丹又没登记，不算数。若兰妈记着若兰二姑说的话，劝若兰说："人家占峰挺有样儿，不在意你那一段儿，还愿意找你，我看这回你应了吧。"若兰说："妈，我这一辈子不会再找第二个人了，你让媒人跟占峰说，让他死了这条心！因为我的事儿，你跟爸上挺大的火，我也是没办法。除了这个事儿，我今生今世断不会给你们再添别的麻烦。"

占峰听了媒人回的话儿，说："若兰她就是块石头，我也一定要把她焐热乎。"知道干等不是个办法，他又开始想别的招儿，把二宝那个事儿捡起来了，又往上边告晓丹。他以为，要断了若兰的念想，只有把晓丹送进去，这是最好的办法。陈书记对晓丹耿耿于怀。上回听了若兰的，撤回了材料，张罗把晓丹弄了回来，他以为这个事儿就算告一段落，没想到晓丹杀了个回马枪，领走了若兰，他又憋气又窝火，几十年的高粱籽白吃了，被年轻人当葫芦头儿耍戏了！对若兰说也说了骂也骂了，毕竟是自己女儿，不能一棍子打死，就把全部怨恨记在了晓丹一个人身上。现在见占峰又鼓捣起这个事儿，也就顺水推舟帮着占峰又是找治保又是跑公安。陈书记和占峰都是有些能量的人，没几天上边又开始张罗抓人，可是因晓丹不在家，搁了下来。陈书记和占峰去公安追，人家说所里人少钱紧案犯又没影儿，我们也没辙呃。占峰领着占喜和齐大虎又去城里找过一回，晓丹并没有回那个出租屋，偌大的城市，找个人如大海捞针一般，他们只能是白白浪费了车脚钱，空手而归。

一天，母亲又去了上围子，若兰一个人待在家里，正闲得无奈，二丫推开门进来了。若兰把她让进屋里，说："炕脚底下热乎，上炕坐吧，陪我唠会嗑儿。"二丫脱鞋习惯地要磕打磕打鞋跟，一看人家是水泥地面，比自家干净许多，就轻轻放下了。二丫胖了，自打和占富成家后，挺舒心的，占富什么都听她的，对她百依百顺。二丫还没坐稳当，先跟若兰说了一件事儿，家里要求工打柴禾。她说："往年打柴，都是占富那些本家弟兄帮忙，眼下占富跟占峰和占喜臭了，剩下那几个都跟着他们两人一条藤儿，再不能找他们。现在求工又不像以前那么容易，自打分了责任田以后，慢慢都变成雇工了。我和占富核计两天了，也没核计出个准谱儿。"太子屯的村民们有两个活儿需要求工，一个是盖房子，木工、瓦工、力工都要求。还有一个就是打柴禾，自家人手少干不过来，找几个知近的人，一天就干完了。

若兰大包大揽说："二丫，这个事儿我替你办。"她说着跟二丫点了几个人，有栓柱、猫眼儿等六七个男人，并打包票说："二丫你放心，我找这几个人，他们指定到，一个都不兴有掉头的。"二丫连声道谢，并说："到那天你也过去，帮我做饭。你再找一个伴儿，中午往山场送饭。"若兰就点了占芳，说她去找也一定能来。见若兰如此热情，二丫挺高兴，坐在热乎炕上，又和若兰撮了一会儿嘎拉哈。二丫总是输，她问道："诺兰姐，你手怎么那么巧，干啥像啥，我怎那么笨呢？"若兰说："不管是玩也好，还是做什么事儿也好，只要上心，就能做到最好。你一点儿不笨，你是没上心，我就是什么事儿爱往心上去呀。"

老秋里一个温暖无风的日子，占富领着栓柱和猫眼儿等六个小伙子，手里拎着斧子，腰上系着绳子，一清早儿就从家里出来，沿头道街走向上围子。占富家的山场在上围子的一条沟叉里，因为道远，雇工们晌午在山场上吃饭，这样能省下不少扔在路上的时间，做活的人出活儿。傍晌午的时候，若兰和占芳一人抳一个筐提一个暖瓶来到山场，打柴的男人东一个西一个正忙着干活。占富捞一大堆柞树棵子，从山梁上一溜小跑来到山下，若兰和占芳刚好到这儿。若兰喊道："占富，你慢点儿。""没事儿，下山捞柴禾，不跌跤子哎。"

下到山坳里，当着若兰和占芳的面儿，占富来了精神气儿，有意显摆一下自己的能耐。他甩掉二棉袄，只穿一件紧贴身的黑色小短褂儿，抡起斧子，噼里啪啦一阵猛砍，只见他手起斧落，胳臂粗的棵子，一斧便砍为两截，小腿粗的木头骨碌，三四斧便劈为两半。若兰说："占富，你把衣服穿上，别抖搂着。"占富炫耀道："长这么大，我还不知道什么叫感冒，从来没去过医院，从来没打过针。"他干到兴头上，冲站在一边的若兰和占芳喊道："你们两个远着点儿，看拉屎不看劈柴禾！"占芳身边放一捆绕子，她伸手帮占富捆了一捆柴禾，占富过去三下两下抖落开，重新捆上，说："你捆那玩意儿，戴个草帽子都能钻过去。"

打柴的人知道开饭的时间到了，从岗梁上、山坡上下到山坳里，纷纷围拢过来。若兰和占芳打开筐里的棉垫子，白纱布里面的包子还带着热乎气儿。若兰告诉他们，一个筐一种馅儿，一种白菜猪肉馅的，一种韭菜鸡蛋馅的，谁爱吃哪样拿哪样，又从筐里拿出一摞饭碗来，和占芳一起给每个人都倒上一碗热水。男人们有的坐在树棵子上，有的坐在占富刚打成的柴禾垛上，边吃边聊，就有人问："占富没少干啊，打了多少捆?"占富说："不多不少，正好五十个。"别人跟着就报了数，有说四十的，有说三十多的。栓柱没等他自己报数，占芳就问："栓柱，你打了多少个?"栓柱说："三十多个吧。""你是不藏奸啊？人家占富打了五十个，你连四十个都不到。""东家都没说我藏奸，你先来了。""东家是我叔伯哥啊，你糊弄也不行。"栓柱笑了："你怎么和你哥一样，就看着我不顺眼啊。"若兰不知底细，怕占芳和栓柱两人拌嘴，有意把话岔开说："栓柱，包子怎么样，好不好吃?"栓柱说好吃，若兰又问旁人，大伙儿也都跟着说好吃，就占富一人接过去说："我说不好吃。"若兰说："是不是因为你自己是东家，说客套话儿啊?"占富说："我哪里会说什么客套话儿，要我看，就咱们四亩地的大米最好吃，什么也比不上。"

栓柱问他："馒头不好吃?"

"像座坟似的。"

"花卷不好吃?"

"像牛粪似的。"

"面条不好吃?"

"像蛔虫似的。"

占富这几句话，引起人们一阵大笑。在后来很长一段时间里，太子屯人都把它当成一段笑话来讲；每次讲完了，都会带来一片笑声。

傍晚天要刹黑的时候，帮工的人把打的柴禾在山上码成垛子，拎着斧子下山，陆陆续续地回到占富家。晚饭吃得热热闹闹，七个男人围着桌子盘腿大坐，二丫、若兰和占芳几个人屋里屋外端汤送水忙个不停。占富的父母领着女儿走亲戚去了，满屋里都是十八九岁或是二十啷当岁的年轻人，他们无拘无束，纵情说笑，就差没把房盖抬起来喽。开始，他们把一个羹匙放在桌子上，用力拨拉它，羹匙把冲谁谁就得喝一杯酒。玩一会儿感觉不够劲儿，又捉对儿划起拳来。划了一会儿，栓柱提议说："最好大家都参加进来，才有意思。咱们数数吧，就是避七，明七暗七要避开，用筷子敲一下桌子，错了喝酒，若兰、占芳和二丫你们都算上。”若兰她们三个挤上桌，栓柱开始行令数数，占富碰巧排在第七个，一上来就说了出来，众人一阵大笑，占富喝了一杯。这回占富开始数，转过两圈到占富这儿是二十一，他又说了出来，众人又是一阵大笑，占富又喝了一杯。喝完之后，占富认输说：“我申请退出，这个我来不了，再玩下去，这酒就都让东家我一个人包了。”剩下的人接着数，数到最后只有若兰和占芳两人一把没输。一个邻家有吃奶孩子的少妇听见这屋吵吵巴火的，跑了过来。在厨房里，她解开衣扣朝汤碗里挤进许多奶汁，端进屋递给坐在炕头的猫眼儿，眼瞅猫眼儿把汤喝了进去，哈哈大笑说：“我今天捡了个大儿子，他知道吃我的奶了。”猫眼儿嘴巴也不让人：“你要是有我这么大个儿子，晚上搂着睡觉，指定让你舒舒服服啊。”占芳从泔水缸里捞出几个窝瓜片儿，用清水涮巴涮巴，趁着给栓柱盛菜汤的时候，放进碗里。栓柱喝了，竟没察觉。他看到几个女人偷偷瞅他窃笑不止，有点儿发毛，不知道怎么回事儿。半晌醒悟过来，吧唧吧唧嘴儿说：“我这汤碗里怎么一股荤气味儿，里边肯定放进什么玩意儿啦，你们谁干的？”几个女人谁也不承认，二丫从厨房走进来，一脚门里一脚门外，朝站前边的占芳挤咕眼儿。栓柱说：“我知道啦，这个人我惹不起，有人说我厉害，这人比我还砬碴多少倍呢！”占富并没看见二丫给栓柱递眼色，告诉栓柱说：“我知道了，准是占芳。”占芳笑说：“你以为就你一个人知道啊，别人知道了都不说，都给我留点面儿，就你非得说出来。”这个晚上，人们有说有笑，闹哄到小半夜，若兰始终没笑，她笑不出来。

和晓丹分开以后，若兰回到太子屯，心里一直空落落的，一点儿也不快活。她答应母亲留在家里，不出去找晓丹，可是人在家里，心呢？只有她自己最清楚。没事的时候，她爱去五里长汀，去那棵大柳树下转一转，眼睛看着岸边的风景，心里想着晓丹。再有两天就立冬了，天有点儿冷，五里长汀寒潭清澈，大柳树枝败叶衰，树叶还没有掉净，只剩下稀稀拉拉几点枯黄，一派凄凉景象。可若兰会看得很入神，看着看着眼前产生了幻觉，大柳树长出茂密的枝叶，自己和晓丹站在大柳树下，甜甜蜜蜜，卿卿我我，一点点儿地，她的眼前模糊了，云遮雾罩的。

这天晚上，若兰又来到五里长汀，款步进入柳条丛中弯弯曲曲的小道，走近大柳树下。此时天光已尽，夜色四合，模模糊糊之中，她看见一男一女两个人站在大柳树下，男的像晓丹，女的不像别人，正像她自己。她心跳加速，毛骨悚然，脑袋也涨大了不少，一瞬间产生一种灵肉分离的感觉，这边是自己的肉体，那边大柳树下是自己的灵魂，晓丹的灵魂从遥远的地方来这里和自己幽会。正在她不胜惶恐之际，那两个人说话了："咱俩的事儿，你跟你哥说没？"

"先不能跟他说吔，还不到时候。等你和他关系理顺了，我自然会说。"

"你让我和他理顺关系，我主动和他说话，他带搭不理，见我像见仇人似的。"

"你会来点事儿，别再和他对着干，不为别的，就是为了我，你也该让着他呀！"

"那你得给我时间，让我慢慢来。"

"这么长时间了，你还是那句慢慢来。我哥他胆子大，做事不计后果，你得帮他，不能看着他越走越远。我真害怕他哪一天闹出大乱子来，那时候说什么都晚了。"

"你让我怎么帮他呢？从打当这个大队长，他一点不进染浆儿，听不得半点不同意见，我实在是没办法呃。"

若兰像是从幻觉中回到现实世界，心里不禁一惊，原来是他们两个，听说话两人好像挺长时间了，自己真是粗心，怎么就一点儿都没发觉呢。她蹑手蹑脚，赶紧逃离了"自己"。

第二天，若兰在头道街上见到占芳，看看身边没人，就有意逗她："昨晚上，我去五里长汀了 。"

"是吗。"占芳有点儿警觉。

"我去了那棵大柳树下。"

"几点去的？"占芳故作镇静。

"我看见两个人在树底下亲嘴儿。"

占芳上去一下子捂住了若兰的嘴："好姐姐，求求你，千万别和别人说。"

若兰推开占芳，故意端起来："那就看你的表现啦？"

“你让我怎么的我就怎么的还不行吗?”

“这我可得好好想一想。这些年，净听你说我的相声了，这回犯在我手里，瞧我怎么收拾你。”若兰忍不住笑了。

“我往后不介了，好姐姐。”

若兰止住笑，认真说：“光明正大的事，你怕个啥?”

“怕倒是不怕，因为我哥他不同意，先背着他点儿好。”

“你像个小辣椒似的，也怕个人啊!”

“摊这么个哥哥，没办法。我的事儿，不知能走到哪一步呢?”

冬天来了，北风越刮越冷越刮越硬，五里长汀冰封了河面，白雪一点点地覆盖了太子屯的山山岭岭沟沟岔岔。在一个寒冷的飘雪的日子，占富牵了牛爬犁，去山场捞柴禾。到山根底下，他把牛拴一棵树上，爬犁扔一边，麻绳系在腰间，一呲一滑地上了山。来到柴垛边，占富解下腰间的绳子，铺在地上，一捆一捆地码上柴禾，捆结实。占富有把子力气，干活也恨载，这些柴捆子里边，有细柴，也有小腿粗细的柞树棵子，很有些分量。他费劲巴力地捞到山道上，在前边一溜小跑下山。地上雪不很厚，阳光晒过，上面有的地方是雪有的地方是一层薄冰，柴捆子在雪道上穿箭儿，占富躲闪不及，被捂在底下，一直推到山根下边。占富爱说一句话，下山捞柴禾，不跌跤子哎。可他忘了冬天往山下捞柴禾，站在前边是一大忌。可怜占富被蹂躏得昏死过去，不知过了多长时间，有一个给山牲口下套子的村民没事儿溜套子，发现了他，把他救出来，用牛爬犁把他拉回村里。家里人把他送到县医院，命总算保住了，可是有六根肋骨粉碎性骨折，脾破裂也摘除了，手术四个多钟头，大夫说，好了也是半个废人，干不了重活啊。

祸不单行。占富从医院回来，有一个公社的林管员找上门来，说他盗伐国有林，大大小小一共是二十多棵，要罚款二百元钱。打柴那天，占富在岗梁上，自家山场和国有林搭界的地场，多砍了几棵树，印象里没有那么多。那个林管员说：“树桩在那儿摆着呢，你不认账不行，要不咱们上山现数。”

二丫找到了若兰。从打占富出事儿，她已经哭好多次了，眼睛红肿着，像两个桃子。她跟若兰说：“诺兰姐，日子没法过了，人残了，财空了。在医院里已经花了那么多钱，上哪儿再弄二百元去!”若兰知道二丫为什么找她，安慰了她一大气儿。明知父亲在这方面是个老原则，过后还是特意去了趟公社林业站。她跟父亲小话儿说了三千六，可陈书记死活不给女儿面儿。陈书记说：“这个事儿站里边谁都知道，我这回放他一马，往后工作就没个干了，还怎么去说别人?”若兰仍是苦苦哀求，说尽占富家的苦衷，最后逼得陈书记没办法，自己掏腰包，又找别人借一点儿，凑足二百元钱交给若兰，让他给占富交罚款，说日后也不必还。若兰回去，怕自己给二丫她不要，找到王治保，让他交给占富。王治保弄明白钱的来路，从里边数出一百，返给若兰，他又掏出一百块钱补在里边，说：“我是占富亲叔，比你们更应该帮他。”

这天占峰来到占富家，跟占富要账来了。说占富家前几年盖房子，欠大队瓦厂的瓦钱有几年，该还了，还说我也是没办法，大队现在也不宽绰吔。占富家里人开始以为占峰是来看占富的，没想到他是来要账的，都气得够呛。占富躺在炕上，脸朝炕里一声不吱，二丫生气说：“占峰大哥，俺家现在都快揭不开锅盖，人要扎脖了，哪里来的钱?放一放再说吧。”占峰拉下脸说：“你不还可以呀，你这个房子盖有几年了，不是要办房票吗?正好公社说眼前就要补办一批房票，到时候只落下你一家，可别怪我不给你家办啊。”说完磨身就走。二丫冲着占峰的背影对占富吼道：“占富，这也叫你的哥们儿，你的亲叔伯哥们儿!以前你跟他一溜神气的，往后不兴再和他来往。他当他的大队长，咱当咱的老百姓，犯病的不吃，犯法的不干，犯不到他手上，怕他干啥!我的话，你可记住啦?”

有一天晚上，占峰家的柴垛着火了。当时他上厕所，一推门看见院子外边柴垛一片火光。他一边喊人一边跑出院子，看见有个人影儿在巷子里跑向二道街，瞅块头挺大的，天黑乎乎的看不清是谁。因为前几天下过一场小雪，柴垛有点儿潮，加上扑救及时，火很快被浇灭，没什么大的损失，只烧一个角儿，估摸也就那么十来捆柴禾。占峰第二天一早儿在柴垛边转悠，捡到一个打火机，一眼认出是占富平时用的。占峰昨晚就怀疑占富，现在更是断定占富干的，他早就放过狠话，要教育教育占富，这回犯在手里了，岂能善罢甘休。证人他想好了，随便找两个就行，什么看见没看见的，安排一下就是了。人证物证都不愁，还怕收拾不了一个占富!可是占峰从一着手办这个事儿，就遇到了一连串的阻力。占喜劝占峰："再怎么说也是叔伯兄弟，能放就放一马呗。"占峰说："这种白眼狼岂能放过，怎么也要抓他个纵火犯，至少判他个行政拘留！"王治保跟占峰起了争执，他反对抓占富，劝占峰说："占富这人头脑简单，一时气愤做错了事儿，你也没什么大损失，我看就算了吧。就算做给外人看，也该原谅他这一回。"占峰斥道："占富纵火不是小事儿，早些年咱太子屯着火，一烧烧小半街，你难道忘了！你这人这辈子最大的毛病就是不讲原则，干了这么些年治保，没有个是非观念，站不稳立场，这怎么行！"说得王治保很是下不来台。后来陈书记知道了这个事儿，特意从公社打来电话说情，占峰不好卷陈书记的面子，忍气儿答应了，才让占富躲过一劫。

占喜偶然听人说了占芳和栓柱搞对象的事儿，当一条新闻告给占峰，气得占峰大发雷霆。依占峰的想法，太子屯这些小伙儿，谁都配不上妹妹占芳。母亲不在了，他大包大揽，正张罗着在外村给妹妹找对象，本村的任谁他都不同意，何况是栓柱。占峰站在自家的屋地中间，摆着兄长的架子，来来回回地踱着八字步，像老子教训女儿那样教训占芳。占芳不服，两人针尖对麦芒，结果占峰动手打了占芳。不知是谁捎信儿给栓柱，说占芳让占峰打了，都是因为你。栓柱五马长枪地跑来占峰家，说占峰："你如今当了大队长，该有个当领导的样儿，不能像从前动辄动手动脚的。"占峰见了栓柱，更是火冒三丈，说："栓柱，你是吃了豹子胆，敢来管我家的事儿，赶快滚球，不然我就让你竖着进来横着出去！"占芳知道劝哥哥不行，只好说栓柱："你这是火上浇油帮倒忙，还不赶快走，赶快回家去！"栓柱说："听说你挨打，你让我在家里怎么待得住？我不管他是谁，打你就是不行！"占峰操起墙角一把铁锹，奔向栓柱。栓柱也不示弱，拿起门后一个扁担准备迎战。两个男人眼看面临一场恶斗，占芳横在中间拦阻，两根小细辫不知什么时候开了，头发披散着。占峰过去就是一脚，把占芳踢倒在地。情急之下，占芳拿起窗台上的一把剪刀，挑破了自己胳臂上的静脉。

大队卫生所的大夫被找来了，赶紧抢救包扎，把血止住。齐大虎开着手扶拖拉机把她送到公社，然后又去了县医院，总算脱险。在这个既生长悍男又养育烈女的家庭，什么故事都可能发生。其实占峰很喜欢妹妹，胜过喜欢他自己，坐在齐大虎那辆手扶拖拉机的车斗里，看见妹妹躺在一床双折的花棉被上，因为失血过多，脸色没有一点儿血色，像张白纸一样，再也忍不住，眼泪成双成对地掉下来。在占峰自己的记忆中，他没流过泪。小的时候因为淘气，或是跟别人打架让人找家来，父亲没少打他，用皮带，用木板，近于下死手，他连一个眼泪瓣儿也没掉过。在送妹妹去医院的路上，占峰哭得跟一个小孩子似的，他对占芳说："哥不能坑你害你，哥是为你好。你别只看到头顶上巴掌大那块天！太子屯出来进去恁不方便，托生一只会凫水的蛤蟆还行，好人谁爱待在这里。你好好养病，往后哥在外边帮你找一个出类拔萃的。"

等占芳伤好了，占峰对外边放出口风："西大砬子不倒，栓柱就别想把我妹子娶回家去做媳妇!"

16

转过年，天头暖和过来以后，韩总主动找到晓丹，说给他找了一个活儿，给市农资公司建一个办公楼，问晓丹干不干。晓丹自己要钱没钱，要人没人，不敢接；可这么好的事儿，放弃了又不甘心。他找到周师傅，周师傅毋庸置疑地说："接呀，为什么不接，这样的好事儿，别人打灯笼也找不着呢。"晓丹先提出人员问题，周师傅说："这个我包了，我这里最不缺的就是人手啦，木工瓦工不说了，电工、水暖工、架子工，什么都有，至于力工，驾鞭子赶。"晓丹又提出设备问题，周师傅说："这也不是事儿，你说这个楼四层，不到三千平方米，用龙门吊就行。龙门吊这东西很简单，就一个铁架子一台卷扬，俺们单位就有，在那里趴窝，我可以弄出来。还有就是脚手杆、跳板和搅拌机，这些东西我不敢说能借到，租肯定能租到，用不了多少钱。"晓丹最后谈到资金问题，周师傅晃头说："就这一条，最是难办啊。”晓丹找到韩总，把自己的难处跟他说了，韩总慷慨大度地说：“我人情做到底，再帮你贷个十万八万的，你先干着。以后遇到什么困难，自己实在解决不了的，再来找我。”见韩总这么说，晓丹应下来，决定走一步看一步，过哪里河脱哪里鞋。听说军事家打大仗，不会等到条件百分之百具备，否则战机便贻误了，干事业也是一样的道理。他告诉周师傅：“这个事儿就咱俩干，你配合我，再找一个土建工程师，帮咱们管一管技术，不然咱俩连图纸都看不懂。”周师傅又兴奋又爽快地应道：“没问题。”

这个活儿从一开始就不顺。基础工程还没干完，晓丹他们手里的八万元贷款就花光了，周师傅又东挪西借一点儿，仅够塞牙缝的，根本解决不了大问题。这边弹尽粮绝，那边甲方答应给的预付款却迟迟没有影儿。晓丹几乎天天盯在农资公司的办公室里，为让对方尽快拨款软磨硬泡。他本来是个薄脸皮儿，不会低三下四乖巧逢迎，可是马怕骑，人怕逼，为了要钱他彻底放下了身段，用自己的话说，他现在变得自己不像自己了。

终于盼到了拨款的那一天，晓丹在工地处理完每天都有的乱头事儿，去了韩总那家公司下属的劳服公司。工程合同是以他们的名头签的，晓丹等于挂靠在那里，他需要缴纳全部税款和部分管理费。在财务部门，一个会计告诉他，农资公司办公楼项目有六万块钱进来，但是你们独立的账页上并没有钱。晓丹说：“既然进来了账面上为什么没有钱呢?”那人解释说：“我们欠税务局税款，被银行直接划走了。”晓丹一下子脑袋涨老大，他二话没说，转身去了同在一个大院里的韩总的办公楼，腾腾腾一步迈两个台阶上了五楼。韩总正在里屋打电话。电话很长，晓丹等得急不可耐，好不容易等他讲完，晓丹把事儿说了。韩总淡淡一笑：“我以为什么了不得的事儿，是他们最近钱紧占用了，不算事儿！看样儿你是个急性子，也是刚入道，往后这样的事儿多着呢。大后天，不用你亲自来，随便派个人就行，指定把钱拿走。”

这两天晓丹连觉也睡不踏实，怕到时候钱到不了位，那样的话他就难受了。天头一天天暖和起来，已进入土建施工的黄金季节，几十号人在工地上，没钱就玩不转，不能出现一点儿的闪失。第三天，甲方领导来工地办公室研究设计变更的事儿，晓丹脱不开身，派周师傅过去了。按照约定，周师傅拿到了六万元的支票，往工地办公室来了个电话，晓丹接了电话之后，那颗悬着的心才算落了地。可是到中午，周师傅还没回来，晓丹就有点儿着急，心里生出许多种猜想。过午，周师傅回来了，晓丹最担心的事发生了。周师傅一脸的懊悔与自责，告诉晓丹钱丢了，接着讲了事情经过：他去银行取回钱，回来时经过一家菜市场，遇见一个卖土豆的，很便宜，心想中午正好没有菜做，又顺路，就买了一小兜。要走的时候出事了，一个买土豆的回来说不够秤，跟卖菜的吵起来，三争两讲动了手。他放下手里两个兜子去拉架。等把两个人拉开，回过头一看，土豆兜子还在，装钱的兜子没有了。问谁都说不知道，问到卖土豆的，卖家说，那么多买菜的人，我哪里知道谁拎走了你的兜子。他找遍了整个菜市场，恨不能掘地三尺，还是没找到，最后没办法，去派出所报了案。派出所的民警说，咱们最近刑事案件挺多，人手也紧，再则你这个案子案发地点不好，菜市场人员混杂，这类案子不好破。你留个电话或是单位地址，有情况我们好找你。

晓丹气得直跺脚，点着手指差一点儿触到周师傅的脸上，说："周师傅，六万元，六万元啊！我等这笔钱没急出鼓眼来，让我说你什么好呢!"周师傅一声没吱，站在那里，耷拉着脑袋，就差没钻进自己裤裆里。晓丹想到，这个事情自己也有责任，明知周师傅是马大哈一个，为什么非得派他去取钱啊；即便派他去了，为什么不多派一个人跟去啊？想到这他语气缓和了一些说："下一步怎么办，你说说吧。钢筋、水泥、沙子、石子、红砖都得进，哪个不用钱啊？"

周师傅说："这些多数我都能赊到。"

"马上就该给工人该发饷了，拿什么给呀？"

"只能先欠着啦。"

"这个我来不了呃。"

晓丹遇到了他有生以来最严重的困难。工程进度甲方再三催促，十万火急。材料大都进到了工地，都是周师傅求山神拜土地赊来的，但是钢筋和水泥没赊到，必须要现金买。没有钢筋和水泥，活就干不了。最要命的是工人的发薪日到了，民工们盼开资急得嗷嗷叫。晓丹理解他们，自己本身就是一介穷汉，知道手里没钱的难处。特别是有的工人家属病了，等着钱住院治病呢。一分钱憋倒英雄汉！一个早晨起来，晓丹突然间发现自己的嗓子肿了，说话哑了，嘴唇上起了一圈儿水泡。

看晓丹急成这个样子，周师傅哑默悄动离开工地，第二天才回来，带来两万块钱，交给晓丹时，精疲力竭的样子，仍是满脸的愧疚。晓丹问他哪儿弄的钱，他开始不说，在晓丹的一再追问下，才说出卖了自家的房子。看着周师傅可怜巴巴的样子，晓丹心生怜悯——他知道自打接手这个工程，周师傅立下了大功，替自己当了一多半的家，每天早来晚走，中午和自己一块儿吃在工地，累得整个人都瘦了一圈儿，想到这，他安慰周师傅说："等咱们挣钱了，给你买一个更好的。你放心，我不会总让你租房住。"

晓丹拿着这两万块钱，难住了。给工人发薪，就进不了材料；进材料就不能给工人发薪。思考再三，他把正在干活的工人召集在一块空地上，给他们开了个大会。他对工人们说："各位老少爷们、各位兄弟姐妹，现在是工程施工的黄金季节，可是很遗憾，咱们没钱了，工地面临停工。现在我手里攥着周师傅两万块卖房钱，如果给你们开资，工地就得马上放假；如果买材料，你们的工资就发不了。我的意思，是和你们商量商量，先开一部分工资行不行？剩下一部分钱买材料，这样工地就不至于停工，究竟怎么办，你们说了算。你们要是不同意，我这就给大家伙儿发饷。"下面就有工人说："老板这么讲究，咱们也得通情达理才是。""停工了，对咱们也是一个损失啊。""我的可以往后延，晚些日子不要紧"。"我的也没问题。"……大家议论纷纷，最后一致同意，先开一部分工资。开资的时候，晓丹知道有一个叫吴老二的瓦工，家里挺困难，媳妇又得乳腺癌要住院手术，就给他发了全额的工资。他不干，说什么也要和别人一样，先领一半，说困难肯定有，我自己想办法解决。晓丹当时挺感动，眼泪儿差点儿没掉下来，心想多好的工人啊！他不但给他发了全额，还另外拿出二百元给他，说："你是我的工人，就这一点儿意思。我也是忙，不然，应该去医院里看一看才对啊。"那个吴老二感动得逢人便说："我打了这些年工，头一末儿遇见老板给打工的送礼，真是遇见心眼好使唤的人啦!"开资过后晓丹手里还剩下不到一万块钱，他马上让周师傅去买了钢筋和红砖，工地总算没停。

工地上的技工，大都是周师傅找来的，有的是他熟识的，有的是他在劳务市场临时拽来的，水平参差不齐，里面有成手，有的滥竽充数，主体工程开始后，质量上暴露出来很多问题。晓丹、周师傅和那个工程师整天在现场转悠，一来二去，晓丹发现他们两人管理不严，比方不放拉结筋的问题、砌体黏结面的问题、钢筋绑扎搭接倍数的问题，他们两人发现了，都是轻描淡写地提醒工人下次注意。晓丹和他们不一样。开始他不懂，等到他明白了，立刻要求工人推倒重来，并且要求周师傅他们两人今后也这么管。他跟周师傅和那个工程师说，你们总是搞下不为例，往后就没人听你们的了，谁都糊弄你们，这活儿还有个干么！渐渐地工人都知道了，这个心眼好使的头头管理上很严厉，就没人再敢糊弄他。看晓丹这样管法，周师傅打心里边佩服，认为晓丹有些管理才能，一个农村出来的青年，做得这么好，不易！

那个甲方代表是个难缠的魔头，今个这事儿明个那事儿，有时候吹毛求疵，有时候无中生有，正儿八经存在的问题他反倒看不出来。晓丹对他挺反感，慢慢地他想出了对付他的办法，无非就是请他吃点饭，喝点小酒，如此一来麻烦果然少了，这种人就值一顿饭钱。时间长了，晓丹不愿赴这种饭局，便推说自己有事忙不过来，只让周师傅去陪他。周师傅乐意干这种事儿，两人动不动喝得脸色红扑扑的，天南海北侃得天花乱坠，吃来吃去两人吃成了朋友。

等到甲方第二次打款，资金危机总算过去了。可是新的问题又冒出来，甲方在给钱时捎带给了二十吨尿素顶账。刚一听说给化肥，晓丹以为自己听错了，人家又说一遍，他一连叠声说了好几个好好好行行行。晓丹在太子屯时，年年春天买化肥，都是按指标分下来的，多买一点儿都不给你，他知道化肥是俏货啊！等到去库里看货时，他当即傻了眼，甲方给的全是陈年旧货，一袋袋化肥像一包包凝固的水泥，硬邦邦的。甲方说，要呢，就这玩意儿；不要，这个钱就得等工程竣工决算时再说。晓丹跟周师傅商量怎么办，商量来商量去决定还是要，不然等到决算时给的还是这玩意儿怎么办？莫不如现在就要了。晓丹从工地上抽下来两个力工，专门处理这些板结的尿素，用脚踹，用板子拍，虽然嘱咐他们小心仔细，可多数的袋子还是弄坏了。周师傅也是能张罗，他去本市一家化肥厂要来不少新包装袋，把那些坏了袋子的化肥重新装起来。

化肥卖给了市郊一家农村供销社。送货时头一车挺顺利，第二车出差了。车在半路上被堵住，说是超载，得罚款。执法的交警看了看满满一大车的化肥，估摸着挺值钱，便狮子大开口，一张嘴就是四百元。周师傅小话儿说了三千六，就差没给人家磕头，还跟人家提了他们内部的两个熟人，可那尊菩萨就是不开面儿，死逼无奈只能认罚。那位警察可能是吃这口吃惯了，收了钱不开单子，周师傅当时没说什么，回来就去了交警支队，告了他的御状，找回来二百块钱不说，那个警察过后也受到处分。

化肥卖出去了，钱并没全回来。回来一半，剩下一半也是实物顶账。那家供销社的主任是个油嘴滑舌的无赖，任你一次次大老远跑过去，他死活都是那句话回你："咱家没钱呃。你要呢，我这有大缸、小缸、坛子、罐子，这就拉走；不要，那你就等。我还不是不给你，有钱就给，可丑话说头里，啥时候有我可不敢保证啊。"周师傅去要过两次没要来，回来气够呛。晓丹去过一回，去过这一回他就不想去第二回了。他算是见识了当今社会一些无赖脸皮的厚度，真正理解了社会上流行的那句话，往出借钱的是孙子，欠别人钱的才是大爷。回来后他派人去拉回来一些缸缸坛坛罐罐，哩哩啦啦卖完又拉过一回，然后就再也卖不动了。等钱剩不多了，周师傅找一辆北京吉普，又去了一趟。回来时，那个供销社的经理也在车上。周师傅说请他吃饭，他上车了，上来再就没下去，一直拉了回来。见了晓丹，那位欠钱的主儿嘴里嘟嘟囔囔，却不像在他自己那一亩三分地上颐指气使的，不敢说一句硬话，连大气都不敢出。周师傅这一路要打要杀的，已经把他的胆儿吓破了。周师傅跟晓丹说："把他关起来，什么时候给钱什么时候放人。"晓丹断然拒绝，说："你这么整咱们有理变没理，弄不好还落个非法拘禁罪，这种傻事咱不干，赶紧把他送回去。"周师傅不肯，晓丹再三劝说，周师傅才很不情愿地送那人回去。车到荒郊野外，一个前不着村后不着店的地方，周师傅一脚把那人踹下去，司机把车掉过头，一溜烟地跑了回来。

四个月后，工程结束了。尽管一路过来坎坎坷坷跟头把式，晓丹仍然收获了他有生以来的第一桶金。除了甲方的少量欠款，他个人到手的就有二十万。周师傅也得到十万元，他提出自己留四万，剩下的顶上丢的那些钱，晓丹大度地："不行不行，你都拿着，有钱大家花。为这事儿你把房子都卖了，赶快张罗买个好一点儿的房子吧。"周师傅乐得合不拢嘴，说："往后别再让我管钱，我忘性大。"晓丹说："你以为我还能让你管，实话跟你说，当时刚把你派出去，我就后悔了。"

晓丹第一次见到这么多钱，而且是属于他自己的。太子屯二百户人家，近一千口人，大队会计的账面上，也从来没有过这么多钱啊！他不敢相信这是真的！看一眼天地，朗朗乾坤；掐一把大腿，真疼，他信了。原来钱是可以这么挣的。这些钱对于晓丹来讲，不仅意味着他今后一段生活有了保障，更重要的是它唤醒了晓丹埋在心底的那个夙愿。在哥哥出殡那天的丧宴上，自己说要在五里长汀修桥，到现在快两年了。两年来，尽管他从来没有忘记，可一直到头些日子，他始终以为自己是放了一个空炮，今生今世恐怕都难以实现，只能抱憾终生。现在他突然看见了希望，像是一个在漫漫黑夜里长途跋涉的人，突然发现东方天际出现了一抹曙光。

七月底的一天早晨，韩总开一辆上海轿车，后备箱里装满了烟酒糖茶等礼品，来到工地上找晓丹，说是要去蜂蜜屯。工程结束了，剩下几个工人在拆除暂设，晓丹正没事儿干，高高兴兴地上了车。

舅舅退休后来到乡下，到现在八年了，一直没见过这个当年被他保护过的下属。韩总和晓丹一进院子，晓丹喊着来客人了，舅舅和舅妈从屋里出来，舅舅一眼就把韩总认出来了，他异常高兴，客客气气地把韩总和晓丹让进屋里。坐下后，韩总一个劲儿地管晓丹舅舅叫恩人，叫亲哥，管舅妈叫亲嫂子，他对晓丹说："你舅舅对于我，真的比我亲哥还要亲呢，要不是他救我一回，我哪里有今天，要多惨有多惨啊！"

舅舅说："这么些年的事了，你不必记在心上。"

"要不是因为我，你也不能走这步，至少能弄个副经理干干，怎么也能分到两三套房子——公司里前前后后那么多经理副经理，最少的也有两套房子呵。如果是那样的话，你就不用因为房子犯愁，就不用因为给儿子倒房子回乡下来啦。"

"农村山好水好空气好，我现在住惯了。冷不丁地回一趟城里，喝自来水一股药水味儿，气儿也喘不匀乎，就想着快点儿回来啊。"

"我从小就是农村长大的，我知道乡下的日子苦，知道当一个农民不容易，要不我怎么就发奋念书，终归考了一个专科从乡下蹦了出来。”

“以前没包产到户的时候，农民属实不容易。从打冬天起刨粪送粪，一直得忙乎到开春。地解冻了开始刨柵子，这个活儿糊弄不了，不下力刨不下来，谁干一天都是一身臭汗两手血泡。刨完柵子开始种地，起五更爬半夜，忙得脚打后脑勺，累得腰酸骨头软。种完地还要顶着毒花花的日头，铲三遍蹚三遍，上秋还得薅遍大草，这些都过去了，又是一年当中最较劲的秋收。俗话说三春不如一秋忙，忙得绣女出闺房。等把庄稼收回来，紧接着就是打场，打完场送公粮。蜂蜜屯这地方地少，九山半水半分田，粮食不够吃，还得吃返销，把送走的公粮再拉回来。折腾得一年到头没有个闲着时候，可到年底一算账，谁家也挣不回几个子儿，有的人家还得倒贴，往队里交钱呢……”

韩总接过说：“你说的那些农活儿我都干过，最遭罪的要属割黄豆。老秋干燥少雨，黄豆荚晒得不含一点儿水分，见了风哗哗响得风铃一般，手一上去，豆荚尖儿把手戳得跟蜂窝似的，就是这样你也得照样干，一个人拿着一根垄两根垄，人家都一溜烟似似往前抢，你怎么好意思打狼呢?”

“现在当农民容易啦，种地不用那么辛苦喽。分了责任田，虽说人还是那些人，地还是那些地，可是再也不用起五更爬半夜，再也不用顶着毒花花的日头铲地薅草，种地都跟玩儿似的。还有不爱种的，干脆把地租了出去，自己干点别的。如今家家都够吃，户户有余粮，根本不用吃返销，简直就像变戏法一样，不知从哪儿冒出那么多粮食来，说到底，还是现在的政策好呵!”

韩总关切地问：“你和嫂子过得怎么样?”

“我和你嫂子都有退休金，在这地场条件算是不错的，就算啥都不干，也够吃够喝。可是我俩闲不住，别看我过去是个坐机关的，可我干点活不打怵，连这里的村民都说，这老爷子比俺们还能干呢。除了养些鸡鸭鹅狗，我还开了两亩山地，大大小小的差不多有二十块，最大的大不过三间房，最小的仅像一铺炕，都是见缝插针刨出来的，一年下来，也能打两千斤苞米。我们两人吃不了，每回孩子来，都要带些回去。不是什么金贵玩意儿，可自己产的绿色食品，吃着放心。我还养着两巢山蜂，山蜂蜜真是好东西。都说关东山三件宝，人参貂皮鹿茸角，我看哪，不止三件，山蜂蜜就应该加上去。”

韩总诚恳地劝道：“大哥，农村再好，终归不如城里。我的意思呢，你们还是回去吧。我这次来，主要的目的，就是想把你们请回去。房子吗，不是问题，我就有一个单室楼房闲着，你们先将就住，怎么算都行，最好是给你们，过到你们名下，这样我心里才能找回一点儿平衡。人不能忘本，不能没良心，咱们中国人讲滴水之恩涌泉相报，何况你对我这样的大恩大德。有恩不报是小人，大哥，你不能让我当小人是吧？”

舅舅连连晃头说：“我喜欢乡下的生活。我养了十几只鸡，我喜欢捡鸡蛋时那种感觉，鸡蛋握在手里比吃在嘴里还要香！我还养了十几只鸭子，开春以后它们每天都要下河，哪一天你忘了它们，到点了没放它们出去，它们便嘎嘎地叫个没完，你唱我和像是开音乐会，实际上是在向你提抗议，让你快点儿放它们出去。哪里有水，哪里就是它们的乐园。它们跟水可亲呢，它们急着下河享受幸福时光呢。到了傍晚，鸭子们会自己回家，一个跟着一个，拧着腚，蹒跚蹒跚地一起回来，不用你去河沿边儿找它们。门前拴的这个栗子黄，我养它快要八年了，刚到乡下的时候就养了。我准备一直养它到死，绝不会勒它。狗这东西通人气，别看它不会说话，可你说什么它都懂，你的喜怒哀乐它都知道，你只要是它主人，对它怎么着它都和你好。生命如果真的有轮回，狗一定是离托生人最近的那个轮次。我和你说这些，就是告诉你我喜欢这样的生活，我已经和这里的山山水水、鸡鸭鹅狗都有了感情，让我离开它们，舍不得呀！”

他们唠嗑的工夫，晓丹舅妈做好了一桌饭菜，一大海碗五花肉炖芸豆角，一盘酱炒笨鸡蛋，一盘气豆丝辣椒丝炒精肉丝，一大盘切成两半的咸鸭蛋，一碗农家大酱，一小盆水灵灵的生菜、小葱、黄瓜、桐花菜等生鲜蘸酱菜。饭桌上，韩总知道晓丹舅执意不肯接受自己的好心，故意夸大说乡下这么好那么好的，便退了一步说：“这么的吧，大哥，你看一看眼前有什么难处，我帮一帮你。”

“不缺吃不愁穿，啥啥都好着呢，有啥难处呃。”

“你这个房子虽说是瓦房，可是够寒酸！我帮你重起一个吧，面积扩大一点儿，漂漂亮亮的，花多钱都我来。”

舅舅笑说：“这房我住得挺好，用不着，再说我怎能让你犯错误呢。”

"不用公家一分钱，都我自己掏腰包，一点儿毛病不犯。"

"那也不用，你实在要帮，就帮帮我这个外甥，帮他跟帮我是一样的。我这个外甥是块材料，你要是肯提携他，他能干点事情啊。"

见晓丹舅舅如此说，韩总就说了一件事儿："我们公司眼下承担了一个采煤沉陷区开发改造的项目，很快就开工。这一回是成片开发，不是一栋两栋，也不是三栋五栋，是二三十栋。因为是市政府工程，国家拨款，所以资金是有保证的。晓丹，看你舅舅的面儿，我再给你一次机会，你愿意干两栋也行，三栋也可。实话跟你说，这样的机会，我不会给第二个人，就是我的亲儿子也不会给。"

晓丹有了上次的经验，现在已是踌躇满志，他想到自己要干的那件大事情，毫不犹豫地说："当然是三栋最好，我要三栋。"

回来的路上，韩总对晓丹说："你明天就去劳服公司，找他们经理，把事情定下来。我再多给他们三栋楼，不然他们不能同意，这三栋楼就是戴着笼头给你的，我会跟他说清楚。这批楼是市里边的重点工程，和上次不一样，你要干好它。"晓丹连连答应。他心里想，等到这三栋楼盖下来，自己就能干那件大事情了。他对这个事情充满憧憬，充满期待，想一想就觉得热血沸腾、激情澎湃。有伟人讲，革命尚未成功，同志仍需努力。加油啊，晓丹，他在心里边为自己鼓劲儿！

17

青草拱出了地皮儿，地头上、田埂上、路旁和河边最先染上了绿色。大山还是灰蒙蒙的，细看才能发现灰褐色的山林之中，已经有了一簇簇的新绿。太子河岸上和村里小河边，一排排柳树拢起淡绿色的轻烟。五里长汀的坚冰还没有完全化尽，仅残留在砬根底下大河的边缘，在春日暖阳的照耀下，在清洌的河水冲刷下，日渐一日缩小它们的领地，春天又来到了太子屯。晓丹在城里的农资公司办公楼开工的时候，太子屯人也开始了忙忙碌碌的一年。

修路的事儿无果而终。二宝出事的时候，扔下挺长时间，等到再一张罗，村民们的积极性远没有头一次那么高，怎么想的都有，多数人认为自家没有车，路即便修好了，也借不上多大劲儿，还不如走五里长汀来得方便。人心一散花儿，文齐武不齐，出工不出力，一系列问题都冒出来了。占峰采取高压政策，能好一阵子，工地又干起来，可他这样管法，管得了一时，管不了长远，时间一长，来工地的人越来越少，勉强维持到去年十月底，草草收场了。道路的关键地段西大砬子基本上还是老样子，还是进不来大汽车，修和没修基本一个样儿。在这个春天里，占峰有心再张罗一下，可是一征求意见，没几个人响应，他也就消气了。公社王书记打电话问占峰，为什么不接着干？占峰讲了一大堆理由，主要是西大砬子山下的爆破问题，上次出事以后，城里矿上说啥不管了，找到专业的筑路队伍，人家不只管爆破，还包清渣，一张嘴就要三万元，大队拿不出钱来，停工实属死逼无奈，王书记再就没说啥。知道王书记不满意，占峰尽量从别的地方弥补。

从打开春起，上边又下来新文件，要求进一步搞好农村改革，搞活经济不单是把地分给个人就完事大吉，还要继续深化。公社召开会议，要求各个大队的村办企业都要包给个人，山也要包给个人。占峰贯彻上边的精神大刀阔斧雷厉风行，很快付诸行动。虹鳟鱼场去年就建起来了，在上围子小河边，挖了个一头进水一头出水的养鱼池，有三亩多水面。靠山屯的刘大头今春才兑现承诺，给了太子屯五千尾虹鳟鱼苗，全部投在了里面。二宝出事的时候，晓丹没去上暖水寺，占峰随便派一个外姓人过去了。鱼苗来了以后，那人一心想包下养鱼池，满以为十拿九稳，没想到占峰包给了他的一个亲叔伯哥哥，那人气得肚皮鼓鼓的，说牛打江山马坐殿，没有这么干的。虽然对占峰有意见，却不敢怎么样，只能是背地里说说而已。占峰刚上任的时候，扩大了人参园子的规模，增加了党参、黄芪、细辛、川贝母等品种。这回赶上上边有要求，他又把这一大块包给了一个叔伯弟弟。除了养鱼池和人参园子，大队还有那么几个小厂点儿，像瓦厂啊果园啊什么的，虽然知道下边有意见，但占峰没管那套，也都陆续承包给自己的亲属，因为承包标准定得很低，引起村民议论纷纷。这几件事情过后，太子屯人发现，占峰的手头宽绰起来，农田鞋换成了黑皮鞋，土布衫换成了蓝料服，叼在嘴上的烟卷也明显上了一个档次。对于下边的反应，占峰并不在乎，他大言不惭地跟外人讲："干事情不能前怕狼后怕虎，改革更不能见硬就回，要是树叶掉下来都怕砸脑袋，那就什么也干不成呃。"

占峰从来不是一个安分守己的人，等到下边的舆论渐渐平息下来，他开始张罗起翻盖房子，要把原来的瓦房扒了，建一栋二层小楼。这个事儿一提出来就遭到占芳的强烈反对，占峰做事任性得很，岂肯听妹妹的，几番口舌之后，占芳生气说："我能在这里住几年？你爱怎么弄怎么弄吧，好赖你一个人擎着。真要是鼓了包，别说我当初没拦你，脚上泡是你自己走的呲。"

占峰心里想的是，要在各方面都把晓丹盖过去，要让若兰瞧得起自己，就算做给若兰一个人看，也要把小楼盖起来。他鄢晓丹算个啥？不就一个打工仔吗，我王占峰哪里不抵他，论地位我比他显赫，论生活我比他风光，若兰啊若兰，你该认真掂量掂量，仔细核计核计呀。

盖楼的人占峰没用太子屯的泥腿子工匠，包给了县里边的一个姓赵的包工头。那个包工头和占峰是县高中一届的同学，据说还认识晓丹。盖楼那些日子两人整天在一起，经常去县上进城里，吃吃喝喝，包工头出手宽绰，让占峰羡慕不已。小楼盖完了，豪华气派，外墙是釉面砖镶的，地面是地板砖铺的，门窗是铝合金的，玻璃是蓝宝石的，宛如一幢别墅。看着自己的小楼，占峰自鸣得意地对外人说："我盖的房子，二十年不后悔，就是摆到县城的街面上，也拿得出手儿。"

小楼建完了，占峰总觉得还缺点儿什么。睡在小楼里的第一个晚上，他做了一个奇怪的梦，梦见自己走在一条山沟里，看到一条蛇与野鸡嬉戏共舞，当时就醒了，记忆十分清晰，地点也依稀可辨，与上围子里面的野猪沟十分相似。白天，他特意去野猪沟里一趟，回忆着梦中的情景，比对着周围的环境，回来后跟占芳宣布，他要迁坟，把父亲母亲的坟从祖坟中迁出来，他找到了一处龙凤之地。占芳又一次劝说："哥呀，别折腾了，咱就是普通人家，做什么事儿不能出了大格儿。你这么干要得罪人，族中人都得认为你咬群啊。他们会说，你看把占峰能耐的，王姓家族里装不下他嘞，太子屯装不下他嘞。”可是占峰哪里听得进去，把妹妹的话全当成耳旁风。他又找到那个姓赵的包工头，从县城拉回来不少的石料，修了一个漂漂亮亮的墓地。他还给父亲母亲做了一个全太子屯最大的墓碑，择了个吉日，把坟迁了。

占峰在生活上是个执着的人，在搞对象上亦是如此。他始终惦记着若兰，虽然三番两次被拒绝，可他并不甘心也不气馁，修好了房子，他又托媒人去若兰家求亲。他在心里边拿自己的小楼和晓丹家那三间寒酸的小瓦屋比对着，以为若兰这回能动动心。没想到若兰丝毫不为所动，嘎巴溜脆地回话说：“他就是把屋子修成皇宫，再搬来一座金山当聘礼，我也是不跟他!”

农村和城里不一样，城里人近在咫尺却来往不多，一个单元住着，一个楼层住着，甚至是门挨门住着，互不走动互不知情。农村不然，谁家住哪儿，谁家几口人，谁家日子过啥样儿，都像秃脑瓜的虱子一样摆在那里。不但知道你现在，还知道你过去，祖宗三代都能给你说得一清二楚。占峰又是盖楼又是迁坟地这么一折腾，乡亲们大面上没提什么异议，慢慢底下却有一股暗流涌动，流言蜚语风生水起，都说占峰哪来的那么多钱啊？公社王书记知道了，问过占峰这个事儿，占峰说是父亲下放时积攒的存款，一句话便搪塞过去了。

占峰干这两个活儿的那些日子，齐大虎跟着忙够呛。他开着那台小拖拉机，每天几进几出后沟口，给占峰倒料，钢筋啊、水泥啊、红砖啊什么的，忙个不亦乐乎，不算车角和人工，齐大虎单是油钱也花了不少，但是干完活儿挺长时间，占峰连个油钱也没给，日后也不提不念。两人原本关系不错，这个事儿却让两人心生嫌隙。齐大虎现在的情况应了太子屯那句粗话，哑巴让驴进了，有苦说不出来。人无千日好，花无百日红。这句老话对君子并非适用，对小人却是魔咒。过不几天出来一件事儿，让两人彻底闹掰了。那天占峰一个人在大队部，占喜从外面回来说，齐大虎出事了。原来齐大虎家那个磨米房历来电字很省，早就引起农电所的怀疑，今天公社管片的那个电工从五里长汀过来，发现了齐大虎做的手脚，在表前接线。他现在封了磨米房，还说要罚得齐大虎倾家荡产。占峰问农电所的人在哪里，占喜说还在齐大虎家没走。占峰二话没说，起身出屋，占喜也急忙跟了出去。看占峰迈大八字步，俩胳膊往外甩得更加厉害，一副怒气冲冲的样子，占喜一个劲儿劝他："到那儿有话好好说，这个人横得很，从来说上句。陈书记在时，都把他尊得像个佛，不敢得罪他。"占峰到了齐大虎家，那人站在磨米房门前正哇啦哇啦地训人。齐大虎现在变成了齐大鼠，站在一边一声不吱。他两人身边，站了一帮人，有的背来苞米打糙子，有的挑着担子来磨汤子面，有的端一盆泡过的黄豆磨菜豆腐，现在屋子封了干不了，都站在一边看热闹。占峰晃里晃当地过去跟那人说："你罚多钱我不管，他犯到那了，能不能把封条揭下来？太子屯就这一家磨米房，俺们不能不磨米吃饭哪！"那人白了占峰一眼问道："你是谁？""你别管我是谁，你就说行还是不行？""我要是说不行呢？"这时旁边有人告诉说，这是俺们大队长王占峰。那人讥笑道："我以为什么了不起的人物，一张纸画个鼻子——好大的脸！我不管你是大队长还是书记，谁来都得按规定办事儿。我走南闯北，多大的官儿都见过啊！"占峰没捋他那份胡子，过去一把将封条扯下来，撕得粉碎摔倒地上，冲齐大虎喊道："就这么一张破纸，你就吓住了，你的虎劲儿哪儿去啦？"那人瞠目结舌道："反了你，没有王法啦？"占峰一手掐腰，一手用食指点着自己的鼻子说："在太子屯，什么叫王法？你得问问我。我姓王的就是王，我说的话就是法。"那人一撇嘴："一个大队长，也就一个芝麻官儿——恐怕连个芝麻官也算不上呃……"他话音未落，嘴巴上便挨了一记响脆的耳光。那人捂着嘴巴，退后一步磕磕巴巴地说："你敢打我？"占峰上前一步又是一耳光："打的就是你。让你记住我是谁，往后再来太子屯，你才知道守规矩！"那人嘟嘟囔囔："反天啦！我让你吃不了兜着走……"占峰根本不听他说话，冲齐大虎吼了一嗓子："进屋干活儿去。他敢拦你，我今天让他出不了太子屯！"说完扬长而去。见占峰走远了，占喜吓唬那人说："你眼珠子长到脚后跟上啦，敢跟俺们大队长拔梗梗？他找斧子去了，回来敢劈死你。你还不快跑，再不跑就出人命啦！"听占喜这么一说，那人吓得落荒而逃。

回到大队部，占峰考虑怎么收这个场。农电所是个得罪不起的衙门，不想辙不行，等到罚单下来就晚了。想了半天没想出什么好招儿，知道还得找王书记解这个围。占喜回来了，他让占喜去找齐大虎，就说替他解围他得破点儿财。占峰也想送这个人情，把头一气儿干活亏欠齐大虎的往回找一找，可是大队穷得叮当响，账面上钱紧得很，力不从心哪。占喜去了，空手去空手回，他说齐大虎不肯出血，嘴里还振振有词，说这个磨米房是我个人的不假，可我是给大伙干活儿，是为乡亲们服务，这个钱不该让我个人出，应该大队拿才是。齐大虎讲歪理，占峰知道他心里怎么想的，他是拿这个事儿找平，气得说："我怎么净交些白眼狼啊！"自此两人龌龊不断。

占喜现在可是个大忙人！承包前要清产核资，要对资产存量进行评估，不管占峰怎样胡来，这个过程总是要走的。还有这里面牵扯了许多陈年旧账，需要追讨需要处理，占喜管着这么多事情，就有点儿手忙脚乱。他没干过会计，原本就受憋，如今更是招架不住。他去找过那个老会计，了解一些情况，咨询一些历史遗留问题，那人闲在家里，正一肚子怨气没处发泄，对他说："你年轻，有文化，这点玩意儿一弄就会，用不着问我。"他只得回来，虽绞尽脑汁有的地方还是摸不着头脑儿，加上占峰经常在他手里拿钱，总是不写借条，占喜又不敢让他写，一来二去他管的这本账，就成了一本糊涂账。时间一长，占喜害怕了，怕最后交不了差。他跟占峰说把老会计找过来，自己有的地方不了解情况，让他帮一帮自己，占峰理都没理，还把他批评一通："天塌下来有大个擎着，有我在，你怕什么？"听占峰这么说，占喜只得挺着，不过他长着心眼儿，过后把占峰从他手里拿的钱都记下了。

栓柱现在挺难的。占峰不同意他和占芳的事儿，好几次从外边给妹妹介绍对象，可是占芳主意正着呢，死活就是一个不看。占峰拿占芳没办法，就跟栓柱较劲。他跟栓柱正儿八经地谈过一次，让栓柱答应以后别再找占芳。栓柱说："占峰啊，你这事儿管得太宽啦，你不同意可以，去管你的妹妹啊，凭什么管我呀？你现在是大队长，是个面上的人，成天给俺们传达文件宣传政策，婚姻自主的政策你不知道吗？"占峰蛮横说："栓柱，你别跟我说那些没用的，我就是不让你找，我要你亲口答应我——只要我还有口气你休想娶了我妹子，不信咱俩走着瞧。"

自从晓丹走了以后，栓柱觉得自己失去了靠山，失去了主心骨，有点儿势单力孤，知道和占峰硬顶牛占不到便宜，就说了一句模棱两可的话：

"占芳要是不找我，我可以不找她。"

本来正大光明的事儿，却搞得像做贼似的，这让栓柱感到很委屈。一天晚上在五里长汀，栓柱跟占芳发起牢骚："占芳，你我都拿你哥没办法，不行咱俩就算了吧。"

占芳眉毛一挑，厉声回道："栓柱，我为你能死过一回，你怎么说这样的话，你还是不是个男人？"

栓柱知道自己说了错话，嗫嚅道："咋不是啦？"

"你怎么连晓丹的脚丫泥都不如？"

栓柱仍是声音低低的："咋不如啦？"

"人家晓丹和若兰，遇到的难处比你大不，遇到的坎儿比你多不？也未必说出你这样的话来？"

"那你也不能说我连晓丹的脚丫泥都不如。"

占芳抓住栓柱说话的漏洞："行行行，你如，你是晓丹的脚丫泥。"说完忍不住笑了。

"咱俩不能总是这样，做地下工作者，走不到台面上。"

占芳安慰说："栓柱，你比晓丹能耐多了。晓丹让他弄得背井离乡，你还待在太子屯，想见就能见到我，知足吧！"

"那你让我等你到什么时候，咱俩才能手拉手，光明正大地走在头道街上呢？"

一朵愁云漫上了占芳的脸："我哥他这阵子好折腾，我的眼皮老是跳，真害怕他出什么事儿。栓柱，我不能扔下他不管，咱俩一起想个办法，帮帮他吧！"

若兰又回学校。春节过了以后就回去了，是学校把她找回去的。学校的校长说："你走这几个月，学校始终没进人，你那个班一直由大伙儿带着。我张罗要个人，占峰一直不同意，现在我才明白他的意思，这个位置是给你留着啊。别看老师这个角色不起眼儿，不少人眼巴巴地盯着呢！"若兰母亲也劝过若兰："占峰对你还是那股子热乎劲儿，还紧着你一人回学校去，人和人得心换心，我看你还是拿个回头吧。"对于这些有关占峰的话题，若兰并不往心里去，她不感兴趣。有了上一回的经验教训，这一回她主意正着呢！她认为人情和感情是两回事儿：在人情上，我若兰欠你的，日后一定还你，今生还不完，来世托生牛马接着还；在感情上，我不能再欺骗自己，不能欠了人情债拿感情做补偿。

若兰又回到学生们身边，心里得到一些慰藉，可是没有第一次来时那种惊喜，感觉淡淡的，生活里总有一股挥之不去的苦涩味道。进入七月下旬，学校快放暑假了，最后那堂语文课，她给学生们背诵了一首脍炙人口的动人诗篇：

“……

你看，那浅浅的天河，

定然是不甚宽广，

那隔着河的牛郎织女，

定能够骑着牛儿来往。

我想他们此刻，

定然在天街闲游，

不信，请看那朵流星，

怕是他们提着灯笼在走。”

背完她告诉学生们说，八月三号是七夕节，这个节日在咱们中国有一个美丽的传说，讲的是牛郎和织女的故事。那一天的晚上，夜深人静的时候，你们这些小孩子，坐在自家的葡萄架下面，能够听到牛郎和织女站在鹊桥上相会时说的悄悄话儿。那一天，咱太子屯的喜鹊一只也见不到，满世界也见不到，都飞到天上给牛郎和织女搭桥去了。教室里鸦雀无声，学生们被这个美丽的传说吸引，瞪起小眼睛，支楞着小耳朵，听得聚精会神。就有学生问，兰老师你能听到吗？若兰说我听不到，大人们都听不到。学生又问，大人为什么听不到呢？若兰解释说，大人的心不净，大人的心里边有许多杂念，人长大以后，就有了好人和坏人，坏人的心术不正，作恶多端，神仙便不让大人听到了。见学生们意犹未尽，她又给学生们讲起故事的细节，讲着讲着进入了角色，她把晓丹当作牛郎，把自己当作织女，讲到王母娘娘拆散了牛郎和织女，把织女抓回天宫的时候，她哽咽着眼泪下来了，讲不下去了。

七月初七那天，若兰放假待在家里。母亲一早儿就跟她说，前几天泡的一大盆小黄米该磨了。若兰找一个水桶，把小黄米折到里边，用清水透过几遍，直到最后折出来的水清凌凌的，才提拉着去了齐大虎家的磨米房。磨完回到家后，她又去小河口打来酥叶儿。她知道吃酥叶儿饽饽喝老黄瓜汤才好，到家后又进园子里摘两根老黄瓜种，这时母亲从屋里出来对她说："不急吔，晚上才吃，小豆还没烀呢。你去大队给你爸打个电话，让他晚上回来吃个新鲜。"若兰没动窝儿。母亲又说一遍，若兰才说："我不去，你去吧。"母亲知道若兰不愿见占峰，自己去了。

晚上，父亲从五里长汀坐船过河回家来了，跟若兰不怎么说话。吃过晚饭，父母早早倒下了，若兰躺在里屋炕上，半天睡不着，一点儿睡意都没有，索性穿好衣服，提拉个小板凳，坐到当院里。她看着墨蓝色的夜空，看着横亘在整个天空上的银河，先找到了牛郎星，目光划过银河又找到了织女星。她眼睛看着天上，心里想着心事，想着晓丹，他现在在干什么？他会像自己这么想她吗？牛郎挑着两个孩子，通过鹊桥走过天河，会织女去了，自己和晓丹却是人分两地天各一方。七夕节，一个多么浪漫的日子，可现实生活一点儿都不浪漫，就这么平淡无奇地过去了。

夜色已深，父母已经睡着了，虚掩着的窗户里边，传出来均匀的鼾声。堡子西边一阵阵狗叫，叫声越来越凶越来越近，若兰准备回屋睡觉了，刚站起来，突然听到有人喊她："若兰——"声音很细很轻。若兰向院子外边看了一眼，一个人影也没有，以为自己听错了，以为是困乏产生的幻觉，再一次准备进屋时，那个声音又传过来："若兰——"若兰再向院墙外面看时，晓丹从黑暗中钻出来，在石头墙上露出个脑袋，笑着冲她招手儿。若兰喜出望外，她下意识地回头看一眼，轻手轻脚地跑出院子，和晓丹紧紧地抱在一起。

五里长汀岸边，距离大柳树不远的山根底下，有一块香瓜地，地头有一个瓜棚。晓丹和若兰并肩躺在瓜棚里窄窄巴巴的板铺上，说着悄悄话儿，四周万籁俱寂，唯有两人缠绵悱恻的呢喃细语。

晓丹说："一晃儿过去十个月了，我感觉像是过了十年啊！"

"谁不是呢？那边是你，这边是我妈，难熬啊？"

"跟我走吧，若兰。"

"我已经答应我妈，留在她身边。你还是跑一跑案子的事吧，把自己摘清了，咱俩的事儿才有盼头啊。"

“韩总帮我找了一个大领导，答应过问一下，我估摸着，快出头啦!”

若兰并不乐观：“你写的几个上访材料，都打回来了，在占峰手里。”

晓丹不寒而栗，他不愿再谈这个话题：“若兰，我从后沟口回来，这条路怎么还没修完呢?”

“占峰整日花天酒地，花钱大手大脚，自己又修房子又修坟的，一说修路就没钱了，听说差好几万呢。”

“过几天，我汇过来几万。”

“你哪来那么多钱?”

“我包了一栋楼，才干完，这回又包了三栋。若兰，咱们有钱了，我要给你买戒指、买项链……”

“我不稀罕。”

“你稀罕啥?”

“和你在一起，太太平平过日子。”

“一个人一辈子，还是应该做点儿事情。”

若兰一副讥笑的口吻：“你又要说修桥的事了。”

晓丹却很认真：“说过的话，得算数啊。”

“别人早忘了，你不用较真。”

“那不行。人到什么时候，说话得负前言。”

“知道我为什么选择你吗?”

晓丹嘻嘻一笑：“是看我长得好看吧?”

“好看个屁！我是看你诚实正直，说话算数，这才是最主要的。”

“这些也算不了什么，做人当如燕太子，甘为百姓抛头颅，那才算真英雄呃!”

“你说那个太子丹真在咱村里住过?”

“我相信他住过。”

“咱太子屯有那么长的历史吗，两千多年呢?”

“能有哇。暖水寺那边挖人工湖，挖出了石斧、石刀、石矛，专家鉴定有古人类生活过。暖水寺往南不到四十里，有个庙后山，是有名的古人类文化遗址，这两处都有四五十万年的历史呢，区区两千年算什么!”

“可是有人说，太子河跟太子丹没有任何关系，是后来才有太子河这个叫法的。”

“既然没关系，那为什么叫太子河呢?”

这时候，他们听到瓜棚外有杂乱的脚步声，急忙起身出来。好几个人堵在外面，是陈书记、王占峰、王治保、占喜和若兰妈。王占峰冲着晓丹冷笑道：“晓丹，找你像找四品叶，真难啊！没想到今天你自己送上门来啦。”

若兰上前，把晓丹护在身后，对陈书记说：“爸，你们凭什么左一回又一回抓人家?”

陈书记威严地命令女儿：“若兰，你躲开!”

若兰倔强地：“爸，我亲自听占峰和占喜说过，是占喜脱岗害死了二宝，和晓丹没关系。”

陈书记吼道：“若兰，跟你妈回家去!”

见若兰不动弹，钉在地上一般，陈书记气急，一巴掌扇在若兰脸上，打得若兰一溜趔趄。占峰趁势来抓晓丹，晓丹满腔怒火不便向陈书记发泄，使足全身力气一拳打到占峰前胸上，占峰倒退了好几步，一直退到瓜棚旁边。占喜从后面上来，晓丹回身一脚，把占喜踹了个腚墩儿。占峰恼羞成怒，顺手拿起瓜棚睡铺上的一块厚板子，拍在晓丹的后脑勺上，他一下子就什么都不知道了。

晓丹醒过来的时候，发现自己被关在一间空屋子里。天亮了，晓丹把屋里仔仔细细看了一遍，地上堆满了乱七八糟的杂物，四周满是灰尘，墙角挂着蛛网，屋门是角铁焊的，唯一的一扇窗户上安着铁栅栏。晓丹看了看后窗外面，才知道自己被关在大队部的一间仓库里。晓丹看到门窗都很牢固，放弃了逃走的希望。不知过了多长时间，他听见有人开门锁，铁门吱扭地启开，一个人站在门口，早晨的阳光斜射进来，明晃晃的。晓丹看不清那人是谁，不知道他要干什么。这时那人说话了：“晓丹，你走吧。”晓丹听出是王治保，却并不相信自己的耳朵，一脸疑惑地看着他。王治保又说了一遍：“晓丹，你走吧，远点儿走，越远越好。”晓丹心里一阵激动，说：“谢谢你，三叔。”“不用谢，你本来就没什么错儿。”晓丹出了屋子，回过头说：“三叔，你怎么办?”“你不用管我，我这么大岁数啦，大不了回家种自己那一亩三分地。”晓丹走出大门，跟王治保告别说：“三叔，用不多久，我会回来的。”

18

进入八月中旬，晓丹包下的三栋楼同时开工了，他忙得脚打后脑勺，恨不能生出三头六臂来。执照还是用韩总公司下边那家劳服公司的，三台红旗吊有两台也是劳服公司的，另一台不知周师傅从哪儿租来的。盖农资公司办公楼的那支队伍，基本上原封不动地跟过来了，周师傅又从他原单位找过来一些木匠瓦匠，三栋楼一共一万多平方米，人手仍是不足。晓丹又想到了栓柱和猫眼儿，想到了太子屯的许多弟兄。

栓柱等十来个青年儿，来到城里工地。他们住工棚，吃大锅饭，带着一颗好奇的心和一双勤劳的手，开始了一项全新的和种地没有任何关系的工作。晓丹根据这些人的情况，把他们安排到各个班组里。像栓柱和猫眼儿都是半拉子木匠，就让他们当木工；有几个半拉子瓦匠，就让他们进了瓦工班；剩下那些没有什么特长的，就让他们当力工。盖楼的木工瓦工其实就是熟练工，木制门窗是从加工厂定制过来的，主要的活儿就是支灰盒子，栓柱他们没几天就适应了。几个瓦工混编到各个班组，砌砖的时候有成手把大角儿，他们按线码砖，几天之后也都干得像模像样。经过一段时间的撸扯，他们都成了一把硬手。比手艺更重要的是他们认识了不少人，这个活儿干完之后互相有了联系，以后又多次出来一起干活，此是后话不提。

太子屯一下子走这么多人，占峰很快就知道是晓丹拉过去的，他打电话把这事儿告诉了陈书记。陈书记的态度这回来了个一百八十度的大转弯，说现在形势有变，不能随便抓人，再说这个事儿通天了，不知怎么捅到了县里，连县委书记县长都知道了，放放再说吧。听陈书记这么说，占峰不怎么是心事儿，郁郁闷闷的，也没办法只好不再张罗。陈书记和占峰说的是真话，是王书记跟他说的。王书记去县里边开会，县里的头头问过这个事儿。陈书记岂是等闲之辈，脑筋何等灵活，嗅觉何其敏锐，听王书记这么一说，他立刻觉得这里边有说道儿。他早就知道占峰为了达到个人的目的，一直想把晓丹整进去。自己和占峰联手整晓丹，如果说以前是因为不知情，是利用占峰泄私愤，是为了拆开若兰和晓丹，现在继续这么做就是愚蠢，自己不能再被占峰牵着走。再说若兰现在在家里，晓丹在城里，井水不犯河水，彼此相安无事，他没必要再盯着晓丹不放，一条道儿跑到黑。

晓丹从小在乡下长大，知道乡下人生活是苦的。当一个农民不容易，一年到头没有个闲着时候，大田里、园子里总是有干不完的活计，你只要干就有，无尽无休。现在来到城里，才知道当一个建筑工人也不容易。不管木瓦工也好，钢筋工也好，力工更不用提，哪个活儿也不轻松！算一算吧，看看他们付出了多少艰苦的劳动，流了多少辛勤的汗水。现在八月份，每天早晨四点钟一亮天，他们就起来吃早饭，五点钟的时候，就都在各自的岗位上忙起来了喽。因为天热，中午歇的时间长一点，十一点半到两点，晚上差不多干到七点半，天刹黑的时候才歇下来，一天工作十多个钟头。他们的劳动强度之大，比庄稼人有过之无不及。看到工人很辛苦，晓丹舍得花钱让他们吃得好一点儿，别人家的工地都是买最劣等的大米，他让伙房买最好的大米。别人家的大锅菜从来都是清汤寡水，连个肉星儿都见不到，他隔三岔五地让工人吃点肉，改善一下生活。他的工人肚里不空，脸上气色好，干起活来有力气，出了门都拍着胸脯子说："城里这么多建筑工地，俺们的伙食是最棒的。"不少工人背后给晓丹竖大拇哥，说："俺们这个头儿菩萨心肠，跟他干活，身子再累，心是舒坦的。"工人干活肯出力，这楼起得就快，跟庄稼拔节似的，一天一个样儿。

沉陷区治理工程时间紧任务重，明年上半年进户，上边要求土建部分年底要全部结束。具体点说是十一月中旬结束，因为天一冷什么都干不了，该猫冬了。明年开春早点儿下手，水暖电气收收尾，做做外围配套工程，才能确保工程如期完工。为了往前抢工期，晓丹他们这三栋楼交叉作业，木工支完盒板，转到另一栋楼，钢筋工上来。钢筋工绑扎完钢筋，也转到下一栋楼，浇混凝土的人上来，然后是瓦工上来砌墙。这种干法平均五天就起来一层楼。楼盖快了，可是管理没跟上，难免出差儿。而各种质量检查和安全检查名目繁多，上边的人动不动就溜达过来了。有一天快收工的时候，市质量管理部门来了两个人，事前没有通知，是突然袭击。他们在三个楼里转了一圈儿，拉着长脸进了工地办公室，给晓丹他们下了一个限期整改通知书，后面写着罚款五百元。晓丹头一回经历这样的事儿，感觉问题很严重，趁那两个人去隔壁查看内业资料的工夫，给韩总打了一个电话。韩总接了，说："晓丹，你待在电话机旁边别走，过一会儿我就给你打回去。"不一会儿，韩总真的回了电话，他告诉晓丹："我和上边已经说好了，那两个人不还在你那儿吗，你招待他们一下，这样他们头头也好说话呃。"电话要放下时，韩总又补充了一句："一定要把他们答对好，怎么和你说呢，这些人贪玩啊！"

正是要吃晚饭的时间，经韩总这么一点拨，晓丹就邀请那两个人出去吃饭。两人假意推辞了一番，跟着去了。晓丹和周师傅领他们找了本市一家有名的饭店，要了一桌子好酒好菜，酒足饭饱之后，晓丹以为这就算"完活"了，就算办明白了，准备打道回府。周师傅悄悄地告诉他："不行呲，这些人在外边吃惯了，没有人拿你这一顿饭当回事儿，得领他们娱乐娱乐。"晓丹认为周师傅说的有道理，又领他们去了本市最大的白天鹅大舞厅。晓丹长这么大，头一回进舞厅。一进去，他看见过道两边站了两排打扮得花枝招展的漂亮女孩儿，抻着脖儿迎接进来的客人，像两排小燕子。宽敞的大厅里霓虹闪烁，乐曲飞扬。舞池中人很多，挤挤挨挨跟下饺子似的，正捉对儿跳得热火朝天。他们几个找个围桌坐下来，周师傅出去找来四个女孩，晓丹听人说过这些女孩需要付小费，推说自己不会跳舞，辞掉了一个。又一个舞曲响起来以后，周师傅他们下到舞池里，灯光忽然一点点暗下来，隐隐约约地能看见一对一对的黑影勾肩搭背，慢慢就黏到一起去了。一曲终了，周师傅他们回到围桌的时候，晓丹借口酒喝多了头疼，把一沓钱塞给周师傅，自己先走了。

回到工地办公室，他一个人待在屋里，一种缠绵的思念涌上心头。他想若兰了，是一种酸楚、揪心的刻骨相思，直想得心口窝儿隐隐作痛。太子屯的长辈们爱说一句话，二茬子光棍儿难熬啊！晓丹现在明白了这句话的含义。是挺难的，可是再难，自己也要挺着，男人来到世上，不只是来享受的，不能只想着男欢女爱儿女情长，不管是英雄豪杰也好，平民百姓也好，是男人他都应该干点儿事情，不然怎么叫男子汉大丈夫呢？晓丹很快又想到了自己要干的那件大事情，从自己说出在五里长汀上建一座大桥的话到现在，快两年了，眼前见到了希望，有了盼头，可是离实现自己的目标还很远，干好眼下的工程实现自己的夙愿才最最要紧。想到这，晓丹从工地办公室里走出来。夜色已深，繁星满天，银河如带。白日的暑热已完全消退，偶尔一阵清凉的微风吹过，身上感觉清清爽爽。工地太大了，二十几栋楼同时开工，现在矮的起到二层，高的起到了四五层，一幢幢高高低低的，把背影投在墨蓝色的天幕上，像是童话故事里的古代城堡。晓丹没有一点困意，绕着自己这三栋楼转了一圈儿。工棚里工人们睡下了，更夫在值更房里打起了瞌睡，整个工地上静悄悄的。因为没有像样的围挡，这里相当于一个开放式的工地。晓丹走到水泥棚子旁边时，看见一个黑影在搬水泥，知道是小偷，就从那人背后抄过去，那人正夹了一袋水泥往远处的一辆平板车上装，被晓丹堵了个正着。晓丹一声断喝："站住！"那人吓得"啊"了一声，水泥掉在地上。晓丹借着工地上的水银灯光一看，不是别人，原来是杨师傅。杨师傅这时也认出晓丹来，满脸羞愧，低头无语。晓丹说："杨师傅，这是干什么呀？你要用，尽管白天来拿，你要多少，我给你多少啊。""晓丹，人穷志短，我也是没办法。上回你救我一把，我躲过了牢狱之灾，可是单位并没放过我，把我开除了。现在我成了无业游民，家里老婆孩子要吃要穿，实在没辙，我才走这一步。我不用水泥，我这是拿回去，折腾着换两个钱花啊……晓丹，你怎么在这儿？"晓丹跟他三言五语说自己的经历，杨师傅就说："对不起你呀，晓丹，给你带来这么多的麻烦。"晓丹很轻松地一语带过："现在都过去了，没有事啦。杨师傅，你要是愿意，明天上我工地上来吧。我记得你是电工，正好我这里电工人手不够，你跟着一起干吧。"杨师傅喜出望外："真的呀……晓丹，让我怎么谢你呢。"

为了抓好工程进度和质量，晓丹让周师傅从家里搬来行李，和他一块儿住工地办公室，这样他们两人整天待在了工地上。晓丹知道周师傅什么事儿好糊弄，就领着他带上那个土建工程师，各个工序，各个工种，各个环节，一样一样地整改，有意扳周师傅的毛病，让他增强责任心，提高管理水平，一点点地见到了成效，逐渐走上了正轨。一天上午，晓丹和周师傅在办公室正看一张图纸，研究什么事儿，有个太子屯的青年跑进来向晓丹报告，说楼上打架了，栓柱和猫眼儿跟人家打起来了。晓丹和周师傅急忙跑出去。

栓柱和猫眼儿同在木工班，他们班长姓魏，比栓柱大几岁，是个急性子，说话张嘴就来，不会拐弯抹角。今天拆盒子的时候，他看见栓柱和猫眼儿支的模板涨盒子了，一肚子不高兴，嘴巴唧叽的："干的什么鸡巴活儿，不行就别出来混，回家哄孩子去。"栓柱申辩说："狗撵兔子似的，就差没撵出屎来，谁敢保证一点儿不出差。""哪来的那么多废话，赶紧扒。"他说完走了。不一会儿，他转一圈回来，看见栓柱和猫眼儿没扒，手里攥着錾子正在凿毛儿，气不打一处来，什么屯老二土老帽的，多难听的都说出来了，栓柱受不了这个，跟他顶起牛来，也说了些不中听的，结果两人动了手，魏班长嘴角出了血，栓柱手上破了一块皮儿。两人操起家什时，被旁边的人拉开了。旁边有人告诉魏班长："栓柱和包工头是铁哥们儿，你不看僧面看佛面，大不见小不见能过就过了吧。"魏班长听了，更是气不打一处来，吵吵巴火地："包工头算个鸟，我不管他是谁！他用我，我就这样管法，不用我这就倒地方，此地不养爷，还有养爷处啊。"晓丹和周师傅赶到时，魏班长以为人家是老乡，自己肯定要被臭骂一顿，可是晓丹问明白怎么回事儿后，把栓柱和猫眼儿狠狠地批评一顿，让他们按魏班长的意见办，马上把过梁扒掉。栓柱看着晓丹一脸严肃，知道不扒不行，死逼无奈扒了过梁。魏班长见晓丹不偏不倚，秉公办事，一点儿不念私情，不好意思地说："我也不对，嘴上没有个把门的，说了不少过头话，还把你也捎带上了。"晓丹大度地一笑："没有事儿，皇帝背后骂三声，我算个球。你今后就该这样管法，不管是谁，只要质量有问题，坚决按规范办事儿。要是有人敢不听，你来找我。"

晓丹和魏班长一走，太子屯过来的几个人凑一堆儿，议论开了："晓丹变了，不是从前那个晓丹喽!""是啊，他现在大小也算个老板，管着百十号人，钱厚了，腰粗了，脾气能不长吗?"就连猫眼儿也跟着说："就是啊，不管是对是错，怎么着他都应该给栓柱哥留个面儿，在这么多人跟前，训个狗血喷头，让栓柱哥的脸往哪儿搁!"听猫眼儿这么说，站在一边的栓柱立刻板了脸说："猫眼儿，你说什么呢？"猫眼儿吓了一跳，赶紧把话收回来："栓柱哥，我没别的意思，就是气不顺发点儿小牢骚。我挨剋没事儿，不是怕你想不开吗？""我不用你瞎操心！他们怎么说都行，你是丹哥看重的人，不能他们说什么你就说什么，瞎了丹哥对你的一片好心。"猫眼儿赶紧检讨："栓柱哥，我错了，下不为例。"

这天收工的时候，工人们陆陆续续从楼里出来，栓柱和猫眼儿手里拿着饭盒子，正准备去伙房打饭，晓丹从办公室出来，让他俩把饭盒送回工棚，领他俩走出工地。晓丹带栓柱和猫眼儿进了一家小酒馆，找张桌坐下，张罗着点过菜，对两人说："早想和你们出来唠会嗑儿，看你们整天累得够呛，一直没得空儿。今天的事儿，你们得理解我，别小看这么个工地，真正把它管好不容易！我这个管法，亲者严，疏者宽，谁都说不出啥来，往后我再管别人，也好说话啊！再说……"没等晓丹说完，栓柱哈哈笑起来："丹哥，你别想恁多吔，咱俩谁跟谁，你别说是批评我两句，就是动手打，我也是周瑜打黄盖，愿打愿挨。今天这个事儿，魏班长除了态度不大好，没别的毛病。""栓柱，你这么想就对了，过后你找魏班长唠一唠，跟他搞好关系，他这人就是脾气倔，人不坏。""没问题，丹哥，你放心，我能处理好这个事儿。"猫眼儿说："丹哥，今天我对你不理解，背后发了牢骚，对不住你。"晓丹笑说："猫眼儿，这不算事儿。搁我，还兴许说出更难听的呢！你们都理解我，这就好啊。"服务员把酒菜端上来，晓丹给两人斟酒，猫眼儿抢过去，为晓丹和栓柱倒满了一杯，才把自己的斟满。晓丹问道："栓柱，你跟占芳的事儿，有没有进展啊？"栓柱脸色阴阴的。猫眼儿在一边说："占峰横在中间，死活不同意。"晓丹笑了，端起酒杯："我说栓柱，这是好事啊，你愁什么，认我当师傅，我教你怎么办。""怎么办？""回去把人领过来不就结了，多简单个事儿。""我也想过，可是怕给你添麻烦。占芳真要是过来，占峰不会善罢甘休，我怕连累到你。"晓丹笑说："你这么说话就说远了。我哥哥死了以后，我就没了亲兄弟，早就拿你当成亲弟弟。你不必难心，哪天把占芳找过来。你要是早说，我早就让你回去领人啦。"栓柱喜上眉梢："那好，咱俩一言为定。"

晓丹把工地管理得井井有条，在他的严格要求下，全工地上上下下、各个工种都把工程质量当成一回事儿，三栋楼的管理状况有了一个明显的好转。晓丹以为，上次质量管理部门的人来，他们招待得挺好，对方挺高兴，这一回工程质量又有了一个很大提高，往后能有一段太平日子。可是他没有料到，城里的事情远比乡下来得复杂，盖楼和种地相比较，出力是一样的，却是更加费心劳神呵。

上次来过的那两个人，又到晓丹他们的工地来了，转一圈之后，给工地下了个停工通知单，说是上次通知他们限期整改，现在还是问题不少，整改不到位，让晓丹他们停两栋，留一栋干着，以观后效。晓丹和周师傅碰过以后，知道人家还是挑理了。这回他和周师傅又把那两人请到了一家更高级的酒店，又像上回一样好酒好饭款待一番，不同的是他让周师傅准备了两个信封，里面各装了一沓钱，都喝得晕乎乎的时候塞给了那两个人。那两人假意推让一番之后收下了。人一高兴，话也多起来，其中一个说："我们不差这个，关键是你们眼里得有我们，得拿我们当回事儿！以后咱们就是朋友，烟酒不分家，钱也不分家，今个我花你两个，明个你花我两个，朋友吗，不必分那么清呵——那个通知单，你们自己扯了吧。"另一个人问晓丹："你有些本事啊，这几栋楼，从谁手里要下来的？"晓丹知道不能把韩总递出去，搪塞说："一个朋友。""一个朋友，上了多少贡啊？"晓丹一笑，反问道："你猜呢？"那人伸出两个手指头："没有两个数下不来呀。"晓丹知道他说的是两万，耳边像是响起一声炸雷，心里边一下子惊醒了。韩总帮了自己这么多忙儿，自己还没有一点表示，压根儿没往这上面想。韩总现在怎么看自己，彻头彻尾的屯老二，纯粹死木头疙瘩一个呀！事后，他让会计准备两万元钱现金，周师傅问他干什么，他说你别问了，有用。

晚上，他拎一个布兜子，里面鼓鼓囊囊装了两万元钱，全是十元一张的老头票儿。走在街上，晓丹浑身不自在，他长这么大，头一回给别人家送礼，感觉像是做贼，路边的行人都在看他的兜子，都知道里面装的是钱，都知道他今晚是去送礼的。他发誓只送这一次，今后再不会送第二次，任何什么事儿做不成也再不干这种见不得人的勾当。晓丹装修时记住了韩总家在四楼，他走到三楼，刚拐过缓步台，韩总家的屋门突然开了，一个人从里边出来，韩总跟在后边，使劲推着那人。走廊里黑乎乎的，知道韩总看不着他，晓丹急忙转身下楼。在楼外边，看见那人从楼洞里钻出来，走远了，晓丹犹豫了一阵子。还上去不呢？上去不好意思，不上去干啥来了？经过一番斗争，晓丹心一横，又快步进了楼洞，上去敲响了韩总家门。

韩总开门，看晓丹拎一个兜子，一副局促不安的样子，心里猜个八九不离十，一边把他让进去一边笑道："鄢晓丹，你干什么来啦？"晓丹故作镇静地坐到沙发里，把钱从兜子里掏出来放到茶几上，说："韩总，就这点意思，你一定要收下。"韩总哈哈大笑，笑得晓丹有点儿发毛。韩总说："这些年，市里起了这么多的高楼，哪一栋楼底下不压着一桩秘密呢？社会就像一个大染缸，为官多年，我最大的失败是沾染了一些陋习，最大的成功是守住了一条底线，这条底线就是我从来没收过一份礼，无论钱还是物都没收过。钱是好东西，但是做人不能贪得无厌，是我的，我拿着，不是我的，一分钱也不能多要。中国人要是人人只认钱，咱们这个国家还有前途吗？咱们这个民族还有希望吗？你快把钱收起来，不然我要下逐客令啦!"晓丹看出韩总是认真的，没有半句假话，就把钱又装进兜子里，不好意思地说："那行，一会儿我拿走。"韩总又说："晓丹，你别想太多。我之所以帮你，一方面是看你舅舅的面儿，还他一个人情。另一方面，是我看好你这个人。给我装修这个房子的时候，我对你印象就好。你据理力争和我谈工钱，你头脑灵活解决地板出现的问题，你挑灯夜战能吃苦，都给我留下深刻印象，更主要的是你诚实、正直、善良，身上有不少现在年轻人没有的优秀品质，这比什么都珍贵啊！记住我的话，现在这个社会，缺少的就是这些东西。今天给我送钱，这不像你做的事儿，头一回我原谅你，要是有第二次，我就不会再跟你打任何交道。"韩总一席话，说得晓丹羞愧难当，他诚恳地说："韩总，你的话，我记住了，我要记一辈子。"韩总又跟晓丹说了两件事儿，他说："一个是工程上的，市里质量监督部门对你印象不错，让你从三栋楼当中选一栋好的，多下一些功夫，准备建成市里边的全优样板工程。再一个是你个人的事儿，我认识的市里那个领导已经跟县里打过招呼，说了你的事儿，他还让你写一份申述材料，他要在上边签个字，再转给县里边的领导，这样效果更好。"晓丹连声道谢，拎起钱兜子，告辞出来。

杨师傅到了工地上，表现很好，兢兢业业，早来晚走，晓丹觉得杨师傅有点屈，他的事儿跟自己不一样，没有人整他坏他，申述一下可能有翻盘的机会。有一天，他替杨师傅写好一封上访信，领他去了市劳动局信访处，在那里做了申述，要求复职。接待人员作了登记，说杨师傅这种情况有点儿希望，但要和企业与主管部门沟通协调。这个事儿虽几经周折，没想到后来居然办成了。离开工地那天，杨师傅拉着晓丹的手，说了许多感谢的话，说着说着眼泪就下来了："晓丹，没想到啊，去一趟太子屯，交了你这么一个珍贵的朋友，值了！我坑过你，你不计较不说，反过来以德报怨，像你心眼儿这么好使的人，少啊!"晓丹平淡地："不算啥吔。那个时候，你又不是故意的。"办过杨师傅这件事儿，晓丹像是完成了一个重要的任务，虽然和自己没什么关系，心里边还是挺舒服。

这天，晓丹在工地办公室，一个工人进来说外边有人找他。晓丹问："谁，你让他进来。"那人出去又回来，说来人不肯进来，非得让你出去。晓丹有点纳闷儿，心想能是谁呢？就出去了。他拐过一垛红砖，看见齐大虎站在后面的阴影里，一副难为情的样子。见晓丹走近了，他一上来就说了一串赔礼道歉的话："丹哥，真是不好意思，这两年对不起你，一直跟着占峰跑，跟你作对，我是有眼无珠不识好赖人啊！上回来抓你和若兰，把若兰带了回去，对你伤害不轻。看我父亲的面儿也好，看乡里乡亲的面儿也好，你给我个改正的机会。大人不记小人过，君子不和小人斗……"晓丹耳朵软，戗不住别人三句好话，没等齐大虎说完，晓丹果然打断他："大虎啊，你找我有事啊？有事儿你就说，乡里乡亲的不用这么客气。"听晓丹这么说，齐大虎就把来意说了，他说村里一下子来这么多人，听说收入挺高的，他也想跟晓丹干。晓丹问道："你能脱离开吗，磨米房那一大摊子谁干呢?""我爸他体格还好，他一个人干得了。""这里活儿挺累的……""没事，我不怕累。""你要是愿意，那就过来吧。"齐大虎高兴地说："我愿意，他们能干了，我指定没问题。"

齐大虎住进了工棚，过不几天，他就把如何跟占峰闹掰，当初占峰和占喜如何让他跟他们那些本家弟兄栽赃陷害晓丹的事儿，都抖搂出来。晓丹拍着齐大虎的肩膀说："大虎啊，我知道你是跟着占峰跑，主意都是占峰一个人出的，我不怪你。你能写个材料不，把你说的这些事儿都写进去。你要是觉得为难，那就算了，这不是条件，没有强迫你的意思，我的话你听懂没?”齐大虎说:“我明白,就算你不让我写,我也要写出来,以前我对不起你,这回我要立功赎罪。”

晓丹自己写好申述材料,连同齐大虎写的那些东西,一块儿交到韩总手里。韩总看过说:“这样子好,这事儿快有眉目了,你就等着好消息吧。”果然过不几天,韩总给他来个电话,说县里已经着手调查处理你的案子,让晓丹回去一趟,配合调查组接受调查。晓丹大喜过望,他把工作仔仔细细地跟周师傅作了交代,找栓柱核计之后,决定一块儿回一趟太子屯。

19

太子屯这边,王治保放走晓丹的那个早晨,占峰到了大队,当时气得直翻白眼儿。他毫不顾忌王治保是自己的长辈,说出一长串不堪入耳的狠话:“你这么多年的高粱籽白吃了,不分拐儿,不知道灰热火热!你要是不想干,赶紧说痛快话,趁早儿倒地方。别看你干这么些年,可在我眼里你啥都不是,闭着眼睛随便拽一个人上来也比你强!你占着茅房不拉屎……不是不拉屎,是不拉人屎啊!”占喜在一边听不下去,直觉得脸皮火烧火燎的,知道王治保更难堪,便溜了。王治保实在是下不来台,脸红一阵白一阵,恨不得脚底下有条地缝儿钻进去,后来他见占峰说个没完没了,把钥匙串往办公桌上一扔,头也不回出了大队部,之后一连许多天不来。妇女主任还没回来,这回捎话儿说是不回来了,还要把丈夫也领走。大队就剩下占峰和占喜两个人,冷清得很。这很随占峰的意,现在不管遇上什么事儿,他都可以黑瞎子打立正——一手遮天了。

没几天,太子屯出了一件蹊跷事儿。这天早上占峰和占喜都在村委会,邮递员来了,交给他俩一张数额巨大的汇款单,三万元,收款人写的是太子屯村委会，寄款人署名远方，上面有个简短的说明：资助太子屯修路款。占峰和占喜猜测了半天，也没猜出这个叫远方的人是谁。占峰贼胆包天，跟占喜说，路暂时修不了，既然连个寄款人都找不着，这钱咱俩先用着。他把钱取回来，分给占喜两千，剩下的揣进了自己的腰包。他嘱咐占喜说："你千万不要声张，这个事儿就咱俩知道，别告诉任何人。"他用这个钱先买了一辆"幸福 250"摩托车。他早就想买，可是前些日子又是盖楼又是修坟的，钱不凑手。现在有了摩托车，出村进村真是方便。有村民说："咱们村长现在真神气，后屁股一冒烟，箭打的似的，一下子窜出去老远。"钱攥在手里，不能让它睡大觉，占峰想着如何才能让这钱生钱。他骑着摩托车去了趟县城，找到那个姓赵的同学，和他商量要做点儿生意。赵同学说："你放我这不就结了，搞土建搞装修，比干啥都来钱快。亲兄弟明算账，我给你三分利，咱俩签协议，明年这个时候你指定把钱拿回去。"占峰一算计，三万元一年能拿到一万多元的利息，就同意了，回来凑足三万元钱送给了他。

晓丹走一个多月以后，若兰怀孕了，她知道，自己在太子屯待不下去了。母亲跟她说："天儿一天比一天凉了，等过了中秋，咱俩去趟县城。"

若兰知道母亲是领她去医院，态度很坚决："我不去。"

"若兰，你该替你爸想一想，他当了这么些年领导，整天给人家讲计划生育，现在连自己的女儿都弄不明白，往后还怎么在公社那边待下去。"

"我和晓丹是自由恋爱，哪一条都符合计划生育政策，我生孩子光明正大。"

"那你该替我想一想，没结婚就怀了孩子，腆个肚子出来进去的，这叫什么事儿，你让我这张老脸往哪儿搁呢！"

"我想好了，我去城里找晓丹。"

母亲正色说："你爸说了，不准你去，你别惹他生气。"

"那我自己找个地方，把孩子生了。"

母亲了解自己的女儿，知道说不了她，态度软乎下来："二宝没了，妈不愿意你再离开我。"

若兰眼圈儿一红说："妈，我也不愿离开你。"

"你爸猜对了，知道你不会拿回头，他给你找了个地方。"

"什么地方?"

"蜂蜜屯。"

"挺好听的名字啊。"

母亲的嘴巴终于包不住牙齿，哽咽着说："只怕你往后的日子，比黄连还要苦呵!"

仲秋里的一个清晨，一辆手扶拖拉机停在若兰家门前。开车的小伙子很快穿过庭院，进屋帮着拎了两个包袱出来。若兰穿好肥大的厚厚实实的棉衣，脖子上扎了个红色的丝巾，走出屋门时，回头看了一眼母亲，突然跑回来，和她抱在一起。她嘱咐母亲说："妈，你一个人在家，注意身体，多保重。"母亲紧紧地搂着女儿："若兰，养你这么个一根筋的死鬼，我拿你没办法啊！你先过去吧，等过些日子，秋收忙过了，我再去陪你。"若兰走出屋子，眼窝红红的。母亲没有送若兰，哈趴在炕上，头埋在臂弯里，肩头一起一伏地抽搐着。

拖拉机"突突突"地启动了，若兰坐在铺了棉垫子的横担木上，叮嘱道："慢点开。"

小伙儿说："我知道。"

拖拉机沿着头道街，开向后沟口。若兰坐在上面，一副迷惘的目光，看着眼前的古老村庄——太子屯笼罩在晨雾里，村民们尚在温柔的梦乡中，头道街空荡荡的没有一个行人。一阵冷风袭来，若兰打一个冷战，用力裹紧了身上的棉衣。拖拉机很快开出村子，蜿蜒在后沟口没有修完的砂土路上，巍峨耸立的西大砬子迎面而来。砬根底下，上次爆破之后产生的土石方还没有清除干净，拖拉机走在上面颠颠簸簸摇摇晃晃的，若兰默默地望着西大砬子，想了很多很远。她想起了死去的弟弟二宝，感叹着命运的残酷无情；想到自己和晓丹的事儿，因为父亲反对，因为二宝这个事故，有情人难成眷属；又想到自己将要在一个陌生的地方一个人生活很长时间，若兰的心揪起来，一种强烈的孤独感弥漫在她的全身，她自怜自艾，发出一声长长的叹息。

开车的小伙子一直沉默寡言，这工夫他跟若兰唠了几句闲话："这条路为什么不修啦?"

若兰说："差钱。"

“修完多好啊，去俺们蜂蜜屯，去山里别的地方，都方便多了。”

“你是蜂蜜屯人？认识俺们太子屯谁——认识我父亲？是他让你来接我的？”

“别人谁我都不认识，就认识你们这儿一个人，叫鄢晓丹。他长得好，为人也好啊……我们公社书记选驸马，他只在蜂蜜砬子待不长时间，一眼就相中了他。书记女儿像是一个画里边的人，和你比绝不在你之下，追求的人一拨一拨的，你猜怎么样？天大的好事儿，别人打灯笼找不着，他愣是不干！”

若兰听了心里一惊，她没说自己是谁，也没说她和晓丹的关系。想到他们分开的日子，晓丹一直在等着自己，她心里涌起一股暖流，很快流遍了全身。现在她觉得自己浑身都有了力量，自己没有选错人，把自己的一生托付给这样的人是放心的，为他作出任何牺牲都是值得的，即便前边有再大的坎坷，往后的日子再艰难，都算不得什么呀！

在蜂蜜屯，若兰住着一间闲房子，柴米油盐一样不少，都是父亲一手安排好的。在家时她经常做家务，现在自己照顾自己，生活倒也不成问题，只是一个人闲下来的时候，一种无边的寂寞笼罩着她，让她感到既无助又无奈。她希望晓丹的案子快点结下了，早点儿把自己洗刷干净，还事情的本来面目。希望父母尽快回心转意，从心里边接受晓丹，接受他们两人的婚姻。希望顺顺利利地把孩子生下来，她和晓丹还有孩子这个小家庭被父母和外界认可，过上普通人的正常生活。她对未来还有许许多多期许，这些期许支撑着她生活的信心。

蜂蜜屯的人不知底细，都知道村里来了一个给亲属看房的俊媳妇，丈夫在城里打工，具体怎么回事儿，他们并不知情。有一天上午，若兰去小卖部买酱油，和晓丹舅妈打个照面，站下来唠几句嗑儿，听说若兰来自太子屯，话儿自然多起了，话一唠开就什么都知道了。舅妈不由分说把若兰拽到家里，舅舅一听说来人是自己外甥媳妇，热乎得不得了，硬是把她推上炕里，嘘长问短的，让若兰感受到一股浓浓的很久没有体会到的亲情。

舅舅问：“为什么不去城里找晓丹啊？”

“我答应过爸妈，不去城里找晓丹。”

舅妈说：“孩子，你一个人在这不行吔，真的到了那天怎么办呢？”

“过些日子，我妈能来。”

舅妈说：“闺女，以前不知道咋回事儿，这回知道了，你常家来坐坐——你要是愿意，干脆搬过来吧。”

“不用。”若兰不愿意给别人添麻烦。

舅舅说：“若兰，有句话我不知该说不该说，你爸你妈不该这样对你，父母爱孩子，不是他们这个爱法儿。去城里找晓丹吧，别前怕狼后怕虎，别怕连累晓丹，这个时候他最应该在你身边，他有责任照顾你。”

“我现在这样儿，走也不方便，那么大个城市，又不知他在哪儿，怕是不好找呃？”

舅舅说：“我领你去，哪一天都行。”

“那就等个一半天，去一趟。”

若兰告辞时，舅妈说：“拿点菜回去吧，白菜、萝卜、土豆子，什么都拿点儿。”

“我都有，啥也不缺吔。”

舅舅说：“柴禾有吗？天凉了，今早儿下了霜，你得多烧点儿。”

“柴禾也有，炕也热乎。”

舅妈说：“有刚拉的汤子面，你拿点吧，挺多的呢，俺俩一时半会儿吃不了。”

若兰喜欢这一口，点头说：“那我就不客气了。”

若兰端着一小盆汤子面，里面放一个汤子套儿，还有一罐头瓶酱缸咸菜，回来了。她决定跟晓丹舅舅去城里一趟，因为这个主意的缘故，若兰的脚步轻快多了，心里敞亮多了。有点儿像小的时候盼过年，心里边充满了憧憬和期待。回到家里已是中午，她点着柴灶，坐上水，响边的时候，下里几个面团儿，等一会儿捞到盆里和均匀，然后像模像样地攥出又细又长的汤子条儿。

回里屋吃饭的时候，天棚上落下来一只蜘蛛，若兰急忙伸手把它接住了。那个小家伙发现自己处于危险的境地，疾速地滑落到炕上，惊慌失措地仓皇逃窜。这是一只喜蛛，若兰不想伤害它，希望它能给自己带来点什么。它能给自己带来什么呢？早报喜，晚报财，不早不晚有人来。现在是中午，不早不晚，会有人来这里吗？若兰想自己来蜂蜜屯，除了父母，没有别人知道，不会有人来看自己，父亲也不会来，母亲要等秋收过后，她想到了晓丹，也许他今天来舅舅家串门儿，那样的话，舅舅舅妈就能喊自己过去，她和晓丹就能见面了。她真的希望民间这个说法这回能应验，真的希望那个小家伙能给自己带来好运气呀。

若兰刚吃过饭，收拾碗筷的时候，真的有人来了。她听见院子外边有摩托车的响声，不一会儿有人敲她家屋门。她出去开门，看见占峰晃着八字步走进来。若兰堵在门口，淡淡地："你怎么来啦？"

占峰回身从车上拎下来一大包东西，里面有鱼、肉、蛋，另外还有一桶豆油。他贴着门边进屋里，把东西放到墙角地上，扑拉扑拉手说："看看你呀，不欢迎吗？"

"你有事啊？"

"没事儿，就是看看你，想和你唠唠嗑儿。"

"那你说吧。"

占峰看一眼地桌上的暖瓶说："你给我倒杯水吧。"

若兰去外屋地拿了一个饭碗，倒了水，占峰伸手来接，若兰并未递给他，放到了占峰身边的炕沿上。

占峰端起喝了一口说："你知道，这两年我一直没找对象，有不少介绍的，我连看都没看。"

若兰冷淡地："有合适的，赶紧找一个。"

"我在等你，等你回心转意的那一天。"

若兰干脆地说："你别等啦，怎么可能啊！"

占峰平日很少废话，这时变得磨叨起来："若兰，我不管你之前如何如何，不计较你和晓丹之间发生过什么，甚至不在意你是否怀了孕，我和你保证，只要你答应我，我以后照样对你好，就跟什么都没发生一样。"

这些话若兰以前听过有几回了，她苦笑一下，把头拧向一边，不看占峰。

"若兰，我不比晓丹差。晓丹能做到的，我都能做到。晓丹能给你的，我都能给你。"

"占峰，不是那么回事。我和你说过，咱俩在一起，我没那种感觉。相反，心上却像是压着一块石头。"

"时间长了，会有感觉的。你再给我一次机会。"

若兰斩钉截铁："我给不了……我不能够……我做不到！"

见若兰如此决绝，占峰脸色一下子变得很难看，说："我真后悔，后悔咱俩处对象的时候，没有强迫你，没把生米做成熟饭。"

若兰侧目道："你要是那样，我更瞧不起你！"

占峰的表情突然变得很恐怖，眼中放出凶光："反正在你眼里，我已经不算个好人了……"他说着，伸手去拽若兰。

若兰一甩胳膊，退后一步怒斥道："占峰，你干什么？现在在我的眼里，你还是个男人，是条汉子；如果你这样，你就是个流氓、地赖，是个混蛋！"

占峰不再说话，抱住若兰往炕上拖。若兰死命反抗，可她跟占峰体力相差悬殊，三下两下之后便气喘吁吁，没有了还手之力，只能一边使劲推他，一边大声喊叫："来人呐——来人呐——有流氓！"

危急时刻，突然有人开门进来，是晓丹的舅舅舅妈。晓丹舅舅看见墙角有一把铁锹，操起来怒视着占峰，吼道："给我住手！"占峰横眉立目地看了两个老人一眼，像是坏脾气要发作，可自知理亏，又人生地不熟，不敢任性，便靠着墙根儿溜到门口，跑出屋去。在院子里，他一脚揣着火，慌里慌张跨上摩托车，给上最大的油门，一溜烟地跑了。

看着占峰走了，若兰才觉出自己的小肚子疼得厉害。她用手捂着，一点点地挪到炕边，半站半趴在那里，脸儿侧楞着伏在炕上，额头上、面颊上沁出细密的汗珠来。舅妈看她脸色很难看，满脸汗津津的，知道事儿不妙，冲老伴儿喊道："赶紧去找个半截车拖拉机什么的，送她上公社卫生院。"

几天之后，若兰拖着疲惫虚弱的身子离开了蜂蜜屯。占峰这一次虽然没得手，但却带来两个严重的后果：一个是若兰流产；再一个是陈书记知道这个事儿之后，虽然没找占峰说道说道，而是好言好语安慰女儿把事情压了下去，但在心里边对占峰的印象有了彻底的改变。陈书记做村官近二十年，说他故步自封也好，说他独断专行也好，但经济上可说是两袖清风。一段时期以来，他眼看着占峰又是盖楼又是修坟的，在错误的路上越滑越远，任谁说也不听，已经懊悔自己看错了他。这回占峰胆大妄为，竟然欺负到自己女儿的头上来了，陈书记岂能善罢甘休。

离新年还有一个多月的时候，县里边开了一个规模很大的三级干部会议，占峰也参加了。在一个电影院里，会议要结束的时候，县委书记坐在主席台上，说了下面一段话："暖河子公社的王书记来了吧，你们太子屯有个叫鄢晓丹的青年，有什么问题呀，左一回右一回抓人家？我看过那个案卷，里面疑点很多，有很多不实之词。在你们暖河子，捏造一个假案轻而易举，要推翻怎么就这么难！这个案子惊动了市里边的领导，直接过问这个事儿，事情很严重啊！我们不干预司法办案，也没有那个权利。但是我们有监督的责任和义务，建议司法部门把那个案子重新查一下，查个一清二楚水落石出。抛开这个案子不说，鄢晓丹是个不错的青年，他在城里包了几栋楼，从太子屯拉出去十来号人进城务工，这是个新生事物，也可以说是个好苗头，在太子屯大队，在暖河子公社开了一个先河。他一下子领出这么些人，工程结束每个人都能腰包鼓鼓地回到太子屯，这在周围十里八村树立了一个榜样，农民可以到城里去打工，农民可以离开土地挣钱。咱们农村，咱们农民，几千年来祖祖辈辈土里刨食靠天吃饭，现在改革开放了，农民也能离开土地，也能去城里挣工资，这是个了不起的变化啊！从这一点上说，鄢晓丹功大莫焉。"县委书记讲的话，占峰坐在下面一字不落地听进耳朵里，屁股底下像是长了疖子有点儿坐不住。电影院里暖暖乎乎的，可他后脊梁一阵阵发凉，心里边一个劲地打冷战。陈书记也参加了这个会议，他也坐不住了，县委书记的讲话像是敲鼓一样咕咚咕咚地捶在他的心上，以前自己为了拆散若兰和晓丹，把事情做过了头，现在必须悬崖勒马啦！

从县里回来以后，占峰一连几天心事重重，无精打采。王治保还没回大队。占峰知道自己那天在气头上，话说得过重，他还记在心里，可自己不会说软乎话儿，不愿赔礼道歉，由他去吧。齐大虎上城里去了，估计现在和晓丹打得火热，没准儿把那些见不得人的事儿都跟晓丹抖搂出来了。陈书记从打去公社，每个星期都回太子屯一趟，以前哪次回来都到大队坐一坐，和他唠会嗑儿。自己建了小楼修了坟，陈书记来得就很少了；出了蜂蜜屯那个事情以后，干脆一趟都不来了。他感觉到，陈书记在背后已经开始报复他。占峰越想越郁闷，有一种孤家寡人走上穷途末路的感觉。

以前占喜一直在隔壁办公，见王治保迟迟不来，占峰让他搬到自己屋里，不然自己连个说话的人都没有了。占喜很敏感，知道形势有点儿不妙，提醒占峰："无事防备有事，有备才能无患，无论啥事儿都要有个准备好啊!"占喜的话点醒了占峰，他让占喜从卷柜里拿出一堆财务账，两人挑出来一部分，烧掉了。占峰说："占喜，你再帮我想一想，还有哪些漏洞，咱们堵一堵。咱俩现在是一条绳上的蚂蚱，我倒了，你也跑不了。"占喜说："最主要的是那笔三万元的汇款，可能是晓丹汇过来的，怎么办?"占喜这句话触到占峰的心病上，他不肯承认自己占用了那笔钱，气急败坏地说："占喜，这两年咱们一块儿造了多少钱，你不知道吗?往后压根儿不用提这个茬儿。"意识到自己有点儿太冲动，身边只剩下占喜一个知近的人，他语气和缓下来，安抚占喜说："天塌下来，有大个顶着，你怕个什么?你能有今天，还不是多亏了我。"

桌上的电话响了，占峰拿起话筒，是公社王书记打来的。王书记在电话里说："占峰，县里最近要下来一个联合调查组，要重查二宝那个案子。鄢晓丹写了上访材料，里边收集了不少自己无罪的证据，这件事儿我一直没过问，不知当初你和陈书记当初怎么搞的，现在外边说什么的都有，还有人说你和陈书记是诬陷鄢晓丹。另外一件事儿，有人反映你经济不清，公社纪检组这两天也要下去调查。不管有没有问题，你都要正确对待，认真准备接受调查，我希望你在这方面是没有问题的。"占峰一连说了好几个没有，可是他自己都觉得自己说话底气不足。

挂断电话后，占峰站起来，在屋里来来回回地踱步，神色有点儿慌乱，脑子里乱糟糟的。这三万元钱，最是不好处理呀。这笔钱是晓丹汇来的，他早就想到了，只是从来没说破。别的不说，只这三万元，就够打罪的了，判个四五年都够。没有别的办法，必须现在要回来，应付过这一关。占喜出去了，他拿起电话，举到嘴边时心里产生一股担忧，如果这个钱要不回来，自己就难受了。他的担忧很快就变成了现实。电话那边一口回绝了他："不是说好好的，一年以后吗。""不行，一天也不能等，必须现在。""钱已经投在了工程上，现在没有。""老同学，想想办法吧，无论如何帮我渡过这一关。""没办法，甲方抠门得要死，我现在还到处借钱呢。""就是借，你也要给我弄来三万元。""坚持一下，工程结束咱们就有钱了。”占峰吼道：“等工程结束，你上监狱去找我吧!”对方不温不火：“老同学，我听出来你摊上事了，你过来一趟，我认识一位大师，看事看得准，我领你过去让他给你算一算，他一定有帮你解的办法。”

如今社会上冒出许多神算大师，几乎在全国各地生根开花，且信徒无数。占峰本来不信那一套，把死人说活了他都不信，可现在摊上事了，他想试一试，就去了县里。赵同学领他见了大师，大师问过占峰生辰八字，细细看了面相，说他有血光之灾。占峰把兜里的钱都掏了出来，放到大师眼前的茶几上。大师把钱塞回占峰手里，说无解之灾，点破为止，概不收钱。

两人出来，赵同学说：“狗屁大师，徒有声名。占峰，你不必犯愁，不就那个鄢晓丹吗？我找几个弟兄，收拾他一通。”

“收拾一通顶个屁用，过后遭罪的还是我啊。”

“那你想怎么样，跟我直说，咱哥俩没有不能说的话吔。”

“我说了你恐怕也是没辙，我想……”

“想要做了他也能。我身边朋友不少，就是没有好人哪！有地痞流氓，有刚从监狱里放出来的，这些人要钱不要命，你要是肯出大价钱，我找人接你这个活儿。”

占峰像是打了一支强心剂，突然振作起精神来：“你说吧，需要多钱，我出。”

20

晓丹出事儿是在傍晚。天刚黑下来，工人们从楼里边出来，已经吃过晚饭。栓柱、猫眼儿和齐大虎他们正在工棚里打扑克，每个人脸上都贴着好几张纸条。周师傅坐在工地办公室里，桌上摆一个半导体，他一边拿根牙签剔牙，一边听里边田连元播讲的评书《杨家将》。晓丹早就养成了习惯，每天晚上绕自己的工地走一圈。他走到一处背静的地段，迎面过来三个男子，来到他身边时，三个人突然围住他一齐扑上来。晓丹没有防备，又是一个对三个，两只胳膊被他们抓得死死的，动弹不得，他被拖向道边的一辆面包车。

杨师傅回矿上上班以后，因为住得近勉，晚上经常来工地，和晓丹唠会儿嗑。他走到这个地方，刚好看到晓丹被那几个人抓住了，晓丹撕撕掳掳地顽强抵抗着。杨师傅这个人除了对女人敢下手，在其他方面本来十分胆小懦弱，可这一回他没有一点儿的犹豫和胆怯，一边大喊大叫，一边奋不顾身地冲上去。这三个人都是亡命之徒，一个个心狠手辣，因为赵老板有话，活要见人死要见尸，所以未对晓丹下死手，准备把他绑架回去。谁知半路杀出个程咬金，杨师傅突然冒出来，三个人对他可没像对晓丹那么客气，等他靠近了，其中一个人彪形大汉冲他脸上猛击一拳，杨师傅立刻鼻口穿血，脸上血葫芦一般。他拼死扑向那人，身后又有人拿起一块砖头，使劲拍在他脑袋上。杨师傅惨叫了一声，倒在地上。他只觉得脑袋里边嗡嗡响，像是要爆炸一般，可他还是紧紧抱住了那人一条腿。杨师傅拼死抵抗，为栓柱和周师傅他们赢得了时间。

这个地方离工棚也就三四十步远，栓柱他们听见杨师傅的喊声，撇下手里的扑克牌跑出工棚。周师傅也听到了，和栓柱他们一起朝这边跑过来。那三个人其中一个被杨师傅抱住一条腿脱身不得，剩下两个丢下晓丹赶紧撤退，慌里慌张往面包车里挤，后面的一个被晓丹一脚踹倒在地上，另一个被晓丹从车门上一把拽下来，只有面包车一溜烟地跑远了。栓柱他们过来，将那几个人一阵拳打脚踢，然后送了派出所。晓丹把杨师傅送到医院，好在他并无大碍，只是脑袋上受点儿轻伤，还有轻微的脑震荡，医生给他上药的时候，晓丹说："杨师傅，平日没看出来啊，关键的时候你真能冲上去，多亏了你呀。"杨师傅笑了说："我亏欠你的太多，总想报答你，这回赶上了，豁出命我也要帮你一把。"

占峰在太子屯焦急地等待着消息，等来等去，等来老同学一个电话，告诉他接活儿的几个人失手了，被人抓了活口。他在电话里还骂了一通："妈了个臭逼的，这几个笨蛋，什么也干不了，成事不足败事有余！占峰，他们可能把咱俩供出去，这叫雇凶杀人，不是小事儿，你要早作打算。”占峰气急败坏，把对方前边的话几乎原封不动地重复了一遍：“你也是个笨蛋，什么也干不了，成事不足败事有余!”摔下话筒，占峰觉得自己脑袋一下子大了不少。他后悔了，悔不该这么莽撞，现在等于是自己把自己逼上了绝路啊！坐在大队部的办公室里，电话响起时他会吓一跳，有人敲门时他会一激灵。整日惴惴不安，不知如何是好。

这一天傍晌午，占峰坐在大队部里正在犯愁，占喜进来告诉他，晓丹和栓柱回来了。听到这个消息占峰心惊肉跳，他知道，这一天迟早会来；他还知道，自己面临一次重大而艰难的抉择。晓丹一回来，这三万元就成了秃脑瓜儿的虱子，必然要摆到桌面上；杀人灭口的事儿要是被捅出来，罪名更是不轻，蹲笆篱子的滋味不好受，那里面不是人待的地方啊！无论如何不能死挺着，可是怎么办呢？占峰思来想去，始终一筹莫展。这个时候他的目光落在窗台上面一把尖刀上，痴痴呆呆地看了半天。那把刀是杨师傅来的时候杀狗用的，在阳光照射下闪闪发亮，刀刃锋利无比。占峰把尖刀拿在手里玩了一会儿，挺阴险地一笑，眼里射出一缕凶光。只有杀了晓丹，或许能躲过这一劫，想到这，他决定走一招险棋。与其束手被擒，不如放手一搏。占喜在一边看见他拿着尖刀的表情，吓了一大跳。占峰问占喜：“跟我去杀个人，你敢不敢。”“杀谁?”“把他杀了，咱俩就没事了。”占喜知道占峰说的晓丹，吓得连连摆手：“我不敢。大哥，我劝你也别走绝路。”占峰气得连骂了占喜好几遍窝囊废，一个人拿着刀出去了。他先去的晓丹家，又打听了几个人之后，奔向后沟口。

西大砬子山下，晓丹沿着弯弯曲曲的小路，走向一条沟里。他回到太子屯，在家门口打个站，连屋门也没进，就奔自家的墓地来了。这是个挺暖和的午后，太阳暖暖地照着，长长的沟筒子，一个人影也没有。晓丹心情很好，几年的冤案即将昭雪，满天的阴霾就要散去，红亮亮的太阳已经露出了她妩媚的笑脸，好日子就要到了，晓丹怎么能不高兴呢！当他走近一片柞树林，从里面突然走出一个人来，横在道当央。晓丹见是占峰，吃了一惊 ，问道：“你怎么在这儿?”

占峰阴阳怪气地说：“听说你回来了，有人告诉我你上了后沟，我就跑了过来，在这儿等你。”

看出占峰一脸杀气，晓丹警觉地："你要干什么？"

"跟你算算账。晓丹，你欺人太甚！我结婚的头一个晚上，你领走了若兰，要不是你，我和若兰现在是一家人，你毁了我这一辈子！这叫夺妻之恨，世界上任何一个男人，都咽不下这口气呀！"

"占峰，你想事情别这么孤拐……"

"晓丹，你听我说。如果你肯听我一句话，向后转，别进太子屯的街面儿，你我之间所有的新账旧账一笔勾销，一了百了。前边吃过天大的亏，我王占峰都认了。"

"占峰，别这样，你有事说事，咱俩敞开心胸把话说开。"

"你让我说什么呢？明天调查组来太子屯，你的好日子就要来了，可对我来说，却是大难临头啦。"

"占峰，如果那个事真是你干的，我可以替你求情，不追究你什么责任。"晓丹说起自己被暗算的事儿，他现在还不知道占峰贪污了他的三万元捐款。

"你以为我是三岁两岁的小孩子，你以为我会相信你的话，我没那么幼稚啊——赶快回答我，你走还是不走？"

晓丹摊开两手，头拧向一边，无可奈何地说："占峰，你这么固执，我没办法……"

"你真的不肯离开太子屯？"

晓丹点头。

"你不后悔？"

晓丹听出了占峰后面这两句问话的分量，仍旧坚定地答道："不悔！"

"太子屯有我没你，有你没我！"占峰说毕凶相毕露，从腰后拔出那把尖刀来，恶狠狠地朝晓丹扑过去。

陈书记这一段时间很忙，一连好多天没回太子屯，打电话回来说要和若兰好好谈一次，可一直没见人影儿。若兰等着父亲，不知他这回要和自己说什么，等来等去，等来父亲一封信，是村里人从公社捎回来的。若兰坐自家炕沿上，细细看起来。陈书记在信中跟若兰说："天底下的父母，没有一个不希望自己的孩子好，我反对你跟晓丹搞对象，也是为你好。因为我以前一直以为，占峰跟晓丹比，更有发展更有前程。更重要的是，咱们陈家跟鄢家是有过节的，我的女儿跟鄢家的人处对象，我从心里不愿意。事情走到如今的地步，我没想到也不愿意看到，没想到占峰这么不争气，不愿看到你落个这样的结局。已经发生的事情无法重来，好在现在亡羊补牢为时未晚。

"若兰，我的好女儿！这几年，爸爸对不住你，让你受了不少苦。关于咱们陈家和鄢家的恩怨，我以前没和你说过，你也知道个大概，现在让我告诉你事情全部。'文革'时，县城里打派仗揪走资派，轰轰烈烈，很快波及咱们公社波及太子屯。那时晓丹爸是大队支书，我是大队长。因为我俩都是争强好胜、不肯服输的性格，加上平时工作上有一些意见和分歧，我和晓丹爸的矛盾越来越尖锐。运动之初，我俩分成两派，各领着一拨人整天辩论，写大字报，互相攻击。你知道王姓家族在村里势力很大，他们和我持相同观点，所以很快我们这一派占了上风，晓丹爸被打成走资派，戴了高帽，开了批判大会。大伙儿对晓丹爸工作上的一些缺点和失误开展批判，说他当支书这些年，执行的是资产阶级路线，走的是资本主义道路，对小生产打击不力，割资本主义的尾巴不彻底，到后来什么乱七八糟的事都成了他的罪状，比如村民卖点自家的鸡蛋鸭蛋，卖点山上采来的蘑菇野菜，甚至连自留地比公有田长得好收成高也成了他的罪名，形势发展很快失去了控制……

"有一回我去县上开会，村里几个对他有成见的人泄私愤，接连几天对他进行批斗、殴打，打得他遍体鳞伤。出事那天傍晚，斗他的人回家吃饭，没像往日那样放他回家，留了人看着他，说是晚上接着开批斗大会，走的时候还搁下狠话，说他一直都不老实，拒不认错，今晚就算不整死他，也要扒他一层皮。他寻思自己这个晚上怕是挺不过去，乘看他的人不注意，偷着跑了。他要回家，准备见老婆孩子一面，然后去上访，去告状。他没跑多远被人发现了，一大拨人去追他，一直追到五里长汀。看那些人呼呼号号地越追越近，他实在没法儿下了河。五里长汀河宽水深，他水性又不好，游到中间再也游不动，挣扎了一阵子就沉下去了。等人们划着船，把他从水里捞出来，早就断了气儿。即便这样，那些人仍然不肯放过他，把他的尸首抬到大队部，又开了一场批判会。我从县里回来时，他已经下葬了。我和他工作中是有些矛盾，性格上也有一些冲突，可总不至于置他于死地呀。若兰，我跟你保证，我没有碰他一个手指头。我要是打他了，也不能有今天，‘文革’过后审查‘三种人’的时候，我也过不了关。

“关于二宝的事儿，我当时气昏了头，固执地以为一定是晓丹的责任，甚至怀疑他是故意为之，稀里糊涂听了占峰的。其实我很快就明白了，占峰在利用这个事情做文章，在打自己的小算盘，但我仍然将错就错，目的就是不想让你跟晓丹好，就是想把你们俩拆开。晓丹是个好孩子，可我总以为他记恨我，对我有一种天然的成见，所以不想看见他如何出息如何出人头地，更不愿把你嫁给他。现在，我已从二宝夭折的巨大悲痛中走出来，头脑变得清醒。若兰，千错万错都是爸爸的错，过去爸爸执迷不悟，现在爸爸醒悟了。

“若兰，晓丹要回来了，和他一块儿来太子屯的还有县里边一个调查组，我愿意配合好调查组，虚心接受组织上的审查和处理。关于你和晓丹的事儿，如果晓丹不记恨我，那我还有你妈，都愿意接纳他。爸爸愿意当着你们俩的面儿，给你们赔礼道歉。爸爸错了，爸爸知道自己做了不少糊涂事儿，你要爸爸怎样都行。若兰，我的好女儿，求求你原谅我……”

看着父亲的来信，若兰哭了，一边哭一边笑。横亘在她和晓丹之间的大山突然间坍塌了，变成了坦途；几年来压在身上的千钧重负一下子卸掉了，变得一身轻松，若兰怎能不高兴！她想快点儿找到晓丹，让他看一看这封信，让他快一点知道爸爸悔悟的消息，让他早点儿分享自己心中的快乐。她甚至对今后的生活作了一番谋划：让晓丹回太子屯来，别再去城里漂泊闯荡，为啥呢？二宝不在了，自己应该留在父母身边，尽心尽力地孝敬他们，让他们享受安逸幸福的晚年。她知道晓丹是通情达理的人，一定会同意她的想法。她决定现在就开始行动，去晓丹家里，把屋子收拾一番。那个屋子扔这么长时间，屋里屋外不像个样儿，晓丹真要是回来了，破狼破虎的怎么住得进去呢？

栓柱和晓丹一块儿从城里回来，到家跟父母打过招呼，就急忙出去找占芳。上了头道街，栓柱在占芳家屋前转悠了一会儿，不见占芳的影儿，站在石头院墙外边轻声喊起来：“占芳——占芳——”

占芳听到了，从屋里出来，一溜小跑打开院门：“你啥时候回来的？

我哥没在家，你进来吧。”

栓柱进了院子：“刚到家，就过来了。”栓柱说着，变戏法似的从身后拿出一束玫瑰来，递给占芳。

占芳愣住了：“你这是干什么？”

栓柱一本正经地：“我向你求婚，以前算是闹着玩儿，今天是正式的。人家城里人，都得走这个仪式。”

“你才去城里几天，就狗长犄角——整起洋（羊）事儿来啦？”

“不只是献鲜花，我还得给你下跪呢。”栓柱说着，真的跪下了一条腿。

占芳赶紧把他拉起来：“快起来快起来，我擎受不起。”

“占芳，这回跟我去城里吧。”

占芳犹豫了一下：“我有一个条件，你要帮我做一件事儿。”

“别说一件，就是十件也行，你说吧。”

“栓柱，你和晓丹是好哥们，在中间说说话，帮他们两人解开那个死扣儿。”

“晓丹拿你挺为重，咱俩一块儿找丹哥说，指定好使。丹哥为人你还不知道，无论是坑过他还是害过他，他都能放下。”

“晓丹啥时候回来？”

“他和我一起回来的，回自己家了。”

栓柱和占芳来到晓丹家，看见若兰正拿把笤帚扫院子，“哗——哗——”，一下接着一下，脸上泛着红光，浑身都是力气。他们问若兰晓丹在哪儿，若兰停下来，说她也没见着人。几个人正说着话，占喜慌里慌张地跑过来，一脸惊恐地喊着：“天狗吃日头啦！你们还在这唱依儿哟，快跟我走。”众人问他出什么事儿了，占喜磕磕巴巴地答道：“占峰拿着刀……上后沟堵晓丹去啦！”

众人吓得魂飞魄散，急忙顺着头道街朝后沟跑去。

西大砬子后坡上，一块空地里，占峰手持尖刀步步紧逼，晓丹左躲右闪向后退去，一直退到山顶上。再往前是悬崖峭壁，已经无路可退，身后占峰已经拼红了眼，恨不能马上将晓丹置于死地。生死关头，晓丹一脚踢中了占峰的手腕，他手中的尖刀飞落到地上。两人同时去抢尖刀，运气在占峰一边，他先抢到了，又不顾一切地朝晓丹扑过去。

许多人朝这边跑过来，若兰跑在最前边。她看见占峰持刀一步步把晓丹逼向悬崖边，奋不顾身地冲过去，站到两人中间，大喊道："占峰，住手。"占峰怒不可遏地吼道："你躲开!"说着猛扑上去，若兰站在中间纹丝不动。晓丹急忙上前，护住若兰。占峰手起刀落，晓丹躲闪不及，肩膀被刀刺伤，鲜血染红了肩头。占峰踉踉跄跄往前跑好几步，尖刀也从手中脱落。晓丹用手捂住肩膀，感觉黏糊糊的，举手看时只见满手掌都是鲜血。他怒不可遏地扑向占峰，两人在崖头进行着惊心动魄的殊死搏斗，晓丹几次险些掉下崖去，惊得若兰失声尖叫。渐渐地晓丹占据了上风，占峰有点儿体力不支，招架不住。占峰孤注一掷，一个饿虎扑食朝晓丹压上去，晓丹敏捷地一躲，占峰因用力过猛，控制不住自己，跌下崖去。

若兰过来，和晓丹紧紧地抱在一起。看见晓丹的肩膀上血流不止，她急忙脱下外衣，用力撕扯下一个布条来，替晓丹包扎伤口。

占峰跌下去后，被崖头边上一棵小树挂住了。他满脸鲜血，挣扎着爬上崖头，晓丹和若兰竟毫无察觉，一点儿也没防备。占峰上来突然扑向若兰，死死地抱住她，两个人的身体在崖头晃了几晃，摔了下去。

晓丹站在崖头向下边望去，发出撕心裂肺的长啸："若兰——若兰——"许多村民跑过来，看着脚下几十米深的悬崖，发出一阵阵痛心疾首的叹息。王治保抹了一把脸上泪水说："占峰啊占峰，你这是何苦呢!"占芳跑过来，望着崖下，禁不住泪流满面："哥——哥——"

晓丹跟头把式地往山下跑，人们跟着他，纷纷朝崖下跑去。西大砬子山下，人们看到，若兰躺在一片草地上，嘴角边、鼻孔里留出殷红的鲜血。晓丹把她紧紧地抱在怀里。一遍又一遍喊着："若兰——若兰——"见若兰一点反应都没有，禁不住涕泪横流："若兰啊若兰，你不能死啊，你跟我一点福都没享，好日子刚要开始，都怨我这么粗心，没保护好你!我永远都不会原谅我自己！若兰，你醒一醒啊……"在晓丹的呼喊中，若兰缓缓地睁开眼睛，断断续续地说："晓丹，怎么这么疼啊，刀扎一样，我受不了。"你坚持一下，我这就送你去医院。""没有用……我知道我不行了。""若兰，你别这么说，你一定要挺住，你会好的，你一定会好起来的。"晓丹把若兰紧紧地抱在怀里，像一头犴牛那样，呜呜地大放悲声哭起来。若兰安慰起晓丹来："晓丹，别哭了，爸爸同意咱们的婚事了……他说，他愿意接纳你，请求你原谅他。"晓丹哭得更加厉害："可惜太晚了，太晚了啊……""晓丹，别忘了，等天女木兰开花的时候，在我的坟头插上一朵。你答应过我——那天雨后咱们一块儿去城里，回来的时候，坐在一根柞树桩上，你答应的，还记得吗?"晓丹含泪点头。若兰的眼睛突然放出异样的光彩，嘴角露出微笑，整个脸上都洋溢着幸福的神情："我跟天女木兰花一块儿来到这个世界上，我要带着它一块儿走。"晓丹抱紧若兰，泣不成声："若兰，我对不起你。"若兰还想要说什么，可她吃力地动了动嘴角，终于没说出来，一缕天女木兰花的香气缓缓地无比悠长地从她嘴里吐出来，然后再没有吸入一丝的气息。

占峰摔在一堆乱石窖里，浑身是血，已经奄奄一息。占芳跪在哥哥身边，哭得泪人一般："哥，你这是何苦呢，为啥非得走这一步呢?"占峰勉强地一笑："我这一辈子，只爱过若兰一个女人，活着的时候，我和她没有缘分，死后我希望她能葬在我身边。占芳，我的好妹妹，这是我唯一的遗嘱，你和陈书记好好说一说，求求他们答应我。"

栓柱走过来，站在占芳身边。占峰看着他，断断续续地说："栓柱，这么些年……我争强好胜，盛气凌人……有点儿对不起你……你别记恨我。"栓柱晃了晃头，眼圈一下子红了。占峰又看着妹妹占芳说："我现在想通了……看你们在一起，我很高兴，祝福你们吧!"栓柱控制不住，眼泪哗哗地淌下来，说："占峰，我不记恨你，我会记住你的好处、你的长处。你要是走在正道上，任谁也比不了你，可惜呀……"他说不下去了，扭过头去，把两只手掌捂在脸上，呜呜地哭出声来。

若兰死后，他家里出了一件稀奇古怪的事儿，院子里的那棵天女木兰花一天天枯萎下来，先是枝丫后是躯干，变得干巴巴的，任若兰母亲怎么浇水施肥的，始终不见好转，像是得了不治之症的病人，怎么抢救也没救过来，终是死掉了。这事儿在太子屯一传开，村民们都惊奇不已，议论纷纷，若兰住在上围子的那个二姑说："若兰是那棵树成的精，树人一体，若兰没了，那棵树怎么都活不了哇!"

尾声

五月里的一个上午，五里长汀的岸边，来了一辆卡车，车上下来几个男人。他们从车上卸下一大堆东西，有钻架、钻杆、水泵、电动机、柴油发电机，还有其他一些乱七八糟的。之后，几个人在岸边支起了帐篷。秦二叔把船泊在岸边，凑过去和他们搭话儿："你们是来修大桥的?"

"不是。"

"那你们是干啥的呀?"

"我们是钻探的。先在这里打钻，钻完写出地质报告，再交给设计部门。设计部门根据我们提供的报告，画出图纸之后，然后才能建桥。"

"照你们这么说，真的要修桥啦?"

"对，要修桥了。"

"修什么样式的，是大洋桥吗?"

"是，修钢筋混凝土大桥，漂漂亮亮的大桥。"

"是市里建的吗?"

"不是。"

"那是县里?"

"也不是。"

"那是谁呀?"

"投资修桥的人叫鄢晓丹，是你们太子屯人。"

"嚯——真的是晓丹，了不起呀!"

六月中旬，施工队伍进入五里长汀工地安营扎寨，开始了桥墩施工。推土机几天的工夫就让河水改了道，之后推起围堰，抽水机哗哗地抽干里面的积水，打桩机沉闷的有节奏的打夯声，响彻在工地的上空，平静的五里长汀，一下子热闹起来喽。

七月上旬，天女木兰开花的季节。晓丹特意从城里工地上回到太子屯，手捧几朵洁白如雪的天女木兰花，来到若兰的墓前。他把花儿放在石碑下面，慢慢地跪下来，说："若兰，一晃儿，你走半年多啦……"晓丹一语未了，几度哽咽，"这半年多里，我没吃上一顿好饭，没睡上一个好觉，一闭上眼睛，你就来到我身边。在我的心里，你没有死，我至今也不能接受你已经离我而去这个现实……天女木兰花开了，今天我给你带来，你收下它吧。"他趴在坟头上，泪流不止，浑身战栗，不能自已。

十月上旬，大桥竣工。自此，五里长汀上一桥飞架东西，祖祖辈辈望河兴叹的太子屯人去公社上县里再不用坐渡船，或是走绕脚费时的后沟，车进车出人来人往变得十分便捷。

十月中旬的一天，太子屯突然打破往日的宁静。这天早晨，从五里长汀大桥上，一溜烟地驶过两辆上海轿车，径直开到太子屯村委会，停在小广场上。车里下来好几个人，其中有王书记。如今，太子屯大队改叫太子屯村，栓柱是村委会主任，他和王治保早已等在门前院子里。王书记把三个富富态态满面油光气色很好的壮年男子一一介绍给栓柱和王治保，栓柱他们知道，那三个人是县委书记、县长和县交通局长。县委书记和县长称赞晓丹是大功臣，为家乡建设作出了重大贡献，问他现在人在哪里，赶快找他来一起参加剪彩仪式。栓柱说他这些日子就在家里，等着你们来呢。说毕马上派人去找，人很快回来，说晓丹没在家。再派人四下找寻，满村里都不见他的影儿。

小河口大桥头，人山人海，锣鼓喧天，热闹非凡，剪彩仪式进行得异常隆重。县长先讲了话，他给了晓丹很高的评价，说晓丹依靠个人奋斗实现了发家致富的梦想，有钱了不忘家乡不忘父老乡亲，慷慨解囊花巨资建设大桥，为太子屯干了一件天大的好事！县委书记最后讲了话，他说在太子屯，晓丹受过不公正的对待。但是他虚怀若谷，不计前嫌，倾其所有建起了这座五里长汀大桥，帮助太子屯实现了几代人梦寐以求的理想。晓丹是农民的优秀儿子，是一个名副其实的慈善家，是太子屯的骄傲！仪式结束，上边来的领导坐车走了，村民们自发地扭起了大秧歌，在大桥的桥面上，男男女女一百多人，穿着红红绿绿的节日盛装，有高跷子、地蹦子，也有跑旱船，还有人舞起了长龙，一直热闹到傍晌午。占喜男扮女装，扮相俏丽，他尽情地扭啊跳啊，直到人们都渐渐地散了，他突然感到小肚子下面一阵剧烈的疼痛，弯下腰去两手捂在上面时，两腿一软跌倒在桥面上。身边的人赶紧把他扶起来，找了一辆拖拉机送到乡卫生院。

大桥这边剪彩的时候，晓丹一个人来到自家的墓地。树林里，树叶几乎落光了，只有枫树还保留着几片残红，在秋日暖阳的照耀下，鲜艳得如一点点殷红的血。四周鸦雀无声，一片清冷孤寂。晓丹跪在父母的坟前，身边是哥哥的坟头。他一边烧纸一边轻声念叨："爸、妈、哥，我这次来，是要告诉你们一个好消息。哥哥死的时候，我当着乡亲们的面，说要在五里长汀上建一座大桥，我实现了我的诺言，五里长汀上的大桥建成了！

爸、妈、哥，这几年，为了实现这个目标，我吃了很多苦，也失去了很多。我给太子屯、给父老乡亲们办了一件大好事儿，我感到满足，感到欣慰。我相信你们一定跟我一样，也会感到由衷地高兴！我都听到了，你们在给我鼓掌，在给我叫好呢！"

晓丹摊开黄表纸，从兜里掏出一盒火柴，哧啦一下划着，可能是纸有点儿潮的缘故，没点着。又划一根火柴，还是没点着。这时晓丹压在心底的那点儿小迷信冒出来，他认真地说："爸，妈，难道你们不同意我娶了若兰？若兰是个好姑娘，我娶她做媳妇，是我这辈子最大的福分，希望你们理解我，也希望你们接纳她。陈书记已经接纳我了，他在心里边已经把陈年旧账彻底放下了，我相信，你们也一定放得下呀！苍天在上，大山做证，如果你们现在同意了，就痛痛快快收下这纸钱吧！"晓丹再次划着火柴时，潮乎乎的黄表纸熊熊燃烧起来。

当天晚上，晓丹一个人来到五里长汀。白日里的喧嚣已然消逝，现在这里一片安详宁静，唯有秋虫的呢哝和微风的絮语。半片月亮挂在天上，月光泻在宽阔的五里长汀河面上，雾气蒙蒙，缥缥缈缈。晓丹没有请任何人参加，他自己一个人，举行了一个十分奇特的仪式。在大桥头，晓丹从手中一个布兜子里拿出两个相框，一个上面镶的是爸爸，一个是哥哥。他一手擎一个相框，端在胸前，缓缓地走上大桥桥面，同时大声喊道："爸、哥，大桥修好了，咱们一起过桥吧。"话音未落，晓丹已经泪流满面。他仿佛看到，爸爸在河水中奋力挣扎，渐渐体力不支。哥哥在冰河中流露出绝望无助的目光，慢慢地沉了下去。

晓丹继续缓缓前行，边走边说："爸，哥，大桥修好了，你们都来我身边，咱们一起过桥吧。"他分明看到，爸爸从河水中飞出来，来到他的身边。哥哥也从冰河中飞出来，来到他的身边。坦坦荡荡的五里长汀，朦朦胧胧的夜色，四百米长的大桥上，晓丹站中间，爸爸在左，哥哥在右，晓丹边走边大声喊道："爸、哥，大桥修好了，咱们一起过桥吧。"他的喊声回荡在五里长汀的上空，飞向黑沉沉的连绵起伏的大山，飞向遥远的山外。此时晓丹已泣不成声，仍只管一声接一声地喊下去，任泪水汹涌地肆意奔流。

大桥修好后，晓丹突然觉得少了点儿什么，茫然若失。失去了什么呢？他觉得自己失去的太多，现在什么都没有了。父母和哥哥没有了之后，那个时候还有若兰在，他对生活仍充满期待和热望；若兰没有了，他心无旁骛，一门心思想着修桥的事儿。现在大桥修完了，他突然觉得没着没落的，自己什么都没有了啊，连个奋斗的目标也没有了。整个冬天，他一直待在城里，没回太子屯。栓柱去城里找到他，发现晓丹的情绪很低沉，不像以前那样满身的朝气与活力。两个人在一家酒馆吃饭，说了不少贴心话。栓柱问他；"天冷了，还有活干吗？"

晓丹说："有也不干了。我已经从基建口退出来。"

"为什么，不是干得好好的吗？"

"基建这个池子里的水深，而且是浑水，你想自清，那你就混不下去。这一行都欠着工人工资，不是你想欠，是逼着你欠，甲方欠你的，你周转不开，只好欠工人的。工人们不容易，挣的是辛苦钱，老婆孩子多少张嘴等吃等喝呢，欠他们钱，我于心不忍啊。"

"既如此，那就回太子屯吧，大伙儿都等着你回去，欢迎你回去当村长呢。"

"太子屯的山山水水一草一木，都会让我想起和若兰在一起的日子。我没有保护好她，没脸回去，我没脸见若兰的父母。"

"若兰死后，陈书记一下子老了许多，原来头发油黑，现在全白啦。若兰妈受的打击更大，逢人就讲她女儿，再不就讲她儿子，又是哭又是笑的，像个祥林嫂。"

“占峰死后，我也没脸见占芳。”

“占芳是个明白人，她知道不怨你。”

“你和占芳的事怎么样啦?”

“就算定下了。”

“那就张罗办吧，还等什么?”

“占芳不同意现在办，她说要为哥哥守孝一年。”

晓丹感叹道：“占芳是个有情有义的好姑娘啊。”

“你找没找自己的那一半呢?”

“等两年再说吧。再也找不到若兰那么好的人啦，满世界都找不着。”

“你这么年轻……以后的日子长着呢!”

晓丹苦笑：“二丫和占富现在怎么样?”

“不好。占富出事以后，算是半个残废，不能干累活，日子过得累呀。”

晓丹叹气说：“二丫以后不好过啊！当初促成这门婚事，我起很大作用。”

“此一时彼一时，你当初也是为了她好。”

“这样吧，栓柱，过些日子我给你汇过去两万块钱，你给二丫，让她干点什么，告诉她不能都吃了喝了过生活了，那会坐吃山空。干什么好呢？你帮她想条路。”

“不用你管吔，村里想想办法吧。”

“给二丫一点儿补偿吧，也给我自己心里找点安慰。”

“还有个事告诉你，占喜有病了，得的性病。”

“他人在哪儿?”

“住在市内传染病院里。可是他没有钱，住不起，马上就得回去了。”

晓丹轻轻自语：“是吗?”

“占喜不干会计了，他自己主动提出来的。他还让我给你过个话儿，给你赔礼道歉。”

“咱们去看一看他吧。”

医院的病房里，占喜仰躺在病床上，神情有点儿沮丧。晓丹和栓柱开门进来，占喜吃了一惊，晓丹能来看他，完全出乎他的意料。他急忙起床下地，让晓丹和栓柱进屋，嘴上说：“哎呀呀，晓丹来了，没想到没想到。

栓柱哥，你们俩怎么走一块来了，快坐。”说着，把晓丹和栓柱让到自己的病床上坐下，他坐到相邻的一个病床上，低着头，两眼看着自己的脚尖，脸上一副窘态。

栓柱说：“晓丹听说你病了，非要来看看你。”

占喜脸上就有点儿挂不住，说：“晓丹真有样儿，大人不记小人过。”

晓丹宽厚地一笑：“别这么说，占喜，再怎么说咱们是老乡啊！亲不亲，故乡人嘛。”

“二宝那个事，对不起你，晓丹。”

“过去的事儿，咱不提它，一笔勾销。”

晓丹待了有半个时辰，临走，他从兜里掏出一千块钱，扔给占喜。占喜说啥不要，两人推推搡搡的，最后栓柱硬塞给了占喜。占喜把他们送下楼，又送出挺老远，晓丹硬往回推他才站下了。看着晓丹的背影，他眼圈红红的，两泡眼泪含在眼眶里。

这之后，晓丹在这个世界上消失了，谁也不知道他去了哪里。栓柱又去城里找过他，找遍了城市的各个角落，也没找到。问过韩总，韩总说他也在到处找找不着。栓柱还特意去了一趟蜂蜜屯，找到晓丹舅舅，晓丹舅舅更是诧异：“他能去哪儿？要是出远门儿，他指定会告诉我一声啊！”

冬天到了，天空里纷纷扬扬地落着雪，太子屯在白雪覆盖下，如此安详，如此圣洁，如此美丽！五里长汀的大桥上车来车去人来人往，人们在过生活奔前程的时候，时常有人提起晓丹，可晓丹还是没有消息。人们都在猜测他到底去了哪里，渐渐地就有这样几个版本流传开来：其一，晓丹去了五台山，皈依佛门，整日听晨钟暮鼓，过世外桃源的清净日子。对于这个说法，有人认为靠谱，因为晓丹心地善良，他的几个至亲至爱相继离开了他，对他的打击实在是太大了，现实生活已经无法治愈他心灵的创伤，他只能作出这样的选择。其二，晓丹参加高考，考上了南方的一所大学，现在正在学校里念书。对于这个说法，有人说可能，因为晓丹多次说过，他这一生，最大的遗憾是没上过大学，现在有条件了，一个人利手利脚儿，是实现自己夙愿的时候了。多数人认为不能，说晓丹要是上了大学，就算谁都不告诉，也一定告诉他舅舅，再说这样的好事他没必要背人啊。其三，晓丹做志愿者，去了非洲，在茫茫的大草原上，与大象、狮子、鳄鱼、长颈鹿为伴，在做保护野生动物的工作。对于这个说法，不少人认同，因为他们知道，晓丹志存高远，勇于担当，认准一个事儿就会毫不犹豫地付诸实践，现在他一点消息没有，一定是走得天高地远，在世界上的某一个角落里。除此之外，还有一个极端的说法，说晓丹让县高中那个姓赵的同学“做了”，晓丹失踪的那天傍晚，他接了一个电话，匆匆忙忙出去了，再也没回来，始终活不见人，死不见尸。赵同学跟占峰是铁哥们，占峰死后，他曾扬言，要做了鄢晓丹为占峰报仇。

晓丹在五里长汀上建了一座大桥，同时把自己的美名种在太子屯人的心里。人们牵挂他、怀念他，时常在茶余饭后提起他，可是谁也不知道他的下落。

又是一年春草绿。因为五里长汀上有了大桥，太子屯与山外的距离一下子拉近了许多，村民们出行变得十分便捷，村里的商品经济得到长足发展。每逢周末或节假日，都有城里人来这个有着古老传说的小村探古访幽，他们说这里自然景观与人文景观俱佳，是旅游度假的好地方。不少村民做起了接待游客的生意，给他们吃经济可口的农家饭菜，住热乎乎的乡村火炕，村民们还能卖些土产特产山货野货，如此一来，村民们增加了收入，手头开始变得宽绰富余，日子过得一天比一天开心快活。太子屯开天辟地，第一次通了大客车。那辆红黄两色的大客车头一天开进太子屯，村子里热闹得像过年一样，村委会门前的广场上，锣鼓响起来，鞭炮放起来，老人笑瘪了嘴，孩子们奔跑在车后扬起的尘埃里，一直追到它在广场当中停下来。更为可喜的是村民们观念上的变化，大路一通，他们当中就有人就把目光投向了山外，不再只盯着脚下的土地，有的养黑木耳，有的种滑子蘑，还有的张罗办起了养鸡场。这些有头脑又有胆量的人，腰包一天天鼓起来。栓柱现在可是个大忙人，既要应付每个早晨推开门就有的那些乱头事儿，还要想着带领村民发家致富的大事情，他心里想念晓丹，做事儿也学着晓丹的样儿来。他的努力得到乡亲们的认可，背地里评价他说：“栓柱这个村长当得够格儿，比他大舅哥强百套!”因为栓柱离不开，猫眼儿从春起就领了二十几号人去城里打工，老秋后回来一个个都腰包鼓鼓的。见儿子有出息，秦二叔高兴说：“我在五里长汀摆了十年渡，天天盼修桥，是晓丹让我扔下了船竿子；猫眼儿上城里打工，也是晓丹领上路，俺从心里感谢人家晓丹啊！”

到这一年的深秋，晓丹终于有了消息。栓柱和晓丹舅舅各收到一封晓丹的来信，内容基本相同。他们从信里知道了晓丹的下落，原来他去了大西北，在一个最偏远、最贫穷的小村落，当了一个民办教师。两封信里，各夹了一张照片，晓丹站在学校的操场上，身后有十几个衣衫褴褛的孩子在阳光下奔跑嬉戏，不远处是一栋新落成的校舍，校舍前边，矗立着一面鲜艳的五星红旗。晓丹在信里说，当初他之所以没说出自己的去向，是怕舅舅和栓柱他们知道会反对自己的想法，动摇自己的选择。他还说建完大桥以后，他手里剩五万元钱，全部捐了出来，建成了照片上面的校舍，现在他已经和那里的村民们打成一片，和那些孩子融为不可分割的整体。照片上的晓丹黑了、瘦了，但神采奕奕的，看样儿，他已经从失去若兰的阴影里走出来，找到了新的精神寄托。他目光炯炯地望着远方，那神态一看就知道他对自己的选择充满自信，对自己的前途满怀憧憬。是的，晓丹找到了自己由衷热爱的事业，就一定会全身心地扑在上面，干好自己喜欢的事情。他多次说过，男人嘛，这一辈子要做一两件事情，不然就白活了。至于爱情，晓丹今年才二十八岁，风华正茂，一表人才，又有一颗金子一般美好的心，我们有理由相信，以后会有的。

作者　赵志林

完稿于 2016 年端午节